偶活☆靈能師 Spell
全一冊
Part-time job
as an idol
in the morning
and full-time
job as a psychic
at night.

Think&Write

沒有侷限的想像，是創作的本心，
在文字與創意的交會地帶——探索一個一個的好故事！

Think&Write

沒有侷限的想像，是創作的本心，
在文字與創意的交會地帶——探索一個一個的好故事！

偶活☆靈能師 Spell
全一冊
二煩×九品
Part-time job as an idol in the morning and full-time job as a psychic at night.

狐音

娛樂圈藝名：九尾天狐
靈能師化名：狐面（人稱狐爺）
小名：小狐狸、天狐、狐面
年齡：二十七歲
身分：
① 娛樂圈頂流實力偶像，偶像組合「百神」的王牌唱將。
② 靈能師，全能（包括淨化、驅逐、消滅、超度、算卦、招靈等全職）解決各種靈異事件之職業。靈媒家族，狐氏第八代宗家之子，第八代當家人。

狐靈

小名：狐姑娘、狐大姐、阿靈、阿姐

年齡：三十歲

身分：

① 古玩／古董商店的老闆娘。

② 術師／算卦師：解除詛咒、封印惡靈與為人祈禱、算命之職業。

③ 狐音的親姐姐，狐氏之大女，女性無法繼承宗家家業。

狐妙

小名：狐半仙、妙哥、妙先生、狐小弟

年齡：二十五歲

身分：

① 靈師／招魂師：召喚靈魂、附身肉體，以完成委託人心願之職業。

② 服裝模特兒。

③ 狐音的親弟弟，狐氏之么兒，無法繼承宗室家業。

Part-time job
as an idol
in the morning
and full-time
job as a psychic
at night.

Contents.

裸活霊龍師

Part-time job as an idol in the morning and full-time job as a psychic at night.

楔子

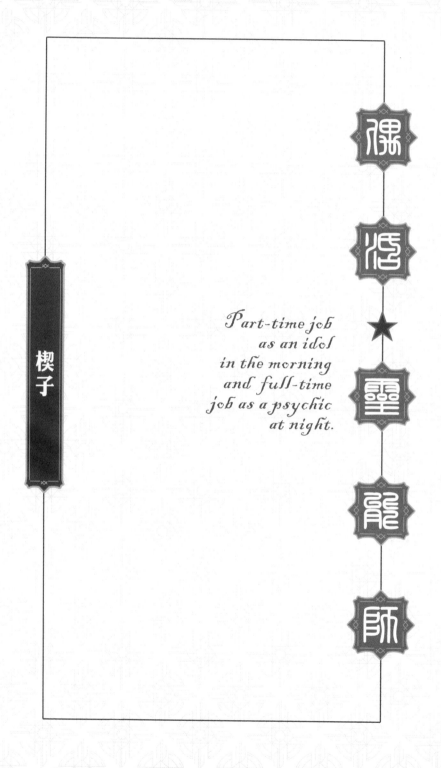

「這是醫生辦不了的事。」

一個身穿白色長袖T恤、戴著狐狸面具的人，一手抓著眼前一位女性的瀏海，強逼她面對著自己，「她不是病了。」

「你在說什麼？」男人一臉不悅地雙手交叉，用懷疑的語氣反問妻子從寺廟請來的可疑人物，「小嫣的狀況不是有病還會是什麼？」

「那夫人把我叫來這裡的目的又是什麼呢？」對方輕笑出聲，狐狸面具下微笑時上揚的嘴唇看起來狡猾奸詐，讓人不寒而慄，「如果不是疾病的話會是什麼，你應該清楚。」

「你別他媽的給我裝神弄鬼……」

「老公！」

女人眼眶濕漉漉的，露出一副身心疲憊的樣子，一把抓著男人的手臂，阻止了他正欲衝向前的舉動。

「一切就交給狐爺吧，我們已經無計可施了。」

無視了男人的謾罵，狐面轉過頭繼續與被他抓住瀏海的女性瞳孔對視著，用另一隻手緊捏著她異常蒼白的臉頰。

「這狀況，有點麻煩呢。」

裸活靈龍師

Part-time job as an idol in the morning and full-time job as a psychic at night.

壹．生靈作祟

某個知名大學的擴大體育館裡，學生們如流水線似的湧入，塞爆了整個室內，現場各種閃光燈不斷對著站在前面的三個男人瘋狂閃爍，氣氛非常的火熱。

「大家好。」站在兩人中間的男人領先開口說話，再附上一個漂亮的笑容，「在這裡正式介紹一下，我是『百神』的九尾天狐。」

「我是應龍，大家好！」

站在左手邊的紅髮男人笑得大大咧咧，用洪亮的聲音一邊揮手、一邊向眾人自我介紹。

「我是白澤。」

另一邊，身形修長、看上去體格比較瘦小的男人微微抬起手，露出了能讓背景都冒花的甜美笑容。

現場多數生理性別爲女的學生們，在偶像團體成員們一一介紹完畢後，四處響起各種尖叫聲，甚至有人激動得哭了出來，似乎無法相信眼前的狀況。

藝名爲九尾天狐的男人無奈一笑，把手指放在唇上，嘗試平復現場的熱烈氣氛，好讓他能繼續說話。

「抱歉讓你們受驚了，我們是爲了電視臺的綜藝節目《大吃一驚！》做調查而來到現場，看來，我們準備的驚喜進行得非常順利呢。」

「大家反應都很棒喔！」

白澤甜甜地笑著，然後轉頭對著某個角落的隱藏鏡頭比了一個勝利手勢。

「百神」是一組頗受年輕人歡迎的人氣偶像團體，也是鈴蘭事務所旗下的當紅團體之一，團員共三名，九尾天狐、應龍、白澤。

團體以古風神話作爲風格，因此成員的藝名採用了知名神獸的名字，出道團名更以「逆百鬼夜行，天神之瑞獸」爲概念，取名爲「百神」。

或許是團名和藝名帶來的吉利，百神出道至今已有七年之久，依舊站在娛樂界的頂端，名氣從未下降。團員都是年輕有爲的青少年，能歌善舞，在演藝圈也混得很開，深受男女老少的喜愛，在各國各地的粉絲不少。

然而，其實「偶像」是一件非常辛苦又麻煩的職業，這世上，再也沒有比這行更艱難的工作了……至少，天狐是這麼認爲的。

「《大吃一驚！》拍完後，你們今天的工作就結束了。」

百神的經紀人施蓮緩緩翻著手中行程表，依舊保持著日常的冰山撲克臉，坐在保母車上確認著眼前三名藝人的工作行程。

「但天狐，你明天的行程安排臨時更改，待會我再給你一張新的行程表……接下來你們都沒別的工作了，早點回家休息吧。」

「嗯，好。」

休息？眞是奢侈的想法啊……

天狐一邊想，一邊有點疲憊地把頭靠在車窗上，咬了一顆經紀人買來的小番茄，懶散地滑了滑手機，檢查著老家那邊剛發給他的訊息。

「今天下班得也太早了。」

似乎還沒從剛剛的熱烈氣氛中脫離，白澤興致勃勃地抓著身邊應龍的手臂，然後伸出右手做著喝酒的動作，「怎麼樣？龍哥，我們去喝一杯吧？」

「哈哈哈，說得也是呢！」

應龍的聲音原本就大，此刻更非常豪放的哈哈大笑著，聲量大得讓天狐一度以為對方忘了拔下麥克風。

「小狐狸也一起去吧！今天時間足夠充足，你總不會又很趕時間了吧？」

應龍今年二十九歲，染有一頭紅頭髮，為人仗義、知足常樂……若硬要詳細介紹的話，就是力氣很大、聲音很大、體型也很大。

「……呃？我嗎？」

天狐不禁冒出一滴大冷汗，嘴角微微抽搐，下意識避開了成員的視線，看著窗外黃昏的景色。

他心裡想著，又來了。

他身邊的兩人，在興趣高漲時就會發出一股「工作後的啤酒最好喝了」的大叔氣息，怎麼看也不像是血氣方剛的年輕人該做的事情。

「我就算了。」

天狐在手機上打了幾個字，然後按上按鍵將訊息發送出去。

「為什麼？難得一次嘛。」白澤聽到拒絕的話後對天哀號了一下，不依不饒地搖晃著他的手臂，「就一次就一次，去嘛。」

白澤今年二十六歲，卻充滿少年氣息，知名大學畢業的他是團隊中心的頭腦，博覽群書，但特別愛撒嬌，是團內的歡樂開心果。

而他，藝名九尾天狐，今年二十七歲，身爲「百神」王牌的他膽子特別大、生性無所畏懼、直言不諱，偶爾會不經意露出一副厭世慵懶的表情。

天生雪白的皮膚、眼型略帶粉紅的下垂桃花眼是他的個人特徵，笑起來像狐狸一樣，瞳孔不分明的黑白給人帶來一種似醉非醉的朦朧感，邪魅中透著狡猾又高貴的氣質，讓他十分受歡迎。

然而，受歡迎的偶像天狐，身上卻有著一個連團員都不能洩露的祕密。

「就在這邊停車吧，我想到處逛逛。」

爲了避開白澤的碎念，天狐把最後一顆小番茄塞進嘴裡，連忙向負責當司機的工作人員喊停下車。

「你寧願到處跑，都不願意陪我喝酒嗎？」白澤微微皺著眉頭，拉著應龍的衣領，把身體向天狐前傾了一點，「我說啊天狐，你到底要去哪裡？」

「對啊。」應龍也開始感到疑惑並且附和，他稍微把白澤的腦袋推開，收起了笑容，難得露出認眞的表情，「你已經多少次中途下車了？」

天狐退出了手機的聊天視窗，用手機抵在嘴唇上，眼神依舊看著窗外，不言不語不回答。

「你是想去哪裡？」

見對方依然閉口不言，應龍不禁嘆了口氣，再次向人發問。

「……沒想去哪裡。」

這句話天狐回得特別小聲，彷彿深怕會被人聽見似的，像是微微吐槽，也像是自言自語。

「天狐，別把自己逼緊了。」應龍不甘心地繼續說教，「偶爾也依賴一下別人，我們是朋友吧？」

「哎喲，這是別的話題吧？」

「天狐。」

原本待在一邊默不出聲的施蓮突然喊了一聲，但她的視線沒有從手中的文件移開，語氣聽起來冷淡無比，凝重的氣氛不禁讓人頓時安靜下來，包括一直吵吵鬧鬧的白澤。

「百神現在處於高峰期，別給公司搞出什麼緋聞來。」

保母車慢慢駛到市中心的停車位上，然後解開了門鎖，等待著車內的人做好決定。

啊……煩死了。天狐默默地想，若他搞出了什麼事來，作為經紀人的施蓮，地位恐怕也難以保住吧？

所以說，當偶像真是麻煩死了。

老實說，當年被星探挖掘的時候，他不知中了什麼邪才會有「想要體會一下演藝圈的生活」這樣不得了的想法出現，持著這樣的念頭驀然答應了對方的邀請，卻沒想到真的會一炮而紅。

不作死就不會死，他現在非常能體會這句話的真諦。

他本想趁著名聲還沒繼續擴大，向事務所提出辭職，但當時簽下的八年合約未滿，加上社長也不願意就這樣放走一隻會吸金的狐狸，不但走不了，反而還一口氣增加了不少工作，讓他的名字在圈裡一發不可收拾。

簡單來說，當偶像就會失去某樣東西，比如，自由。

不過，總有一天，他還是會離開演藝圈的。

天狐微微一笑，儘管內心感到不忿，還是口是心非地乖乖回覆了一句「明白」後，一邊戴上口罩和鴨舌帽下了保母車。

天狐轉頭回望，白澤正一臉失望地從車窗探出腦袋，而車內施蓮的神色則變得有點難看，不安心地抬起眼眸往他這邊看過來，隨著車子開出道路，兩人的臉龐才漸漸離開他的視線。

唉，原來那個冰山美人也會露出一副不安的樣子啊。

一邊想，天狐一邊把手插進口袋裡，邁步離開了停車位。

現在是下班時間，街道上人潮擁擠，天狐腳步輕快地從人群中穿梭，然後走到十字路口，準備越過斑馬線到對面去。

行人穿越道的紅燈亮起，他和一堆人站在路口旁，等待著紅燈轉綠。

時間一分一秒的過去，天狐卻覺得度日如年、異常煎熬，最後還是忍不住微微抬起雙眸，目光如炬地瞪著眼前什麼都沒有的空氣。

——不，應該是說，瞪著前面肉眼凡胎看不見的東西。

天狐從衣服口袋裡抽出一隻細針，動作自然地放在身邊，指尖像彈石頭一樣把針彈飛出去，直接刺中眼前那隻和他只有兩拳頭距離、從大學校園跟隨出來的東西。

那東西有著淺淺紅色的半透明身軀、披著一頭長長的凌亂散髮，從髮絲中露出了全黑的空洞眼球，在學校纏上天狐後，就一直目不轉睛地盯著他看。

天狐看不清它的樣貌，但女鬼在被驅魔針刺中後，頓時發出了一陣令人毛骨悚然的尖叫聲，血盆大口中發出一股屍體腐爛般的味道，難聞的氣味直噴在他的臉龐上。

鬼味還眞濃重呢……

爲了避免引起路人的側目，天狐挺直身體站在原地不動，盡量減少明顯的肢體動作，眼神銳利地瞪著面前這隻其他人看不到的厲鬼。

他剛在車內就想要收拾這隻死纏爛打的鬼魂，但爲了經紀人和團員們的安全，他唯有裝作視而不見，扮演著什麼都不知道的樣子……反正演戲嘛，演戲他可最厲害了。

但濃烈的氣味，讓他實在是忍無可忍，於是選擇了提早下車。

此時厲鬼被驅魔針刺中的身體猶如被烈火吞噬，逐漸轉成黑色，厲鬼的臉孔開始猙獰起來，嘶吼的叫聲頓時變大，叫得天狐的耳朵都發痛。

因爲受到天狐的攻擊，厲鬼似乎想要做出反擊般伸出手，打算一把捏住眼前人的脖子，但就在它扭曲得詭異的手指即將要觸碰到天狐的肌膚時，天狐胸前突然閃出了一道光芒，直接將它的手指化成了沙子，然後成爲灰燼，並隨著指尖慢慢淨化掉它的身體，直到完全消失殆盡。

驅魔針在鬼魂消失後凌空掉在馬路上，鏘的一聲，伴隨著交通號誌轉換成綠燈，綠色火柴人正慢慢地行走著，而路人也跟隨交通號誌的變化，從他身邊走過，驅魔針則跟隨著微風一吹，一同化成塵埃消失在他的眼裡。

天狐瞄了眼和鬼魂一起消失的驅魔針，微微鬆了一口氣，捏了捏鼻梁上的口罩骨，和衆人一起若無其事地繼續向前行。

偶像只是兼職。

他的正職是靈能師[1]。

她在這裡等了好久。

女人正坐在寺廟的大廳中，臉色顯得疲憊憔悴，一頭盤髮一絲一絲地散落下來，眼神小心翼翼地掃看著周圍的環境擺設。

她身處的這座廟雖說是寺廟，但裡面卻沒有供奉著任何一個神明，除了一些用紫檀木做成的傢俱之外，整個房間空空如也，讓她有種就連呼吸都能產生回音的錯覺。

廟裡的牆壁上掛著幾幅墨水畫的神獸畫像，她不知道那些瑞獸的名字，眾多字畫中，她只聽過其中一個神獸的名字——九尾狐。

九尾狐畫像被放在正廳的最中間，狐狸的眼睛畫得栩栩如生，充滿正氣的眼神彷彿一直在畫中注視著她，卻讓她不覺得詭異，狐狸的九條尾巴看起來毛茸茸的，非常逼真漂亮。

此外，正廳的上方還掛著一塊橫匾，用鮮豔的紅色顏料畫上一隻九尾狐圖案，匾的角落則蓋了一個家族姓氏的鮮紅色印章。

房間四個角落均燃燒著檀香塔，幽香的香氣瀰漫在偌大的空間裡，讓人的心情意外平靜了下來。

女人輕輕地吸了一口檀香的氣味，然後呼出氣，嘗試放鬆身體。

「劉太太。」

就在她放鬆得快要睡著的時候，突然被一道聲音喚回意識，身後的拉門被人緩緩拉開，幾小時前把她留在大廳、白髮蒼蒼的老人笑咪咪地走了進來，臉上掛著一絲歉意。

「久等了，狐爺讓我來給您帶路。」

老人用硬朗的身體微微鞠躬，然後特別紳士地移開身體，挪開位置讓女士通過。

「謝謝蕭老先生，麻煩您了。」

老人的樣貌看起來約有六十歲，但實質年齡其實是七十……或許更大，而他無論是站立還是走路一直都挺著胸膛，身高大概有一百八十公分左右，擁有一副強健的體魄，正氣凜然，走起路來甚至輕快似風，她好不容易才跟上對方的步伐。

現在是晚上八點，女人跟著老人的腳步走在寺廟的迴廊，經過一間又一間的廂房，她微微扭過頭，看著旁邊一個種著蓮花的大池塘。

蓮花池塘旁邊的一棵柳樹下種滿了不同種類的各色花朵，一朵一朵綻放得漂亮，除了占了庭院大部分面積的柳樹之外，還有幾棵健康的柚子樹，清香的味道混在夜晚的清風中，吹著柔軟的柳枝在池水上方隨風飄蕩。

這裡雖說是一間古寺，但其實也並非想像中那麼破舊，寺廟內意外地乾淨漂亮，整間寺廟裡包括柱子、房梁、地板等全都是以土木、石頭為主，而門窗都是用窗紙糊上，呈現出復古又新鮮的氛圍。

這一路就走了快三分鐘，女子隨著老人經過一條漫長的走道後，迎面而來的是一扇拉門，老人輕輕敲了一下門口，然後開出一條裂縫，向裡面的人報告一下狀況。

「劉太太，您可以進去了。」

老人瞇眼一笑，扭過頭向她說著，移開身體站到一邊，不再說話，女人微微欠身表示感謝，小心翼翼地拉開門走了進去。

一個戴著狐狸面具的人，盤腿坐在房間的正中間，他身穿一件乾淨潔白的白色唐裝、衣襬上繡了一朵粉紅色的蓮花，一手拿著細長的小勺子、一手端著小碟子，微微攪拌著裡面的紅色液體。

眼前戴面具的男人，就是傳說中狐氏家族的靈能師——狐面。

狐面，其名源於他長期戴著半張狐狸面具而來，面具和白色衣裳是衆人對他的第一印象，而面具下的臉孔卻一直無人知曉，眞面目成謎。

狐氏家族在靈媒界中一向赫赫有名，其第八代宗家之子——狐面更是舉世聞名，甚至被奉爲大人物，衆人稱爲「狐爺」。

狐爺最擅長，就是理智地與鬼魂進行溝通，藉以成立兩全其美、一舉兩得的條件交換，讓鬼魂解脫世俗的枷鎖、得到轉生的機會之外，也能讓委託人了結心事。

他無論是在封印、超度、驅靈、淨化等法事都得到了良好的評價，至今爲止解決了不少大大小小的靈異案件，而最讓人欽佩的，就是他專業的滅鬼能力。

面對一些靈能師都驅逐不了、不願升天或談判失敗的頑靈，得到委託人認同後，他都會選擇當場將其消滅，效率極高，除靈後也不會留下禍根，手腳乾淨俐落。

不過，狐面經常外出不在，要委託狐面幫忙也絕非易事，除了要提早向狐家寺廟裡的蕭老先生預定之外，還要配合到狐面歸來兼空閒的時間，而在獲得通知能與狐面相見前，就只能無止境地等、再等、繼續等。

眾所皆知，狐面是個大忙人，而他到底在忙些什麼，卻也沒人敢過問。

爲了要拜見傳說中的狐爺，劉太太已經在家苦等了兩周，而這兩周的等待時間裡，足以讓她感到身心俱疲、寢食難安。

「請坐。」

狐面微微抬起頭，從面具的眼洞中瞄了一眼女人的狀態，見對方除了略帶疲憊感之外並無異常，便收回視線，繼續攪拌著手中的朱砂液。

劉太太有點怯懦地向狐面鞠了鞠躬，才坐在蕭老先生早已經預備好的坐墊上面。

狐面默不出聲，半晌才把小碟子放在眼前的四方小桌子上，然後微微捲起衣袖，露出了布料下面的雪白膚色。

「不要在意，妳說妳的事即可。」

狐面說話冷靜但不淡漠，聲音不深沉，溫柔細膩的嗓音甜而不膩，不至於讓人覺得難以溝通。

他說完話，便緩緩提起擱在旁邊的毛筆，沾著碟子上的朱砂，白色的毛刷頓時染上一片紅色。

雖然有點在意狐面的舉動，劉太太卻不敢多問，微微點著頭，開始做簡單的自我介紹，「狐爺您好，我姓劉，名美琴。只是個普通不過的家庭主婦，先感謝您願意在百忙中抽空見我一面。」

狐面禮貌性地小聲應了一聲，嘴角微微上揚表示回應，開始用毛筆在露出的前臂上繪畫著圖案。

「劉女士，請問我有什麼事可以幫到妳？」

「那個……不好意思，出現問題的對象不是我，而是我家的閨女。」

狐面聽罷，拿著毛筆的手突然凌空定格了一下，隨後微微抬起眼眸，透過面具發出一股困擾的神色。

「蕭爺爺有和妳說過規矩嗎？」

聽見眼前人突然的發問，劉美琴不禁愣住了，臉色頓時變得非常難看。

——有事相求，必須要當事人親自來面對，而不是要他自行移步去見當事人。

這雖然不是他們狐氏代代相承下來的規矩，但就他認爲，這起碼是人與人之間最基本的尊重；故而他最重視的就是這一項。

狐面突然就不太高興了，沒有什麼原因，只是單純對破壞他規矩的人感到不忿。

「蕭老先生說過了。」劉美琴頓時慌張起來，連忙解釋，「但、我眞的沒有辦法了。」

狐面沒有說話，甚至不想把注意力多留在對方身上，默默地在前臂上畫出一隻紅色的狐狸身體，他用朱砂畫出的狐狸，無論是姿態、神色都和大廳橫匾上的九尾狐一模一樣，只是筆劃比較簡易一些。

「狐爺……」劉美琴焦急得似乎快要哭了出來，她俯下身子、把額頭貼在地板上，聲音也變得哽咽，「小嫣她……我女兒她眞的無法出門，還請見諒。」

看著劉美琴苦苦哀求，狐面醞釀一下心情，無奈地嘆了一口氣，重新沾上紅色，繼續畫著還沒畫完的九尾狐紋身。

「我明白了。」狐面輕輕地在肌膚上描畫著狐狸尾巴，開口說道，「姑且聽聽妳的委託吧。」

「謝謝您……」

聽見對方妥協的話語，劉美琴輕輕地抬起腦袋，開始回顧著事情的來龍去脈。

「當我開始感到不妥時，是在夏天快結束的時候……」

暑假結束前的一個晚上，劉美琴與前夫所育之女——劉舒嫣，比平時晚了一個小時回家。

「小嫣？」聽見玄關的開門聲，劉美琴從廚房探出腦袋，顯得一臉不滿，「眞是的，妳跑去哪了？已經過了晚飯時間吧？」

「……沒去哪。」

劉舒嫣淡淡地回覆母親，然後在玄關脫下鞋子。

「哎，妳這孩子！」劉美琴不禁嘮叨一聲，「給妳打的電話都轉到了語音信箱，沒事幹嘛關機？擔心死我了。」

「都說沒去哪了！煩死了，晚餐我不吃了！」

劉舒嫣似乎開始感到煩躁，微微皺著眉頭、留下一句話，便頭也不回地走上二樓，隨後，劉美琴就聽到一陣房門關閉的聲音。

「小嫣！妳怎麼一天到晚就只會發脾氣？」

劉美琴從廚房追了出來，對著二樓喊了一聲女兒的名字就開始說教，卻沒有得到任何人的回應。

「行了，美琴。」

李昊良伸手抓住了她的肩膀，阻止了老婆打算走上階梯的行動，微微瞇眼一笑，眼尾紋忽隱忽現。

「孩子大了，有自己的自由和想法，我們不要干涉太多。」

「良……」

劉美琴也知道，女兒會這樣叛逆的原因是因爲她。她離婚之後，又與李昊良再婚，而劉舒嫣一直對此事感到不滿，雖然繼父李昊良對她疼愛有加，甚至宛如親生女兒一樣看待，但劉舒嫣一直不領情，除了堅持跟隨母姓之外，十六歲後更加叛逆，不只對繼父不理不睬，還開始怨恨母親。

其實，她也只想要給孩子一個完整的家庭罷了。

「眞的對不起……我會想辦法勸勸她的。」

「沒事，孩子接受不了也是人之常情，畢竟是繼父。」

李昊良乾巴巴地笑著，從語氣中能感覺到他的無奈。

劉美琴微微皺著眉頭，走到玄關準備收起女兒剛脫下的鞋子，才剛提起來，她又再次開啓埋怨模式。

「哎喲，這鞋子怎麼回事？」

劉舒嫣穿回家的鞋底鋪滿了厚厚的泥土，白色乾淨的鞋子沾滿黑褐色的汙漬，一層疊一層地覆蓋著鞋底的花紋，甚至還有些掉落在玄關前。

「這孩子究竟跑哪去玩了？」

聽見妻子的抱怨，丈夫李昊良也跟上去了解狀況，卻沒有覺得有可疑之處，依舊露出一副慈祥的模樣輕笑著。

「唉，孩子嘛，活潑一點才好。」

就在那一夜，劉舒嫣開始出現了奇怪狀況。

午夜兩點，劉美琴被一陣雜音吵醒。

聲音來自客廳，從房間的門縫底下可以確認客廳並沒有打開燈光，在烏漆抹黑的環境中，像是有人翻倒著什麼東西一樣，毫不客氣地發出劈里啪啦的噪音，甚至還有桌上花瓶摔下來的響聲。

聽到花瓶破碎的巨聲，原本還有些迷糊的劉美琴和李昊良，幾乎是同一瞬間清醒過來，她喊了一聲丈夫的名字，聲音略帶恐慌，李昊良稍微安慰妻子後拿起了床底下的棒球棍，準備出去客廳瞧一瞧狀況。

原本還以為是小偷，但李昊良一打開客廳的燈後，先是為眼前凌亂不堪的景象愣住了，隨後目光才轉移到站在客廳角落的女性。

「小嫣？」

躲在丈夫身後的劉美琴也發現了女兒的存在，確認客廳沒有其他可疑人物後，才慢慢鬆開緊抓著丈夫睡衣的手。

「發生了什麼……」

「……在哪裡？」

母親的話還沒說完，劉舒嫣就開口打斷了，她的眼神失焦、披頭散髮，說話的聲音不大，語氣冷冰冰的，沒有半點感情。

「……它掉去哪裡了？」

夫妻倆還沒從驚訝中回過神，就聽見劉舒嫣念念有詞、雙目失神，喃喃自語地重複著同樣的問題，並轉過身，繼續把廚裡的抽屜一一拉出，翻倒在地上。

「掉去哪裡了？」

這是夢遊？

面對目前的狀況，這是他們夫妻倆唯一想到的答案。

「小嫣。」

李昊良走上前，一手拉著劉舒嫣的手臂，想要嘗試喚醒夢睡中的女兒，但他才剛碰到女孩的肌膚，劉舒嫣突然驚恐地大叫起來，像是被什麼嚇到一樣，情緒異常激動，歇斯底里地對著繼父大喊大叫，聲音尖銳無比，嚇得李昊良就這樣鬆開了手，倒退了幾步。

「……在哪裡？」

見對方鬆開了手，劉舒嫣又恢復了原本的神情，面無表情地蹲下身子，繼續翻找著剛倒出來的雜物，情緒起伏變化得厲害。

「掉去哪裡了？」

「最後狀況越來越嚴重……」

劉美琴回想著當時的情況，又開始抽泣起來，拿了一條手帕拭淚。

狐面畫完最後一條尾巴，確認沒有畫錯筆劃後才緩緩擱下毛筆托著下巴，和先前的態度有點不一樣，他露出嚴肅的表情聆聽對方繼續說話。

「她不休不眠、不吃不喝……翻遍了整棟屋子就是爲了尋找著什麼東西，我們完全和她溝通不了，最近她還趁我們不注意，光著腳跑到了庭院裡，用手在泥土上刨坑……」

「她什麼話也沒說，只是一句又一句地重複同樣的話語，一旦碰到她的身體就會抓狂發瘋，我們根本接近不了她……」

狐面聽得很認眞，腦內開始把得到的資料做整理，瞄了一眼已經乾掉的朱砂，才慢慢把衣袖放下。

「妳把她關起來了嗎？」

終於聽見狐爺第一次主動提問，劉美琴連忙輕應一聲、微點著頭，醞釀醞釀情緒後才繼續說道：「心理醫生完全幫不上忙，只能開給我們一些鎭定劑，待狀況平穩後再做檢查……然而出來的報告卻是一切正常，心理和生理都沒有問題；我也找過靈能師，他們都說小嫣是被邪靈附身了，花了我一大筆錢驅靈，但無論他們做了多大的法事、念了多長的經文，最終都是徒然，一點效果都沒有！」

「看著小嫣一天比一天消瘦，我眞的擔心她熬會不下去！」

劉美琴越說越激動，身體情不自禁地邁向前，再次做出下跪的動作，「狐爺，您是我最後的希望了，求您……一定要救救我女兒！」

狐面看著眼前愛女心切的母親，沉默不語、思考半晌，面具下的眉頭一皺，似乎還沒有做好要移步的決定。

「所以還是要我走一趟嗎？」

「求您了！」劉美琴從口袋抽出一把鑰匙，輕推到他的面前，「我會開車送您過去。」

「唉，不是這個問題……」

他正想再說些什麼，放在口袋的手機突然響了一下，狐面伸手抽出手機，上面顯示是一份文件檔案，傳送人是施蓮，顯然是之前說過，更新後的行程表。

內心掙扎斟酌了一下，狐面不禁嘆氣出聲，抓了抓後腦勺的頭髮，抬起頭來，視線正好停留在門外的蕭老先生身上。

蕭老先生此時手上已拿好他裝道具用的手提鋁箱，恭恭敬敬地站在門外微笑著，還晃了晃手提箱示意他已經準備好一切了。

休息，是多麼奢侈的想法——事到如今，狐面還是這麼認為。

「妳怎麼又把奇怪的人帶回來了？」

狐面才一進門，就遭到屋子主人李昊良的白眼，讓他有一瞬間後悔答應人家的邀請。

李昊良略顯不滿，瞪了一眼戴著面具的男人和他身後的隨從，不禁皺起眉頭，對妻子埋怨道：「琴，別再做這種事了，我已經拜託認識的心理醫生幫忙……」李昊良下意識地擋住了入口，顯然不同意讓陌生人進入屋內，「靈能師幫不上忙的。」

狐面沒有出聲，只是微微地嘆了一口氣，此刻的他只想速戰速決，在等待雙方應對時候，他只是靜靜地觀察著屋內的環境。

狐面很快就下了結論：這棟房子，並沒有鬼魂的氣息。

「難道醫生就幫得上忙嗎？」

劉美琴反駁丈夫，不理會李昊良的阻止，脫下鞋子後就往二樓走去，還特意回頭邀請兩位客人，「狐爺，這邊請。」

「醫生幫不上忙。」面具下的桃花眼彷彿在向眼前人宣戰，狐面重複了劉琴的話，並瞥了男主人一眼後輕笑出聲，「令夫人是這麼說的喔。」

「你！」

李昊良被氣到，卻又說不出什麼狠話來，只能狠瞪對方。

見狀，狐面只是聳聳肩膀，稍微調整一下面具後，就默默地登上二樓樓梯。

二樓的房間一片狼藉，書櫃上的東西全被人搬了下來，一本一本被撕破的書籍散在房間每個角落，一個披頭散髮的女孩把上半身塞在衣櫥裡面，像狗一樣把裡面的衣服一一扒出來，嘴上喃喃自語，整個房間可以說是沒有能行走的空間。

「小嫣……」

看見凌亂的房間，劉美琴無助地叫了聲女孩的名字，走過去把人用力拉出衣櫥，卻換來一陣刺耳的尖叫聲。

被人拉出來的劉舒嫣一臉恐懼、張大嘴巴崩潰地喊叫著，原本精緻的臉龐已經瘦成了骷髏模樣，眼神空洞、面無血色，像是隨時會倒下一樣。

被尖叫聲弄得耳痛，狐面為了保護自己的耳朵，連忙跨步過去推開劉美琴，快速伸出手、一把抓著女孩的瀏海往上拉起，硬讓她與自己眼神接觸。

「你這傢伙！在幹什麼？」

隨後趕到的李昊良被眼前的狀況嚇了一跳，正想衝上去阻止對方的暴力行動，卻被身邊的蕭老先生一把抓住了手臂。

滿頭白髮的老人年齡雖大，但是力氣可不小，李昊良感覺被他緊緊嵌著的地方，發出一陣疼痛。

「李先生，別上前干擾比較好喔。」

蕭老先生瞇眼一笑，另一隻手放在唇中對李昊良示意保持安靜。

另一邊，劉舒嫣在與狐面眼神接觸瞬間，尖叫聲就像是被東西堵住一樣戛然而止，然後全身乏力地跪坐下來，但因爲頭髮被扯著的關係，她只能昂起頭來，眼睛無焦距地對著那張狐狸面具。

「在哪裡……」就如劉美琴所言，女孩嘴裡念念有詞，聲音卻小得不能再小，「……掉去哪裡了？」

第一次看見有人能順利接觸到女孩，劉美琴和李昊良都愣了一下，李昊良也不敢再多說一句話。

「哎喲。」

狐面透過對方的瞳孔似乎察覺到什麼，輕輕感嘆一聲，然後捏住劉舒嫣骨瘦如柴的下顎，左右搖擺，認真地觀察著她的臉色。

「來，把她的上衣全脫了。」

「你說什麼？！」李昊良聽罷，一股怒氣直沖腦袋，用力掙開蕭老先生的手，沒想到對方依舊紋絲不動，似乎還增加了力度，讓掙脫不了的他只能大罵：「你這個神棍！果然是個混蛋！」

劉美琴也被狐面的發言嚇了一跳，雙手捂著嘴巴，結結巴巴地道：「……狐爺，您、您說的話……是什麼意思？」

「幫她脫衣服，然後讓她趴在床上。」

無視男人的咆哮，狐面輕聲輕語地向劉美琴說道，然後鬆開了手，居高臨下地俯視著跌坐在他面前的女孩，接著雙手交叉、望向門前的蕭老先生。

「蕭爺爺，幫個忙。」

知道狐面的意思，蕭老先生把脾氣異常暴躁的男人往後拉去，然後走進房、打開手提箱，從裡面拿出一條純白色肚兜遞給劉美琴。

「劉太太，請幫小姐換上這個。」

蕭老先生一臉慈祥地微笑著，等對方接過衣物後，再把手提箱交到靈能師的手上，然後與男主人輕聲說了幾句話，便一同退出房間。

「安心，她暫時不會發狂，請動作快點，我沒多少時間。」

狐面提著手提箱的把手轉身，讓劉美琴幫女兒換上肚兜。

劉美琴馬上應了一聲，趕緊替女兒更換衣物。

剛進來時，他並沒有發現，現在打量房間擺設才注意到，房間的四面牆上貼滿了大大小小的海報，而海報上的人物，卻是他最熟悉不過的團體。

百神的團員……包括自己在內，三人在海報裡笑得一臉陽光燦爛，而九尾天狐的獨身海報更爲居多，密密麻麻地貼滿整個牆壁，狐面看著看著，感覺密集恐懼症都快發作了。

低頭一看，他的腳下堆滿了亂七八糟的紙張，還有各種百神登上封面的雜誌寫眞集也被人從書櫃上扒下，一本一本掉落在地上。

團體出道至今的所有專輯、影視劇與電影的ＤＶＤ完整收藏，外殼有被輕微壓破的裂痕，裡面的光碟整個飛了出來，讓他不敢去看光碟的損壞程度。

狐面蹲下身體微微翻開紙張，埋在紙堆下面的是百神演唱會的周邊，除了應援扇、手燈之外，還有今年以可愛版瑞獸做裝飾的髮夾、項鍊、手鍊、鑰匙圈、布娃娃等……

但，首飾什麼的易損品都已經破碎支離，分散到房間的每個角落。

哎呀，居然還是個忠誠粉絲嗎？

狐面正在微微感嘆，就聽到劉美琴完成工作的聲音，於是他默默地打開了手提箱，從裡面取出一袋針灸用的細火針。

劉舒嫣換上了白色的肚兜，被母親正面朝下地壓趴在床上，光滑的背部卻瘦得骨骼分明，眼神空洞地看著側邊，嘴唇緩緩地張合著，像是條缺氧快死去的魚。

狐面單膝跨過床邊，拿起針一手壓住她的肩膀，尋找到穴位後，往她的背部連續刺了好幾針。

過了好幾分鐘，狐面才把細針一一拔出，然後仔細地盯著針頭。

看著針頭漸漸呈現出被燒焦般的暗黑色，狐面重重地呼出一口氣，輕易吹掉上面的黑色，然後收起了細針。

在一旁看著的劉美琴完全不在狀況內，正想問個明白，卻被狐面率先開口一句話打斷。

「根本就沒有什麼邪靈。」

「呃？」得到了與其他靈能師口中完全不同的答案，劉美琴再次愣了半晌，一臉不解，「什麼意思？」

「她並沒有被邪靈附身，只是靈魂被汙染了。」

取出一隻毛筆沾上朱砂，狐面微微翻過劉舒嫣瘦小的身體，然後用毛筆在她的眉中點了一顆朱砂痣。

點上朱砂的那瞬間，劉舒嫣突然全身無力，眼皮也漸漸合起，頓時進入了昏睡狀態。

「怎麼回事？」劉美琴依舊不明所以，連忙追問著，「小嫣一定是被附身了，才會做出這些匪夷所思的……」

「我簡單地說明好了。」

再次打斷劉美琴的話，狐面蹲下身體，把所有工具一一收回手提箱裡。

「人有人氣，鬼有鬼氣；妖有妖氣，仙有仙氣。人類使用過的東西，自然會擁有人類本身特殊的氣息，而把沾上人氣的物品遺落在充滿鬼氣的地方，不乾淨的氣息會透過物品上的人氣，間接汙染到失主的靈魂——劉舒嫣就是這種情況。」

「也就是說，你們以往所看見的，其實是劉舒嫣小姐的生靈……因靈魂掙扎而分裂出來的生靈控制了她的肉體，她是用自身的意識尋找遺失的物品，嘗試阻止邪靈侵蝕。」

狐面闔上手提箱、喊了一聲老人的名字，房門馬上就被人打開，門外的蕭老先生笑著走了進來。

「關於這一點，妳有頭緒嗎？」狐面把鋁箱遞給蕭老先生，一邊調著面具，「我是說，劉舒嫣小姐去過的地方。」

「不、我完全……這孩子，什麼事都不曾和我說。」

劉美琴顯得一臉茫然，也因不了解自己的女兒而感到懊悔，不禁低下了腦袋，突然想起了什麼，輕輕地啊了一下，才繼續道：「我聽她說，那天好像打算和同學一起進行什麼試膽大會，至於地點我就不太清楚了……」

「所以，解決了嗎？」李昊良依舊一副霸氣外露的樣子、雙手交叉站在門外，「你別在這裡裝神弄鬼，最終卻什麼事都辦不成。」

「良！」

劉美琴馬上阻止丈夫的挑撥，然後一臉歉意地向兩人道歉。

「朱砂封眉，只能暫時壓制靈魂躁動的情緒，讓靈魂暫時安定下來。」狐面瞪了一眼男主人，最終還是選擇了無視對方，「現在只要找到失物進行淨化，殘留在靈魂裡的鬼氣也自然會消失。」

「喔呀，這麼說……」蕭老先生呵呵地笑了一下。

「是的，我還不能下班。」

狐面有些無奈地看了一眼熟睡中的劉舒嫣，然後提起右手瞄了瞄手錶。

現在是午夜十二點，自己今天又得加班了……

「天狐？」

施蓮輕輕叫了一聲坐在她身旁的人，卻沒有得到任何的反應。

「怎麼了？他又犯睏了？」

負責當司機的工作人員瞄了一眼後照鏡，天狐正戴著口罩、閉著眼睛，把腦袋靠在車窗上沉沉睡去。

今天天狐有個人工作，依照行程表安排，早上六點就要在電視臺待機，出席早晨節目直播。

可施蓮沒想到，對方一上車就累癱了，連最喜愛的聖女小番茄的包裝都沒拆開，像小孩一樣捏住袋子倒頭就睡，根本就沒有餘力去了解接下來的工作詳情。

「他還有要繼續做下去的打算嗎？」司機的這句話是問施蓮，「就連我都感覺不到他的幹勁。」

「誰知道呢。」

施蓮默默地回答，表情和語氣都冷若冰霜，繼續確認著藝人的行程安排。

「叫醒他吧。」化妝師姐姐打開手上的化妝用具，準備補妝，「蓮姐妳瞧，他黑眼圈都出來了，趕緊讓我補補。」

像是被對話聲吵醒了一樣，天狐微微皺著眉頭，用著特別黏糯的聲音低嗚一聲，疲憊地開出一條眼縫，伸伸懶腰、將腦袋移離了車窗。

就在衆人都以爲他已經醒來了的時候，卻見到他只是想換個睡姿，眼睛重新閉上，然後往旁邊經紀人的肩膀上靠去，再次昏睡。

「也太睏了吧？昨晚都沒好好休息嗎？」

化妝師露出一臉無奈的表情，伸手過去正打算叫醒天狐，卻被施蓮阻止了。

「還有半小時的車程，等一下再補妝好了。」

施蓮語氣依舊冰冷，但卻不由自主地放輕了聲量，身體也不敢亂動，任由對方靠在她的肩膀上睡覺。

施蓮微微扭過頭，看了一眼靠著自己的黑色腦袋，然後輕輕取走天狐手上的水果。

現在，就讓他多睡一會吧。

❖❖❖

「是這裡嗎？」

今天凌晨的時候，蕭老先生一手拎箱、一手攥著手電筒，緊緊地跟在狐面的身後，穿過一條長長的小路後，抵達一幢荒廢已久的獨立式洋房。

這幢洋房位於林子深處，相當偏僻，周圍沒有街燈等光源，所幸今晚是農曆十五，月亮又大又圓，月光穿過一大片樹葉朦朦朧朧折射在宏偉的建築物上，零零碎碎地打出一圈一圈朦朧的光暈，洋房表面已經破損不堪，發出一股詭異滲人的氣息。

「是這裡。」

狐面用手電筒的光線照了一下建築物，眼睛直瞪著一樓破出蜘蛛網模樣的落地窗戶，一個黑影從他眼前一閃而過，竄到二樓的房間裡。

離開劉美琴的房子後，狐面沒有回到寺廟，反而是直接尋找劉舒嫣到過的靈異地點。

尋找的過程就花了一個小時，狐面再次看了一眼手錶，現在是凌晨一點，距離經紀人的來電還有三個半小時左右的時間。

「你確定？」蕭爺爺一如往常呵呵地笑了一下，顯然沒被眼前毛骨悚然的建築物嚇著，「劉太太不知道正確地點吧？」

「泥土。」狐面伸手接過手提箱，移開視線，繼續瞪著二樓的窗戶，觀察和說話兩方面毫不懈怠，「劉家的玄關處有泥土，應該是從劉舒嫣的鞋上脫落下來的。」

狐面悠悠說道。

他注意到玄關處掉落的泥土顏色偏深，乾涸後變得有點鬆脆，上面還附著一些濕性植物，是比較濕潤的土壤，初步判斷是沼澤地的土壤；而劉舒嫣還只是國中生，試膽大會的地點也不會太遠，範圍應該就在市區。

從這兩點來過濾，市區的眾多知名靈異地點中，要經過泥淖區的，就只有這間傳聞鬧鬼的獨立洋房了。

就算劉舒嫣不說，劉美琴不知，憑著玄關上的土壤，狐面就大約能猜出一二了。

「哎，你這天賦，不做偵探眞是浪費了。」

蕭老先生下意識看了一眼腳底，剛剛經過的沼澤地讓他鞋子頓時沾上厚厚的泥巴。

「偵探角色我也演過了不少。」

狐面苦笑一聲，把狐狸面具移到右腦旁，然後在草地上抖掉鞋底的土壤。

「託劇本的福，讓我自身都開始變得敏感了。」

「事不宜遲，我們進去吧。」

蕭老先生活動活動身體，做出一副準備開戰的樣子，卻被狐面一把拉住了他的衣角，阻止他繼續前進。

「等等，蕭爺爺，你留在這裡。」

蕭老先生停住腳步，回過頭意味深長地看了狐面一眼，微微一笑，不疾不徐地繼續說話。

「老夫還能活到一百歲呢，你該不會是嫌我這老骨頭礙事吧？」

「蕭爺爺的身體健壯我當然知道。」明白眼前人的意思，狐面莞爾一笑，然後鬆開手，「裡面數量還挺多的，我只是撿個東西，盡量不要驚動它們，以免生事。」

「好的。」

蕭老先生沒有因爲眼前人的拒絕而感到生氣，笑咪咪地看著狐面拿出一道黃符，用朱砂在上面畫了幾個符咒。

「誰讓我只是狐氏家族的僕人呢，狐爺說什麼我就聽什麼吧。」

聽見蕭老先生故意用受傷的語氣說話，還裝出傷心欲絕的表情，狐面不由得無奈。

他輕輕往靈符吹了一口靈氣，然後對摺起來塞到蕭老先生衣服的口袋裡，放完護身符後，才重新戴上面具。

「你在說什麼呢？蕭爺爺是我最重要的親人呢。」

狐面拿起手提箱後微站立身子。

「爺爺，一個小時後，我再找你。」

「去吧，好孫子。」

一進洋房的大廳，他就先看到了三隻鬼，雖然靈體看起來相當模糊，身影也有點稀薄，但是他還是能清楚感覺到它們的氣息。

這棟洋房並沒有發生過什麼血案，被空置的理由也沒有人知道，裡面的各種擺設早已被鼠雀之輩盜得一件不剩，成了一間空蕩蕩的房子。

洋房位置偏於郊外，隨著時間的流動，早已成爲了孤魂野鬼的逗留所，因鬧鬼的傳聞，吸引了各種乳臭未乾的小孩作爲試膽大會的其中一個景點。

他眞心不明白，現在的孩子擱著遊戲機不玩，沒那個膽子還偏要撞鬼，腦袋究竟是裝著什麼？

憑著一時的衝動與逞強去干擾人家的作息，卻被鬼魂做出警告的動靜嚇得夾著尾巴逃的目的到底是什麼？特地來被鬼嚇破膽嗎？

狐面內心默默地吐槽著，然後抬起眼、巡了一下四周，準備說明一下來意表示尊重。

「打擾了，我並沒有惡意，只是想找一樣東……」

他話還沒說完，一股鬼氣倏忽之間從他正面飛撲過來，看起來凶猛無比，狐面被突然湧起的怒氣嚇了一跳，下意識伸手去擋，鬼魂就直接撞到了他前臂的朱砂紋身，幽暗的空間頓時亮起一道刺眼的光芒。

光源沿著紋身線一條一條連接起來，形成九尾狐形狀的紅色光芒越發越亮，剛對狐面做出攻擊的鬼魂在觸碰到強光的瞬間，化成灰燼飄蕩在房子中央，越變越小，最後消失在天花板上。

「……但你們似乎對我有惡意。」

鬼魂被強行驅滅後，朱砂紋身的光線也漸漸減弱，發光的九尾狐在他前臂上慢慢消失，恢復了原本乾淨潔白的皮膚。

唉，他剛畫上不久的九尾紋身又失效了。

因爲同伴意外而被消滅，房子裡的鬼魂開始躁動和混亂，整棟洋房的鬼氣集中在大廳中，冷空氣凝聚在房子裡，氣氛頓時變得更加陰寒，破碎的落地窗等窗戶突然顫抖出聲，懸吊在大廳中央的水晶吊燈搖搖欲墜，喀嚓喀嚓地無風起動。

——這是鬼魂發出的警告。

無形態的靈體上竄下跳，對著他大聲哀號，低沉的哭聲中充滿怨氣、憤怒、恐懼，以及無法對眼前人下手的不甘，各種聲音混合起來，在幽暗的空間裡形成毛骨悚然的音訊。

「我看這樣好了，我們來做個協議。」

儘管已經被鬼魂重重包圍，狐面對此景早已司空見慣，保持鎮定直接盤腿坐在地上，然後打開手提箱。

「在這裡找出不屬於你們的東西，把它交給我，作爲交換，我來協助你們轉世。」

洋房的裡頭面積大，撇開一樓不說，光是二樓就有六間大房間，他此刻感到有點疲憊，也不清楚劉舒嫣遺落下來的到底是什麼東西，狐面根本就沒有那個餘力和時間一間一間挨著找，於是他想到了「條件交換」這個方法。

雖然是增加了工作流程，但至少可以盡量保存他的體力。

狐面拿出一袋驅魔針和一本經文，分別擺放在左右兩邊。

「我知道你們待在這裡其實並無惡意，正所謂人不犯我，我不犯人，我相信是因爲被人類打擾你們才會做出反抗；但是現實中愛冒險又多管閒事的人到處都是，怎麼說我都要站在人類這一邊，畢竟這裡並不是你們的歸宿，你們必須離開且進入六道輪迴。各退一步，你們不打算輪迴的話，我就會消滅你們。」

無形態的透明鬼魂皆歸列爲孤魂野鬼，可能是屍骨不全、無主、無靈位或錯過了投胎的時間而被迫逗留在世上，沒有後裔舉辦的超度法事，它們最終只能四處漂泊，無依無靠。

如今有靈能師親自上門提供超度法事，對它們來說，確實是一個千載難逢的機會。

「事到如今，你們只有兩條路可以走……一，找到我要的東西，把它交給我；二，交易失敗，啥都別幹，然後由我來殲滅你們。超度（經文）與消滅（驅魔針），你們會怎麼選擇？」

二選一的選項，要不重生，要不永不超生，他讓鬼魂自己決定。

狐面承認，他就是在威逼強迫鬼魂幫他辦事。

哀號的聲量逐漸變小，窗戶和吊燈也不再震動，一陣寒冷的強風吹過，讓狐面不禁縮了縮肩膀，他感覺原本集中在一起的鬼氣突然四處散開，頓時鋪滿在整個洋房之中。

有時他覺得，與鬼魂溝通，比和人類溝通來得還要簡單。

畢竟他能知道，鬼魂想要的究竟是什麼，而人類的思想總是變化莫測、千變萬化，讓他難以捉摸。

他有時會想，兩者差別在哪裡？

實體與虛體？

氣息與無息？

還是生與死？

他個人覺得，應該是人類還活著的關係。

因爲活著，所以擁有思想與意識。

趁著鬼魂替他尋找物品期間，狐面瞄了一眼手錶，目前所剩下的時間已經不多，這邊的工作結束後他大概也沒有補眠的時間。

狐面認命地嘆了一口氣，閉上眼睛稍作休息，不過一會，一陣寒風飄過，物體凌空墜落的聲音響起，聲音細小輕巧，啪嗒一聲，掉落在他面前。

感受鬼氣再次集結在一起，狐面看了一眼經文前面的東西，輕輕笑出聲，拿起鬼魂「千辛萬苦」從洋樓裡找出來的人類物品。

「做得漂亮，我覺得是這個沒錯了。」

狐面非常滿意靈體做的決定，從手提箱裡拿出一個小鐵盒，把那小東西放進去後，再與驅魔針一同收進手提箱裡。

狐面捧起鬼魂選中的選項，翻開眼前的經文，看著一隻隻乖乖站在他面前的遊魂，嘴角微微上揚。

「那麼，開始吧。」

「劉太太。」蕭老先生手捧著一個深紅色的錦盒，再次拜訪劉家，「令嫒身體還好嗎？」

「穩定下來了，謝謝蕭先生的關心。」

劉美琴連忙讓人進屋，下意識望向老人的後面，才發現少了一個人的蹤影。

「那個……只有先生一個人嗎？」

「狐爺還有別的工作，所以讓我來善後。」

進入玄關後，蕭老先生緩緩脫下沾上泥土的皮鞋，準備上樓爲生靈作祟做善後工作。

「我事情完成後還能好好休息一下，那孩子的命就苦了。」像是在抱怨著什麼，蕭老先生臉上的笑容有點生硬，可知他笑得有多麼地勉強。

「眞是非常抱歉，請替我向狐爺致謝。」

劉美琴輕聲地說著，邊跟隨著蕭老先生上樓。

現在的時間是早上八點。

從狐面接受委託開始，完成這一項工作共花了他們九小時左右的時間，因爲還有別的行程，找到失物後，狐面便把剩下的工作都交給了蕭老先生，自己則趕往居住的公寓清洗一番身體，等待保母車迎接他前去下一份屬於天狐的工作。

而狐面剩下的工作，就是進行物品淨化和物歸原主。

蕭老先生打開房間門時，劉舒嫣已經醒了過來，精神狀態算不上好，靈魂平靜下來後，肉體反而產生加倍疲憊的感覺，她覺得全身骨頭都在痛，讓她癱軟在床上，一臉死而復生的樣子。

「小姐，一切都結束了。」

蕭老先生笑容滿面地靠近劉舒嫣，伸出滿是皺紋的手一把抹掉她眉間的朱砂。

「非常感謝您……」

儘管身體感到乏力，劉舒嫣還是禮貌地道謝，聲音聽起來有點顫抖，幾乎連氣音都發不出來，顯然相當筋疲力盡。

「哎呀，已經能記起發生的事件了嗎？」

「……記不太清楚，當時意識還是隱約存在，知道自己做了什麼，只是身體完全不受控制。」

「小嫣。」

李昊良鬆了一口氣，臉上的表情不再緊繃，安心了不少。

「太好了，沒事眞的太好了。」

看著繼父，劉舒嫣的臉部表情反而略顯生硬，想要表達感激的心情卻又不好意思開口，整個人變得有點彆扭。

「讓……讓你們擔心了，對不起……」

看著女兒扭扭捏捏地避開視線，夫妻兩人不禁會心一笑，看來，這次拯救的不只是她的靈魂，還有她的心靈。

家人爲她東奔西跑的身影、爲她心力交瘁的哭泣聲……她都有看在眼裡，因爲發生了這件事情，淡化了她對家人的厭惡，劉舒嫣終於意識到，雖然沒有血緣關係，但是家人就是家人，是獨一無二的存在。

狐面的判斷也非常正確，劉舒嫣並不是其他靈能師所說的邪靈附身，只是自身的生靈作祟。

雖然大家都是同行，但蕭老先生不得不認爲，這些神棍還是別出來害人了。畢竟除靈就和醫療一樣，不經過詳細觀察對症下藥，誤診的後果往往都會非常嚴重。

「已經沒事了。」

蕭老先生呵呵地笑著，然後打開手上的紅錦盒，一股芬香撲鼻的檀香味撲面而來，他從香味中取出一個嬌小玲瓏的髮夾。

「這是妳掉落的東西，我已經依照狐爺的吩咐，用焚香法驅逐了上面的鬼氣，現在我把它歸還給妳……以後別再去那種地方了。」

蕭先生用手撥開女孩的瀏海，然後把狐狸裝飾的髮夾夾在劉舒嫣的頭髮上，「請小心保管。」

經過焚香淨化的髮夾發出淡淡的檀香味，上面的可愛型狐狸瞇著眼睛，嘴角微微上揚，笑容中邪魅與神聖的氣息交接替換，就和海報上的人物露著一模一樣的笑顏。

「百神的周邊髮夾，過了今年，或許不會再有了。」

注1：靈能師：常與鬼魂接觸，以淨化、驅趕、消滅鬼魂等作為工作的職業。

偶活★靈能師

貳·替死鬼

Part-time job as an idol in the morning and full-time job as a psychic at night.

百神成團即將邁向第八年，團體與事務所簽下的合約也快要結束，成員們目前要面臨的，是續約還是解約兩個選擇。

為了這件事，社長特意把百神三個成員都叫來辦公室，想要了解一下眾人的決定。

天狐先前向事務所表達得很清楚，八年……也就是合約滿期的時候，九尾天狐即將會退出娛樂界。

是的，他選擇了解約，這個決心從來沒有動搖過。

百神的王牌要解約一事，很快就在事務所裡面鬧得沸沸揚揚，幸好公司上層及時全面壓制下來，才沒洩漏出去給媒體得知，避免了一場風波。

然而，因為此事，天狐和團員在一起時的氣氛卻變得很僵，他與成員之間關係逐漸破裂。

由於距離合約正式到期還有一些時間，於是社長也提出讓他再次考慮考慮的要求。

於是，天狐懷著猶豫不決的心情，最後還是接下了一部主演電影。

電影拍攝現場位在一片清澈的大湖旁，湖面異常地平靜，就連一圈微風吹過的漣漪都沒有，瀰漫著一股死氣沉沉的氣息。

幾個工作人員動作流利地在大湖岸邊的小石地上搭建綠色背景布，以便製作電腦特效。

今天天氣不算很好，天色雖然明亮，但是卻看不見太陽。

天狐穿著一身黑的皮衣造型，因角色關係而染了茶色的頭髮，面對著大湖、坐在一邊的椅子上默默地看著劇本，沒有理會他人的談話與工作，全神貫注地了解電影裡動作戲的內容。

「狐哥哥。」

一道聲音打斷了他的集中力，身穿白衣的少年嬉皮笑臉地走了過來，然後給他遞上一瓶礦泉水。

「啊，彗星，辛苦你了。」

天狐連忙放下劇本，微笑地接過水瓶並向人道謝。

眼前的少年，是與天狐同間事務所的後輩——彗星。

他今年十六歲，有一張童顏和嬌小的身材、性格活潑開朗，笑起來會露出兩顆兔牙，模樣非常可愛。

彗星所屬偶像團名叫「銀河」，是一個出道不足一年的新人團體。

相較百神，銀河的人氣不算很高，而且彗星在團體中不算出衆，鏡頭前的露面機會和個人工作也不多，導致存在感渺小。

彗星特別喜歡天狐的作品，在各種雜誌的採訪中，「尊敬的前輩」那一欄永遠都是塡上九尾天狐的名字。彗星人品好、價値觀正確、也很有禮貌，所以天狐對他的印象還不錯，私底下也經常會照顧一下後輩。

因爲長相符合條件，寥寥無名的彗星有幸被選爲電影的男配角，和天狐的對手戲也不少，能和尊敬的前輩共演這件事可把他給樂壞了，整天嚷著「我不會拖狐哥哥後腿的」、「我上輩子是拯救地球了嗎？」之類的話，並圍著天狐團團轉，高興得像個孩子一樣。

「你太拘謹了。」天狐無奈地笑了一下，用劇本輕拍了一下他的腦袋，「拍攝已經一周了，差不多該習慣了吧？」

「呀，因爲我做夢都沒想到，居然能和哥哥一同共演電影……」彗星笑容滿面地說。

天狐似乎還能看見對方身邊正冒出一朵朵的鮮花，他無奈地笑著不語，移開視線，繼續看著劇本。

現在他眞的沒有餘力去應付樂天派的後輩，看過劇本後，天狐內心對於其中一個要命的拍攝場景十分糾結。

「啊，天狐和彗星都在這嗎？」

導演戴了一副厚厚的眼鏡、留著八字鬍，他手拿著劇本，嬉皮笑臉地朝他們兩人走了過來。

「我再稍微給你們解釋一下接下來的拍攝要點。」

「是這個場景嗎？」天狐連忙站了起來，用手指指著劇本裡其中一個動作戲，「還是必須下水？」

「是的。」

聽見了答案，天狐的腦海裡彷彿遭到了雷擊。

這部電影是犯罪動作片，而他們即將要拍攝的場面，是天狐和彗星的水中攝影。這一段，是男配角被敵人一腳踹下湖水之中，然後男主角奮不顧身地跳下去把對方救上岸的環節，雖然沒有臺詞，但水中的互動戲分頗多，還要拍下近距離的表情特寫。

但問題是，他不會游泳。

天狐先前已經看過了整部電影的大致拍攝方向，不諳水性這件事他也向導演和編劇反映過，但無奈這段偏是整個故事中最重要的情景，將會牽連到下一幕的劇情，所以無論如何也不能砍掉。

當時導演曾向他表示可以考慮使用替身，但是天狐卻拒絕了。

觀衆花錢買電影票，結果最重要的情節卻是由替身頂上，整部電影的價值位於何處？若要他因爲怕水而換人上陣，天狐內心是過不去。

「只好自己上了。」

這句話，天狐說得有心無力。

「不過你不用擔心，我會安排潛水員在水中待命，一有不對勁會立刻上前援救。先前工作人員下水探過，湖水挺深的，爲了安全起見，正式拍攝時我會讓你們兩人都繫上鋼絲。」

導演指了指在一邊整理著安全繩的工作人員、以及兩個穿著潛水服的援救隊潛水員，還有兩部放在湖邊準備使用的水中攝影機。

看來爲了拍這個場景，眞的燒了製作組不少的經費。

「沒事的，哥哥。」似乎感覺到前輩的不安，彗星連忙安慰道，「我會游泳，有什麼事我可以第一時間罩住你。」

「……希望這部分能夠一次通過。」

儘管眼前的兩人說盡好話，但天狐還是有點擔憂，他眞的無法想像，如果ＮＧ的話……他會不會溺水？

「前輩的話絕對沒問題的。」

「看，我連獎勵都準備好了。」導演不知從哪裡挖出一顆啤酒肚般大的西瓜，抱在懷裡，見牙不見眼地對他一笑，「結束後，我把一半留給你！」

看著眼前的西瓜，天狐不禁倒退三步、退避三舍，感覺此刻的笑容都僵硬在臉上，嘴角微微抽搐──不，我不需要！

他不知道導演是找錯資料，還是被人耍了，衆多水果之中，他最討厭的就是西瓜，不，與其說是討厭，還不如說是反感。

他應該跟導演說，以後要預備獎勵的話，請幫他準備一袋小番茄嗎？

「哇！西瓜！我最愛吃了！」

彗星看得眼睛都在發光，感覺口水都快流了下來。

天狐無言，所以喜歡吃的人是彗星嗎？

「你們兩人先調整狀態，馬上就要開始了。」

導演把西瓜交到彗星的手中，稍微交代一下事情後就往攝影師那邊走去繼續辦事。

天狐乾笑了兩聲，拿劇本輕敲了一下後輩手上的西瓜，「我的那一半讓給你吃吧。」

反正他也不愛吃。

說完，天狐拿起放在一邊的道具裝備穿上，開始整理身上的衣服，準備一會正式開始拍攝。

「哥哥。」

彗星輕手輕腳把西瓜放進工作人員準備好的移動小冰箱裡凍住，臉上的笑容漸漸淡化，變得認真了起來。

「事務所流傳的傳言是眞的嗎？」

「什麼？」

對方的聲音很小，天狐聽得不太清楚，情不自禁地停下了手上的動作。

「那個，哥哥要退出演藝圈、這部電影是你最後的作品什麼的……是眞的嗎？」

彗星一臉嚴肅地站直身體，看著高他一個腦袋的人，再次重複問題。

天狐微愣半晌，看著眼前後輩眞誠的眼神，正想要說些什麼時，一陣冰冷的強風突然從他正後方一吹而過，就連他手中握著的劇本都被吹掉，後腦勺的茶髮被吹得凌亂不堪，一絲一絲掛在臉頰兩邊。

寒風吹過的瞬間，他似乎看到一團黑影從他身邊快速飛過，擦身而過的地方還殘留著腐敗潮濕的氣味，然後撲通的一聲墜到湖水之中，頓時水花四濺。

原本平靜的湖面泛起了一圈一圈的漣漪，黑如墨汁的黑水從漣漪中間一點一點冒出，乍看之下猶如開出了一朵烏黑色的水蓮花。

天狐下意識瞄了身後一眼，背後意外平靜的狀況讓他馬上就察覺到了異樣。

風是從後面吹來的，而他們身後都被綠色背景布幕蓋得密不透風，出現這等強度的冷風，綠幕不可能會紋風不動。

……有狀況！

天狐回過神來，緊盯著黑影掉入水面的地方，湖水上依舊泛著漣漪，但黑色的水卻消失不見，只有他那被吹掉的劇本安靜躺在水面上。

「哎呀哥哥，你的劇本掉了。」

似乎沒有感覺到剛才的強風，彗星沒有絲毫戒備之心，自然地走向湖邊準備幫前輩把劇本撈上來。

「不要過去！」

站在岸邊的彗星被天狐的喝止聲嚇了一下，意味不明地轉過頭，就在此時，一隻黑色的手倏然從水中伸了出來，一把抓住他的腳踝，在彗星還沒反應過來的時候猛然一扯，撲通一聲水花四濺，他直接被拖下水中——彗星的臉龐，就這樣消失在天狐的視線範圍。

他聽不清彗星被拖走前說了什麼，事情發生的速度，快到讓彗星連聲音都來不及喊出。

重物落水的聲音很大，不知道是誰喊了一聲「彗星掉下去了！」，大家才頓時反應過來，現場的人都被眼前的狀況嚇了一跳。

包括天狐。

怎麼辦啊？

我可不會游泳啊！

怎麼千不選萬不選，偏偏要選擇在水中抓人啊？！

天狐承認，他是眞的在原地遲疑了好幾秒的時間，一時六神無主，反正腦海裡閃過的第一想法絕對不是馬上跳下去，可在潛水員準備跳下水救人的那一刻，天狐立刻回過神來，連忙衝向前拉住對方，嚴肅表情中透著驚慌的神色。

「都別下去！不准靠近岸邊！」

說完，天狐不等衆人的回應，二話不說直接跳到水裡面去。

他不下水不行啊，即使他不會游泳。

這可是人命關天的事，緊急狀態下容不得他因爲會不會游泳、怕不怕水而猶豫了。

彗星在水中下墜的速度很快，他向上揮動著手臂拚命地想往上游出水面，卻被一股神祕的力量往下拉去，右腳像銬上一個大石頭似的，眼看就要被拖到黑色的湖底下面。

天狐微瞇著眼、努力閉著一口氣，因爲不會游泳的關係，不會保持漂浮的身體也跟著墜落。

漸漸靠近彗星時，他看見一個全黑的黑影緊緊地抓著對方的腳踝死不放開，一雙全白的眼球陰森森地往他這邊勾來，發出一股敵意的視線。

天狐一把抓住彗星的手，用盡全力把他往上拉去，卻怎麼也拉不動，反而就連自己也被水鬼拖了下去。眼看越墜越深，水壓壓得他渾身都難受，意識也有點模糊，但他一口氣都沒使用過。

水鬼抓的人不是他，所以九尾紋身並沒有見效，而且更糟糕的是，他沒帶上驅魔針，但就算帶了，在水中以這種姿勢，靠發射攻擊的驅魔針也發揮不了效力。

於是他靈光一閃，想到了一個辦法。

天狐用力捏緊彗星的手，順著手腕過去一把握住他的肩膀，等身體平穩下來後，直接把口中的靈氣傳到彗星口腔之中。

突然得到空氣的彗星猛然回過意識，就在他接納對方靈氣的那一瞬間，一股暖暖的氣流傳遍了他全身經脈，身體頓時感到溫和起來。

熱氣流過身體直傳到腳下，被東西抓住的地方突然發出一陣強烈的光芒，猛烈地閃了一下，那股力量被強光照到後猛然失去了力度，他們也停止了繼續下墜的速度，兩個人的身體都在水中浮了起來。

彗星恍惚了一下，就感受到天狐一臉難受地將腦袋靠在他的肩膀上、抓住他手臂的雙手漸漸顫抖，馬上了解到前輩的狀況，他立刻用力扣著對方的腰間，奮力地往上游去。

天狐微微瞄了一眼湖底，水鬼被聖光驅趕後留在湖底下面，眼神凶悍中帶著絕望和痛苦，死死地盯著自己看，彷彿恨不得把他撕成兩半。

在彗星的幫助下，兩人雙雙浮出了水面，天狐臉朝天大口大口地呼吸著，嚴重缺氧的關係下讓他腦袋有點昏、四肢無力，唯有把整個身體的重量都交給了彗星。

工作人員見兩人都無事後連忙趕來協助，合力把兩人都拉上岸，導演趕緊讓人準備一些毛巾和衣服更換。

天狐濕漉漉地裹著毛巾坐在地上休息，微微閉上眼睛扶著沉重的腦袋，稍微調整呼吸，等著體力恢復。

吸過靈氣後，彗星倒是沒有覺得哪裡不舒服，只是右腳踝有點疼痛，但不知道是什麼原因，他心裡總有些毛骨悚然的感覺，更加不敢去揭開褲管來看。

彗星坐在天狐的前面，目不轉睛地看著眼前的人，似乎有話想說，卻欲言又止，決定先靜靜地等著前輩緩緩氣。

「沒事吧？」

導演有點擔心地看著眼前兩個人，確認大家都無大礙後，不禁露出一副喜悅的表情。

「雖然發生了意外，但還是拍到漂亮的畫面了。」

「啊？」

天狐微皺著眉頭，回應的聲音不大，呼吸也漸漸平穩下來。

「剛剛的場景就和劇本一樣，男配角掉進水裡後，男主角再跳下去救人……所以你跳下水裡的時候，我讓攝影師也下去了。」

「下去了？」

天狐的聲音低沉了不少，眼神變得犀利起來，讓現場的人頓時打了一個冷顫。

「呃……因爲拍到了很好的效果，表情特寫也完美呈現出我想要的，所以這是一條過的……」

「不是說了誰都別下去嗎？找死嗎？！」

天狐勃然變色地大吼一聲，壓制的怒氣頓時爆發出來，把坐在他面前的彗星嚇得身體都僵硬了。

「別……別那麼生氣嘛，天狐。」雖然不知道對方突然發怒的理由是什麼，但感覺到對方似乎是眞的生氣了，導演頓時不知所措，支支吾吾地說著，「反正大家都沒事了，這環節不會再重拍了。」

「這不是重不重拍的問題。」

天狐依舊怒氣沖沖，站起了身體，然後脫掉身上濕透的黑色衣服，冰冷的湖水導致他肌膚都被凍紅了不少，白裡透紅。

能在沒有護身的狀態下，觸碰鬼魂的地盤而不失性命，這些人還眞的是走狗屎運了。

「眞的出事時就晚了。」

「抱歉、抱歉，原諒我，你就別生氣了。」

導演雙手合十，苦笑一聲，心想總之先安撫好對方的情緒再說。

在天狐脫下衣服的時候，彗星看見對方右肩的肌膚上，畫著一隻深紅色的九尾狐狸紋身，紋身整體不會太大，恰好一個手掌般大小，畫得靈活生動，眼睛就像活著一樣，雪亮地往他這邊勾來，彷彿擁有極強的生命力。

「別生氣？」

無視看著紋身看得入神的後輩，天狐穿上工作人員顫抖著遞過來的白色衣裳，轉過視線，停留在身後的小冰箱，思考了半晌。

「可以，現在把攝影機全部關掉，接下來的事情，誰都不准說出去……」

換了衣服後，性格也像是轉換了一樣，開啓靈能師模式的天狐蹲下身體，拿出冰箱裡面的大西瓜，不快不慢地走到岸邊。

「否則，我會詛咒你們。」

他的最後一句話讓空氣突然停滯了。

沒有讓大家有回應和整理頭緒的時間，天狐瞬間咬破了自己的手指頭，指尖上的鮮血頓時洶湧出來。天狐一手捧著西瓜，用鮮血在西瓜上面畫了幾個符咒，嘴裡念念有詞，往血咒上吹了一口氣，把手伸進口袋想要取東西，卻抓了個空。

「彗星。」天狐叫了一聲後輩的名字，用下巴指了指他擱置在一邊的背包，「我背包暗袋裡有一個黑色的布袋，在裡面拿一支針給我。」

「呃……啊，是！」

雖然不知道前輩要幹什麼，但他覺得此刻還是言聽計從比較好，免得又把人惹生氣了。

接過後輩遞來的驅魔針，天狐用針插入在西瓜表面，再次吹了一口氣後，把手上的西瓜扔進湖裡。

撲通一聲水花四濺，西瓜下墜的速度很快，咕嚕咕嚕地沉了下去，全場鴉雀無聲，顯然面對天狐一連串不明的舉動感到疑惑。

天狐盯著湖面半晌，直到湖面上的漣漪漸漸平復下來，依舊沒有任何動靜，他轉過身拿起椅背上的外套穿上，拉鍊剛拉至脖子，就聽到了女性工作人員的尖叫聲。

隨著叫聲的響起，現場開始雜亂起來，帶著恐懼和崩潰的叫嚷聲一個連一個覆蓋著，各種工作道具在混亂中被人翻倒，聲音和人群都亂成一團，大家一臉恐慌地往後退了幾步，遠遠離開岸邊，甚至還有人直接腳軟倒在石地上。

彗星也被眼前的狀況嚇著了，直接躲在前輩的背後，雙手緊緊地揪住他背後的衣服不放，把整張臉都埋在裡面，下意識避開突然闖入眼簾的情景。

與他人相比，天狐卻用著異常淡定的表情看著湖面上的一坨東西，然後轉頭看向旁邊驚魂未定的導演，輕輕地說了一句話。

「報警吧。」

一個物體浮出了水面……

但並不是西瓜，而是一具泡得腫脹潰爛的男性屍體。

所以他才討厭西瓜……

法醫判斷，屍體被湖水泡了一周左右。

男性死者全身赤裸，整個身體都泡脹了一圈，肉體嚴重潰爛，多處被水底生物啃咬得破爛不堪、開膛破肚，甚至還能看見腹中失去血色的內臟。

死者的頭皮、嘴唇、眼皮等軟肉已經被魚類吃光抹淨，直接暴露著兩顆圓溜溜的白色眼珠，表情猙獰得可怕。

以現在的氣候來看，溺死的屍體一般三、四天就會自動浮上水面，然而這屍體卻在湖底足足逗留了長達一周。

關於這個問題，法醫也找到了原因。

被打撈上來的屍體腳踝纏上了海藻，無數的海藻一一交纏，形成一條穩固的繩子，宛如擁有生命力的生物觸手。

對方應該是在游泳途中意外被海藻纏上，被海藻纏住後，死者拚命掙扎不成，掙脫不了束縛而導致在湖底缺氧死亡，因此屍體也無法浮回上岸。

警方到達現場後，向天狐等目擊人物錄口供，然而大家的口供都一致——屍體是自己浮上來的。

屍體會浮上來的原因莫過於海藻斷開，但是海藻斷裂的切口平滑，像是被什麼銳利的利器一刀砍斷，才讓屍體得以解放。

解開死者腳上的海藻時，他們發現了一支幼小的細針，筆直地插在海藻中央，然後卡在上面。

對於水性植物上為什麼會出現細針，警方問起關於這一點的消息，現場的人不負他期望，保持著一問三不知的樣子。

「你們都沒有觸碰過屍體，無愧於心，警方絕對不會對你們起疑心，他問起什麼，老實回答不曉得就對了。」

——天狐當時這麼告訴他們，他們也就這麼做了。

看來，假詛咒的威脅效果還挺強的。

天狐想到當時導演及工作人員們裝傻的樣子，不由得笑了出聲。

此時，他正盤腿坐在寺廟的正廳中，隨後蕭老先生捧來了一盆充滿柚子味的花水，拿起一塊白布沾濕，輕輕地擦著他的背部，爲他除去晦氣。

湖畔浮屍事件曝光後頓時被媒體推上了頭條新聞，除了轟動到國際之外，偶像水中攝影遇屍體這件事也在演藝圈燃燒得火熱，成爲了時下當紅的話題。

發生了這麼大的一件事，事務所擔心旗下偶像心靈受創，決定將拍攝日期延後，個人與團隊工作也一律緊急喊停，好讓他們兩人花點時間平復心情。

託屍體的福，天狐終於得到了夢寐以求的連續一周休息日。

爲身子淨化一番後，天狐才把視線轉回到被他拖回來的後輩身上，臉上露出了耐人尋味的笑意。

「不保密的話，你也會完蛋。」

天狐穿上白衣裳淡淡地說著，並讓蕭老先生把花水端出去，再換一盆新的過來。

彗星唯唯諾諾地低著腦袋不敢出聲，只是偶爾抬起眼眸偷瞄一眼前面的人。

當紅偶像是靈媒界的佼佼者，他覺得這件事情，比湖畔浮屍來得更加讓人震驚。

在所有的事情都告一段落後，天狐直接把他帶回寺廟，說是有事要和他相談。

其實他大概也猜到一二，要相談的事情……應該就是關於靈能師這件事吧？

他沒猜錯的話，哥哥把他帶回來的目的，是在想辦法封住他的嘴巴吧？

天狐把狐狸面具掛在腦袋邊，向彗星做了一個過來的手勢，然後揭開彗星右腳的褲管，打算為他祛除掉腳踝上面的鬼氣。

被水鬼抓過的地方呈現一片黑色，五隻手印留在彗星的肌膚上，看著非常明顯，彗星下意識打了一個冷顫，吞了一口似乎不存在的口水。

「有什麼問題，問吧。」

知道彗星心裡埋藏著一堆的疑問，天狐捧著對方的腳，等著蕭老先生端來新的花水。

「……把我拖下水的，果然是那種東西嗎？」

確實是很多問題想要問前輩，但他還是想要先了解那件差點搞出人命的事件。

「是的。」

天狐倒是回答得乾脆，恰好蕭老先生把水端了進來，他便停頓一下，等蕭老先生擱下水盆、完成工作後，便要他離開大廳到外面待命，蕭老先生退出大廳的同時，還順手關上拉門。

「雖然不知道你有沒有看見，總之湖水中的靈體是全黑的，沒有錯的話，它是屬於危險性頗高的替死鬼。」

天狐抬起右手，朝花水上面凌空畫了一道符咒，然後拿起白布弄濕後開始擦著彗星腿上的鬼手印。

所謂的人類，是由靈魂和肉身組合而成的。

但因為海藻的關係，讓它的靈魂和肉體一同被束縛在冰冷的湖底之下，為了趕上轉世日，就必須要讓靈魂與自身肉體分離。

因此，水鬼長期徘徊在湖邊，遇到目標就進行攻擊——拖入水裡將對方淹死，以便藉助別人的肉體離開湖底；而不幸成爲鬼魂目標的人，就只能另找一個替身方能解脫……如此反反覆覆、無盡無窮，這就是替死鬼形成的緣由。

「那明明沒有人替他去死，爲什麼屍體最終還是浮上來了……啊！」

彗星乖乖地讓天狐替他去除鬼氣，突然好像想到了什麼，卻又不太肯定自己的答案，微微地歪著腦袋，語氣略顯迷茫，「是……西瓜？」

「沒錯，是西瓜。」

替彗星擦過一輪的花水，看見對方肌膚上的手印淡化了不少，天狐輕咳了一聲，再次洗乾淨白布。

「西瓜代表著西方極樂，也有人稱之爲屍瓜。」

傳聞，古時遇溺死於大海而無法尋獲之人，巫師們都會用西瓜尋屍的方法讓屍體自動現形。

這種尋屍的風俗如今在衆多國家中依然十分流行，就是在做過一場法事後將西瓜拋入水中，西瓜所漂流和下墜的地方，就是屍體所在的位置。

「傳聞歸傳聞，其實有很多東西都是信則有不信則無，這種荒唐的尋屍方法如今已能用科學依據進行驗證。但在我們狐氏家族裡，西瓜尋屍確實存在，而且也有著自己的使用方法。」

天狐不疾不徐，一邊說話一邊繼續手上的動作，難得極有耐心地向外行人解釋尋屍手法。

「用靈媒的血爲西瓜染上人類氣息，用驅魔針開啓尋屍路，驅魔針的靈力能夠切斷怨恨與障礙，藉以解開纏住鬼魂的束縛，最後再讓西瓜成爲水鬼的替身。」

彗星認真地聽著天狐的解釋，他見腳上的手掌印已經被用水抹去，便收回了腿，輕輕揉了一下。

「這麼說……」

「是的。」天狐微微一笑，抬起眼眸瞄了一眼他身後的拉門，桃花眼中顯得炯炯有神，「現在潛水下去，你會發現一個被海藻纏住的西瓜。」

彗星嘴角微微抽動了一下，他突然有點討厭西瓜了。

雖然腳上的邪氣已經被驅除乾淨，但彗星在身體澈底放鬆後，內心並沒有平靜下來，反而覺得越來越疲憊，腦袋也昏昏沉沉的，突然有種想要嘔吐的衝動。

「所以，你還要被怨氣纏到什麼時候？」

天狐說這句話的時候，眼睛是停留在他後面的。

注意到前輩的眼神和語氣，彗星突然不寒而慄，過於恐懼讓身體自然反應就往天狐的位置撲去，就在他開始移動的瞬間，左腳卻被一股力量猛烈一拉，整個身體往後移了一步，正面朝下撞在地板上面，額頭和鼻梁傳來一陣劇烈的疼痛。

天狐見狀快速地抓住了他的手腕，彗星夾在中間被前後兩股力量拉著，呈現出剛才在湖水中一模一樣的姿勢。

「不關這孩子的事。」

天狐撐起身子，眼睛直瞪著門前那膽大妄為的黑色影子，語氣冰冷。

「你耽誤了轉世日是因果報應，命中註定要你成為孤魂野鬼，你繼續糾纏他也沒用。」

在他把彗星帶回寺廟的時候，這水鬼就一直跟在他們身後。

原以爲是鬼魂要求他協助超度，所以他才會把它一起帶回寺廟裡，直到他漸漸感覺對方對彗星的怨氣越來越重，天狐才猛然發現，它的目的並不是爲了得到超度轉世。

這隻水鬼已經死了七天，趕往轉世日的時間相當緊逼。

剛才在湖裡若他沒有出手相救，水鬼現在應該早就找到了替身，並且趕上它的投胎之日。

鬼魂錯過了重要的時刻，可能是因爲這樣而激怒了它，就算肉體與靈魂得以解放，也熄滅不了它此刻的憤恨與殺意。

「怨氣太重會升不了天，你明白我的意思嗎？」

面對著鬼魂的挑撥，天狐沒有打算退縮的意思，嘗試與對方進行談判，眼神凶悍，抓住手腕的力度漸漸加強。

「給你機會，放開。」

儘管已經給了對方忠告，可是水鬼根本就聽而不聞，依舊強行拖著彗星的身體，瞪大了兩顆白溜溜的眼珠，失去嘴唇的牙齒一張一合，發出一陣磨牙的聲音，似乎在反抗著天狐的命令。

「放開。」

面對天狐第二次的警告，抓著彗星腳踝的水鬼不甘示弱地用力一拉，甚至還把天狐的身體往前拉傾了一下。

明白鬼魂的執著，天狐莞爾一笑，眼神中卻充滿寒意，伸出兩隻手指打直擺在胸前，一支驅魔針從他兩指之間刷的亮了出來。

「調皮的鬼魂，就唯有消滅。」

彗星醒來的時候，已經是午夜十二點。

他正躺在一個溫暖的被褥中，但他身處的位置已不是原本的正廳，而是寺廟的一間廂房裡。房間的拉門並沒有關上，夜風吹著門外走廊上掛著的風鈴，隨著清脆的鈴聲傳進室內的，是一陣清香的柚子味。

天狐背對著他，正盤腿坐在迴廊的地板上，腦袋邊依舊掛著狐狸面具，身邊放著一盞燈和各種各樣的工具，已經涼掉的茶水擱置在他旁邊，此時他的肩膀正微微動著，不知道在處理著什麼東西。

彗星緩緩爬出被褥，身體雖然還是感到有點乏力，但不適的感覺已經消失了不少，他伸手摸了摸額頭，發現上面腫了一個包，是剛剛撞在地板所造成的。

「哥哥？」

聽見了身後的喚呼聲，天狐停下了手上的動作，扭過頭給他一個漂亮的微笑。

「我還以為你會睡到天亮呢。」

「不好意思，失禮了。」

彗星苦笑一聲，微微瞄了一眼腳踝確認狀況，此時已經沒有了原本的刺痛感，他冷靜地回想著失去意識前情景。

「那隻鬼……」

「解決了。」

明白後輩想要說什麼，天狐背對著彗星，頭也沒回、簡潔地回答著，然後拿起旁邊的扣針，繼續手上的工作。

「解決了的意思是？」

「那種類型的鬼魂，不斷盡殺絕就會糾纏到死。」

婉轉地回應著彗星的問題，天狐沒有停下手上的動作，只是淺淺地發出一聲笑，便很快就轉換了話題。

「那邊姑且是解決了，但你這邊還有點問題。」

彗星愣了一下，一臉茫然地走到天狐旁邊坐下，顯然不是很明白對方的意思。

「你是屬於容易招惹鬼魂的體質，生辰八字撞上七月十四不說，還遇上陰氣最重的子時出生，陰盛陽虛才會經常讓鬼魂乘虛而入，以致容易發生平地摔倒、睡不安寧、體弱多病、事業無成等倒楣的情況，最壞的時候可能還會成爲鬼魂的目標……就比如說今天的水鬼找替身事件。」

說到這裡，天狐停頓了一下，用眼角瞄一眼後輩，然後不禁失笑出聲，上揚的嘴角就如狐狸一樣顯得狡猾奸詐。

「再換個角度來說，彗星又名爲掃把星，迷信之人傳言彗星會帶來災難或厄運，起這個藝名只會讓你的人生更加多災多難……打個比喻，就像在原本已經充滿汙漬的牆上再潑上一桶髒水一樣。」

「……哥哥，能不能別把人說得這麼髒兮兮的？」

汙漬加汙漬，不就等於汙垢一樣的存在嗎？

彗星小聲地吐槽著，眼睛直盯著天狐手上弄了大半天的物品。

那物體相當嬌小，偏橢圓形形狀，整體就只有兩個指節這麼大，水晶樹脂硬化後的模樣讓外觀像玻璃彈珠一樣透明。

彗星不知道那是什麼東西，直到天狐把鑰匙扣穿入被打通的小孔中，成功把那東西吊起來後，遞到他的面前。

「這個是？」

彗星提高物體放在眼前，月光照耀著手中的透明球狀物體，讓形狀的輪廓線發出柔柔的光芒，被樹脂包裹在裡面的，是一隻朱砂紅色的九尾狐狸。

一瞬間看見紅狐狸的姿態，彗星就總覺得很熟悉，好像有在哪裡見過，隨後才猛然想到寺廟正堂上的橫匾、還有前輩身上的紋身……就和這手工鑰匙扣的狐狸一模一樣。

「護身符，給我隨身帶著。」天狐用命令的語氣說，他看了一眼剛不小心被針刺到的手指，放在唇部吸了一下，「雖然不能百分百保證能辟邪，但至少能壓制你的招靈體質。」

彗星抬起眼眸對上了那張面具，狐狸面具下的側臉看起來瀟灑不羈，眼神堅強不屈，似乎對任何事物都沒有一絲不捨，他微愣半晌低下腦袋，心情有點複雜。

前輩帶他來寺廟的目的，並不是爲了堵著他的嘴巴這劣等的事情，而是爲了驅除跟隨著他的惡靈……還有他身上的陰氣和不幸，比起自己的身分曝光，他更加擔心後輩將來的安全與安寧。

「……原來如此，前輩是這方面的專家啊。」彗星苦笑一聲，靜靜地看著手上的護身符，醞釀一下情緒，最後才決定繼續剛才還沒問完的問題。

「你想要退出演藝圈，就是因爲這個理由嗎？」

「是的。」

天狐沒有打算隱瞞，拿起旁邊蕭老先生準備的聖女小番茄，沾上一點鹽巴後一口咬下。

爲了有更多的時間處理家族生意，他不得不辭去兼職的工作。

當然，其中的原因還有他想要解開被銬上的桎梏，解開困住自己的枷鎖，而獲取眞正的自由。

偶像的使命是什麼，其實他也不知道。

衆人對其亢奮、對其尖叫、對其瘋狂……這些種種的舉動，意義在哪裡？

他不知道。

偶像並不是什麼奇怪的生物，更不是魍魎魑魅，歸根究柢，他們僅是個人類而已；擁有與人類一樣的五臟六腑、一樣的四肢，也同樣擁有常人的七情六欲，同樣會感情用事，同樣擁有判斷能力、希望和夢想。

但他們卻只能戴上虛僞的面具，被推到馬戲團的臺上，讓衆人圍觀尖叫。被人歡呼雀躍的那瞬間，他曾一度覺得自己是一個怪胎。

所以，偶像究竟是什麼？

他用了七年多的時間去尋找答案，然而答案還沒找到，就已經被壓力與煎熬砸得他遍體鱗傷了。

他反而覺得，靈能師這份工作來得更加輕鬆，至少不會受到別人的擺布和控制。

「我是因為憧憬狐哥哥，才會進入和你一樣的事務所。」

聽見旁人的聲音，天狐回過神來，彗星緊捏著手上的物品，聲音聽起來十分委屈。

「我一直都跟在哥哥的身後，遠遠地看著你的背影……為了能跟上你的腳步，我只能更努力、拚命地練習，目的就是想成為像狐哥哥一樣受萬人愛戴的超級巨星。」

彗星無奈地下垂著眉頭，微微一笑，彷彿能夠理解對方放棄當偶像的理由。

「是的，偶像這條路真的不好走……就如哥哥所說的，我的事業常年受到阻礙，星途一直坎坷不平，想被別人記住長相、名字就已經是個難題，更別說走紅了。」

「消沉的時候總是比較多，但……只要能聽見哥哥的歌聲，能跟著你開拓的路線前進，我就能一點一點重新振作起來……但是抱歉，我真的不知道，哥哥那燦爛的笑容後面，所隱藏的東西究竟是什麼。」

沒人會知道人類面具後面的真正情緒。

笑容的背後，可能是哀號。

同情的背後，可能是恥笑。

快樂的背後，可能是痛苦。

堂前的齋戒沐浴……臺後也可能是殺戮無聲。

彗星越說越小聲，眼眶濕漉漉的，感覺下一秒就要洶湧而出，「但我唯一能肯定的，哥哥就是我的動力來源，如果哥哥不在了，我想……我內心深處的某個東西會逐漸崩潰。」

他想，如果失去了動力來源，他也乾脆放棄夢想算了。

儘管他所做的一切將化爲烏有。

「哥哥是靈能師的事情，我一定會保密的！所以、所以，你能不能再愼重考慮一下？」

「……先謝謝你這麼看待我。」

默默聽完後輩的話，天狐表情沒有什麼變化，只是拿著食物的手指稍微怔了一下，輕輕別過臉，繼續塞了一顆小番茄到口中。

「雖說是護身符，但它並不能確保你事事順心，未來的日子不能依賴它替你鋪路，自己的人生，最終還是得靠你自己去開拓。」

天狐用下巴指了指後輩手中的護身符，巧妙地繞過話題繼續說道：「漫漫長夜不會永恆停滯；狂風暴雨不會漫無止境；不幸的日子也不會纏綿一生，先苦後甜的基本道理我想你也應該明白。你的努力衆人皆知，想必不會徒勞無功，以這部電影爲起步，我相信以後會有更多的機會降在你身上……我不在之後，你就自由地成長吧。」

明白前輩話中的意思，彗星微微咬著下唇，低下頭、默不出聲。

「下次接受採訪的時候把答案改一改吧，喜歡的食物……或者尊敬的前輩什麼的。」

天狐站了起來伸一伸懶腰，用手揉了揉後輩的腦袋，臉上燦爛的笑容，卻透著一絲的歉意，「以後有困擾纏身，就來這邊找我。」

感覺對方的肩膀在微微顫抖，天狐不敢去看那孩子從眼眶流下來的透明液體，只好轉移過視線，重新停留在夜晚的星空上面。

「在那時候，嘗試叫我的名字吧。」

偶活★靈寵師

Part-time job as an idol in the morning and full-time job as a psychic at night.

參・靈異節目

「沒有改變。」

坐在移動車上，天狐閒來無事地翻著最新的雜誌訪問，感覺眼神死了一大半。

「什麼？」

聽見對方脫口而出的話，在他身邊的白澤微微歪著腦袋、一臉茫然，自然反應地應了一聲。

「呃？嗯，沒什麼。」

天狐猛然回過神來，尷尬地抓了抓腦袋，然後把雜誌放回掛在車椅背上的收納袋裡。

浮屍事件已經過了三個月，電影方面也在前幾天順利殺青，然而彗星對他的態度依然沒有改變。

剛才的雜誌上有銀河的最新訪談，他還特地去檢查彗星的資料，除了喜歡的食物換成草莓之外，其他的資料一律不變，尊敬的前輩那項依舊填著九尾天狐的名字。

等他離開演藝圈後，鈴蘭事務所旗下的藝人就再也不會有九尾天狐的名字，他自然也不會成為什麼人的前輩——彗星應該也明白他的意思，然而彗星究竟還在執著什麼？

事到如今，他還認為會有著挽回的機會嗎？

天狐有點心累地閉目養神，保存體力準備應付接下來的工作。

「老實說，下一份工作讓我很困擾。」白澤看著施蓮發下來的行程表和大概劇本，感覺頭上烏雲罩頂，「這個真的不能駁回嗎？」

施蓮聽罷默不出聲，只是稍微抬起冷漠的眼眸，發出一股「你覺得呢？」的氣息。

「我想應該沒事的。」應龍用力拍了一下白澤的肩膀，聲音又提高了好幾倍，「幽靈什麼的是不存在的！」

不，是存在的。

看不見，不代表不存在。

聽著應龍如惡龍咆哮般的聲量，天狐並不想回應，依舊閉著眼睛，只在內心裡弱弱地反駁一下對方。

沒錯，他們接下來的工作，是要參加電視臺一個以冒險挑戰爲主題、名爲《鬼探險》的綜藝節目。

《鬼探險》顧名思義，就是每一期找不同的藝人和靈媒，到不同的靈異地點拍下所謂的靈異照片和事件。它是歷年來十分受歡迎的眞人秀節目之一，開播至今已有五年，平均收視率都很高，深受著靈異探險者觀衆的喜愛。

《鬼探險》節目團隊和鈴蘭事務所有業務上的合作關係，一年一度的節目特別篇，他們會從事務所的偶像團體中，隨機抽選一團做客串嘉賓，通常會讓收視率達到最高峰。

但對鈴蘭事務所旗下的偶像們來說，每年的這時候都會惶惶不安，祈求別把自己落在節目的手裡。

而百神，偏偏在今年抽到了下下籤。

出發到目的地之前，百神成員都在休息室裡先了解一下大綱和流程，天狐在看過劇本後，除了認同應龍的說法之外，想退出演藝圈的念頭也越來越強烈。

因爲對這類的節目頗有興趣，天狐在私下稍微探了探節目組背後的門路，發現部分與節目相關的工作人員，包括導演、編輯、後製組、製作人等，大家幾乎都是無神論者。

意味著他們大多都是否認或拒絕相信鬼神的存在的人，皆講究實事求是、客觀公正、有理有據，承認且科學探尋物質世界。

那無神論者爲什麼會擔任靈異節目的重要位置呢？

他想，其中原因絕離不開金錢交易。

畢竟現代人人都喜歡追求刺激與冒險，比起教學、勵志等節目，靈異節目在綜藝中一向更受歡迎，其中獲取的利益更大。

開往樹林的小路顛簸不平，天狐望向天色已黑的窗外，車子移動的方向讓他感到很熟悉，好像曾幾何時到過這裡。

不相信鬼神之說，卻能讓收視率保持不降的位置，唯一能說通的，就是節目效果。

自導自演、無中生有、憑空揑造……在節目總導演關軒奕的實力指揮下，靠著編輯與剪輯的方法把節目包裝得漂漂亮亮，用高超的技能把內容編得唯妙唯肖，讓外界看得深信不疑、興趣盎然……是關軒奕的看家本領。

雖然百神成員手上的劇本裡沒有更加詳細的說明，但經天狐調查所知，曾經出演過該節目的前、後輩透露，《鬼探險》的演出嘉賓，與節目主持人所持劇本並不一致。

也就是說，劇本有兩個，而且內容完全不一樣。

爲了確保嘉賓能呈現出最自然的反應，出演者的劇本只會簡單說明工作需要的反應和一些臺詞疑問，對於深一層的節目效果安排全程懵然不知。

而負責製造氣氛的道具組人員……甚至是靈媒，都會事先了解步驟操作，看準時機，在最關鍵的時候就會搞出一些動靜來嚇唬嘉賓，以便得到出演者最眞實的一面。

一個成功的綜藝節目，不只要欺騙觀衆，就連出演嘉賓也必須要蒙在鼓裡。

《鬼探險》就是爲求目的而不擇手段的節目。

天狐眞心覺得，這節目再這樣胡搞下去早晚會踢到鐵板……不管是任何方面。

不過如果是這個地點的話，他想……

應該沒問題吧？

從電視臺開始出發大概有四十分鐘，車子穿梭一條幽暗的小路，停在一棟獨立式洋房的前面。

天狐從車窗瞄了一眼好久不見的房子，咬了一顆小番茄，在成員陸續下車後，工作人員乘坐兩輛廂型車也隨後而來，並且開始準備一些拍攝的工具。

「嗚哇……這我有點不行。」

站在宏偉的建築物前，光是看表面就陰陰沉沉，白澤不禁躲在應龍的身後，臉色看起來不太好，渾身散發著「我內心是拒絕的」的氣息。

「這裡的話應該沒關係的。」

天狐說話聲不大，手上還捧著沒吃完的聖女小番茄，稍微拍拍成員的肩膀，給予安慰。

在先前的生靈事件裡，他幫劉舒嫣小姐找失物的時候已經把裡面澈底淨化一番，逗留在這間豪宅裡的鬼魂都已經超度升天，比起其他靈點，這裡還算是乾淨一些。

應該說，所幸他們選中了這個地點。

他那句「沒關係」並不是信口雌黃，他是有足夠的把握和自信心才說出來的。

「小狐狸，你還眞行啊，你眞的什麼都不怕嗎？」

應龍苦笑一聲，聲音依然很大，卻混著一絲忐忑不安的語氣，忍不住拉著胸前的領口，看得出他在車上說的「沒事」也只是壯膽罷了。

「有啊，最怕你約我喝酒去了。」

天狐一臉壞笑，把剩下的聖女小番茄封口捲起來，然後傳給站在一邊的施蓮保管。

「事到如今，你們都已經沒有退路了。」

陰森的氣氛影響，施蓮雖感到提心吊膽，但樣子依舊保持冷豔，接過蔬果後把工作人員遞來的小型手電筒一一派給成員。

「怎樣都好，請注意安全。」

根據劇本顯示，除了他們三人之外，待會要進入洋房裡的人還有一名靈能師、兩名攝影師和主持人，全員共七人。

這次的拍攝期間會讓靈能師跟在他們身後，能夠互相照應，人數也足夠，這算是唯一慶幸的地方吧？一場手忙腳亂的準備後，攝影總算是開始了，跟著劇本步驟行走，主持人花了幾分鐘介紹一下這裡的靈異景點和百神的成員後，繼續接下來靈能師登場的部分。

「為了嘉賓們的安全，我們特地邀請了那位傳說中的靈能師。」《鬼探險》的主持人露出一副無畏的樣子，開始在現場指揮，「今年鬼探險特別篇的靈能師，是這位大人。」

主持人說完，一個身穿白衣的人緩緩從車上下來，手上攥著一把招魂幡，天狐在他身上感覺到的氣息並不是深不可測，而是明顯的故弄玄虛。

為什麼他會如此認定——看著對方臉上戴著的狐狸面具，天狐感覺自己的嘴角在強烈抽搐，笑容瞬間僵硬在臉上，抓住手電筒的手不禁怔了一下，突然有種想要將人一腳踹飛的衝動。

靈能師昂起下巴，感覺是在用鼻子看人，甩了一下招魂幡，面具下的嘴唇微微上揚，似乎很享受這樣的出場方式。

「我是擔任這期節目的靈能師——狐面，請多指教。」

喂喂……

這位是狐爺的話……

那我天狐是什麼東西了？

神棍！冒牌貨！騙子！天狐不禁在內心裡謾罵著。

這已經不是什麼捏造，而是完完全全的欺詐了。

對，這是詐欺罪。

天狐默默躲過鏡頭抽出手機，在上面快速地打了幾個文字後發送出去，突然感覺到一個強烈的目光猛瞪著自己看，站在旁邊的施蓮發出一股「收錄期間你玩什麼手機？」的氣勢。

天狐心知肚明，確認訊息發送成功後馬上把手機傳給經紀人保管……或說是被沒收。

「呃？是那個人嗎？」

見到狐狸面具後，白澤微愣半晌，烏黑的腦袋從應龍的側邊伸了出來，表情略顯迷惑。

「因高超的滅鬼能力而聞名，成爲靈界傳說的靈能師，狐氏家族宗家之子——狐面？」

「白澤你還挺了解的嘛，你還研究了這些？」

聽見白澤正確的情報，天狐故作鎮定雙手交叉，眼睛上下打量著衣著和面具都模仿得還原的假狐面。

「略懂。」

白澤回答得簡潔明瞭，眼睛感覺在發著光，一臉不可思議地看著眼前的靈能師，然後微微托著下巴，又總覺得好像有哪裡不妥。

「有狐爺跟隨的話，說真的我倒是能安心不少啦。不過據說那位大人生性孤僻，從不接手節目拍攝、電視採訪之類的露面工作，而且不容易預約，相約見面還需要一段時間安排……等等，這真的是狐爺嗎？」

白澤最後一句話是對製作人說的，也許是好奇心作祟，對眼前突然登場的靈能師顯然半信半疑，逐漸察覺到節目組造假的內幕。

製作人先是被對方沒有按照劇本流程出牌的舉動嚇呆了一下，正想說些什麼，假狐面突然做出噤聲的動作，然後微微閉上眼睛，似乎在感受著周圍的環境。

「這洋房裡的確有鬼魂，而且數量不少。」

對方此話一出，天狐在旁邊聽著突然很想打人。

這裡的鬼魂已經被超度了，再說，他也感覺不了裡面還有鬼氣的存在。

假狐面依舊凝重地瞇上眼睛，有模有樣地從尾指開始算著「鬼魂」的數量。

「而且裡面都是惡鬼，驀然進去有一定的危險性。」

你該適可而止了，都說了裡面沒……

天狐內心吐槽還沒說完，一個紅色的影子突然從天狐的頭頂上快速飄過，鬼氣洩漏出來的寒冷滲透他的骨頭，左耳的耳鳴聲突然響起，讓他不禁捂住了耳朵，頓時有種不祥的預感。

天狐下意識地扭過頭瞪著建築物，那個紅色就這樣嗖的進了豪宅裡頭，二樓半開著的百葉窗發出微微的嘰喳聲，像是人類顫抖時的咬牙聲一樣，小幅度地顫動著，小得讓人不仔細去聽就幾乎聽不見的那種程度。

他沒看見它的身體……甚至是頭部，只有一雙血紅色的眼球圓溜溜地從窗縫中直瞪著他們，從視線裡發出一股警告的神色。

不妙，跑進去了。

好吧，現在眞有鬼了，還眞是被這神棍無意說中了。

先到先得，目前這棟洋房的主人是誰，已經有了定論──天狐似笑非笑，眼前這棟收錄場景已經不再是什麼安全的靈點了。

雖然目前只有一隻，但透明帶著紅色的鬼魂一般上稱之爲厲鬼，十個裡有九個怨氣都特別重，是屬於無法溝通的類型。

平時遇到紅色厲鬼，天狐都是毫無遲疑地選擇當場消滅，但在這樣的窘境下，他無法大膽地執行滅鬼行動。要顧及衆人的安全，又要避免鬼魂反抗，走錯一步的話，也許眞的會搞出人命。

「呃，不會吧？」應龍還眞的被神棍嚇到了，不禁害怕地縮了縮脖子，整個人都在冒冷汗，「這樣很危險啊，眞的要進去嗎？」

「長得牛高馬大的，膽子怎麼那麼小？」

天狐雙手交叉，一邊想著該如何解決這隻鬼，一邊吐槽高他兩個頭的成員。

「長得白白淨淨的，膽子怎麼那麼大？」

應龍也不甘示弱地反駁著天狐，聲音卻不再大聲，喃喃細語，像是被天狐說中了內心一樣。

不知道是不是被假狐面的話語嚇住，白澤意義不明地瞄了一眼對方，頓時換上了害怕的面孔，露出一副想哭的表情。

「嗚嗚嗚、我覺得還是放棄比較好。」

「沒關係的，我已經幫大家準備了平安靈符，有驅鬼的效果，保證大家都平安無事。」

假狐面從口袋裡抽出幾道黃符，然後分給成員和攝影師等人，而天狐接過被摺成三角形的靈符時，毫不客氣地直接將其揭開。

符紙上用的紅色確實是正統朱砂，畫的符咒也是驅鬼防身的咒文無誤……對方似乎做足了功課，把狐面經常使用的道具、習慣、咒語等情報都查得一清二楚。

但很可惜，這道符並沒有任何的保護功能，就算把咒文模擬得出神入化，外行始終是外行，沒有相應靈力支撐的護身符，最終也只是一張廢紙而已。

這樣下去，這神棍不只會給他人帶來災禍，他「狐氏狐面」的名字會被搞得名聲掃地，遺臭萬年。

天狐伸出右手，輕輕地在黃符上一掃而過，上面的朱砂頓時被抹消失得無影無蹤，變成了一張確確實實的廢紙。

他不以為然地把空黃符塞進口袋裡，背對著攝影鏡頭，伸出雙指騰空在左掌心小幅度地畫下一模一樣的驅鬼咒文，然後在上面吹了一口靈氣。

假意地經過白澤身邊，天狐用左手輕拍了一下他的肩膀隨便搭幾句話，在手掌離開的那瞬間，白澤的衣服上出現了一陣短暫的光芒，像是被什麼東西烙上一樣，和符咒一致的亮光只出現了兩秒左右，然後深深地嵌入他的身體裡面。

他「護身暗符」的靈力暫時還可以維持到拍攝完畢的時候。

用著超自然的動作一一拍著冒險者的身體，確認大家都被護身後，天狐走到最後一個人——假狐面的身邊，依舊用左手搭在他的肩膀上，然後在他耳邊低聲細語。

「這麼玩覺得開心嗎？」

暗符咻的一聲地穿進了他的身體裡面，假狐面對天狐的問題依舊無動於衷，狐狸面具下的表情似乎帶著嘲笑意味。

「九尾天狐，你的傳聞我早就聽說過了。」

似乎明白天狐的意思，假狐面也不多加辯駁，坦白透露自己就是冒牌貨，卻用著一副「你能奈我如何？」的語氣說話。

「爲人桀驁不馴、敢做敢言、膽子大得不像話之外，也常不按照套路出牌，總是做出出乎意料的舉動……但是你必須明白，《鬼探險》與其他的綜藝節目截然不同，這不是能讓你隨意找麻煩的工作，希望你這次能老實地跟著劇本進行。」

「雖然不知道你發現了什麼內幕，不過專業的演員嘛，適當的時候就該表現出害怕的表情，別把節目搞砸了。」

「把節目搞砸的是你們自己吧？」天狐聽著，只覺得荒唐兼可笑，不禁恥笑一聲，把聲音壓得更低，「爲了收視率而觸犯詐欺罪，也是很拚命了。」

兩人的對話算得上是悄悄話，雙方似乎都擔心內容會被人聽見一樣，輕聲細語。

「你的觀察力還真不錯，和以往愚蠢的嘉賓不一樣呢。」假狐面呵呵地笑了一下，並沒有感到一絲的歉意，甚至是罪惡感，「果然還是發現了什麼嗎？節目效果之類的問題。」

此時，經過一輪簡單的介紹之後，攝影暫時進入停機狀態，道具組的工作人員開始為團員設置個人攝影機，以便拍下嘉賓的表情特寫。

「這世上總是會有呢，那些一意孤行、自毀前途的傢伙。」

聽見假狐面說完這句話後，天狐就看見工作人員手拿著小型攝影機向他走來，他只能選擇默不出聲，微微張開手，讓工作人員把攝影機固定在他的胸前方向。

其實假狐面說的話並沒錯，《鬼探險》節目組和鈴蘭事務所有合作關係，事務所的社長與導演關軒奕情同手足，旗下偶像團體把合作節目搞砸的話，上層怪罪下來，受罪的並非他人，而是自己。

到時也許會被記個大過吧？

天狐瞄了一眼站在不遠的成員，應龍正深鎖著眉頭，確認拍攝暫停後，在工作人員為他穩固攝影機的間隙，一遍一遍地背著手中的劇本，避免漏掉節目需要的效果和對白；白澤雖然依舊一副憂心忡忡的樣子，但是情緒和先前大大不同。

自從假狐面出場後，天狐就感覺不到白澤害怕的情緒。

白澤原本擔驚受怕的氣息消失殆盡，雙腿站得穩定、挺拔著身體，盡量平復著心情，天狐從他的態度很明顯知道，白澤此刻一點也不怕幽靈鬼魂。

「裡面出現的動靜，是假的。」

天狐這時才知道白澤所在意的，不是妖魔鬼怪，而是節目組製造出來的節目效果，看來，他家成員的洞察力都不是蓋的。

「以往的嘉賓是笨蛋還是白痴我不知道……」架好攝影機後，天狐小聲地說，「但至少百神的團員並不愚蠢。」

百神兩個成員的一舉一動，顯然已經知道了節目組的陰謀。

他們或許也向前後輩打聽到了什麼消息，加上可疑靈媒的出現，就可以證明節目無中生有的計謀。

他們之所以不拆穿節目組，就是因爲「公司的合作夥伴」這個理由，多一事不如少一事，選擇無視避免受到牽連，其實這才是最正確的作法。

但天狐才不管他們和哪個天王老子有著什麼樣合作關係呢，預約不了眞正的靈能師，就讓這個臨時演員來冒充，利用人氣偶像與靈能師的知名度來增加收視率，單憑這一點就讓他非常非常不爽。

「你們絕對會遭報應的。」

自毀前途的人，他一個人當就足夠了。

果然只有一隻。天狐心想。

眾人總算進入了豪宅的大廳，裡面依舊沒有燈光，天狐手持著手電筒，提高警惕地打量著室內的環境，確認沒有其他異樣後，微微鬆了一口氣。

除了紅色鬼魂待著的房間之外，其他地方還算是安全，接下來只要避免眾人到三樓閒晃、惹禍上身就好。

豪宅裡面還保持著幾個月前的面貌，像是自從生靈事件後就沒人再來拜訪過，連玻璃破碎後散落的碎片、雜物倒塌的位置也沒有被移動的痕跡。

此時負責打頭陣探路的人，不是靈能師反而是節目來賓，天狐帶著有點厭世的表情走在前方探路，身後的白澤緊緊抓著他的衣服，明明是來安眾人心的靈能師卻走在最後面，做出一副東張西望的樣子。

儘管感到不爽，但天狐依然順著劇本的指示，拿起相機往室內拍了一張照片，同時他往後瞄了假狐面一眼，開口挑釁，「大師，讓普通人打頭陣真的沒關係嗎？」

雖然還是帶著開玩笑的語氣，但天狐是真心想知道這靈能師到底是來幹嘛的？

「在後面會更妥當。」假狐面說得頭頭是道，然後抬頭望了天花板一眼，「這樣我才能確認大家的安全。」

「喔是喔？還真了不起……」

「噓，有聲音。」

假狐面突然打斷天狐的發言，表情凝重，此話一出，現場的人頓時安靜了下來，全員一同看向說話的人。

假狐面微微低下腦袋，右手擺在耳邊，好像在聆聽著什麼。

天狐看了一眼對方，靜下心來聽著假狐面口中所謂的聲音，的確是傳來了一陣喀吱喀吱的聲響，那聲音非常小，像是鐵鍊生鏽後的摩擦聲，來源剛好是他頭頂正上方的華麗水晶吊燈。

吊燈微微地搖擺著，上面的鐵鍊被一股無形的力量拉扯，發出一陣刺耳的聲響，搖搖欲墜的，讓站在吊燈正下方的天狐看起來非常危險，似乎隨時會被砸中。

成員們顯然也發現了異樣，應龍整個表情都僵硬了，他的反應還算極快，馬上伸出手揪著天狐和感覺快精神崩潰的白澤的衣領護在懷裡，一連往後退了好幾步，直接離開了水晶燈的範圍之外。

「什麼東西？什麼東西？」應龍就連說話都在顫抖，語無倫次、心驚膽跳地叫嚷著，「出現了？出現了？」

「等等，我不行了，我要離開這裡！」

白澤欲哭無淚，用力地抓著天狐的手臂不放，愣是捏得他右手發痛，感覺衣服下面都被活活掐出了個印子來。

連帶效果，蝴蝶效應，就像是進入鬼屋一樣，儘管知道眼前一切都是假的，但因內心懷著恐懼和壓迫感，只要現場發生一點的動靜就會造成反彈，最終還是被微小的狀況嚇得失魂落魄。

「冷靜一點，什麼都沒有出現呢。」

天狐哭笑不得地安慰著身邊的兩個友人，並沒有要甩開白澤的手的意思，就這樣保持著姿勢抬起左手，用手電筒照了一下水晶吊燈，微微昂起頭，桃花眼直瞪著上方位置。

手電筒的燈光照耀著支撐著吊燈的鐵鍊，在反光的效果下隱隱約約出現了一條幼小的光線，猶如鋼琴線一樣的鋼線從上面一直延伸到身後的大門口，然後直達到製作組的手裡——這就是節目效果。

透過螢幕看到嚇得抱在一團的節目來賓，關軒奕滿意地笑了一下，然後透過隱藏耳麥要天狐表現得再緊張一些。

天狐默默地腹誹，其實用不著他表現，另外兩個團員的情緒也夠讓他滿足了吧？

「沒事，它是在歡迎我們。」

假狐面悠悠地說著，一副實力很強、游刃有餘的樣子。

歡迎個屁喔？人家不把你活吞都算仁慈了。

天狐邊在心裡吐槽，同時微微推開應龍，繼續抬起眼眸巡察著周圍環境。

「天狐啊，我們還是出去吧。」

白澤依然不敢放開他的手，而另一隻也緊緊抓住應龍，此刻的三人看起來就像被串起來的烤肉串一樣，天狐甚至還能感覺到對方的手掌心傳來了一陣冰冷和顫抖。

「還在錄影啊，這是工作，別怕，再忍耐一下。」

天狐小聲地說服著白澤，沒有轉移視線，默默想著，接下來應該還會出現的幾個節目效果，比如說靈異節目常見的——門口自動打開或關閉、物體自動落地的現象、靈能師突然的感應什麼的。

依照這樣的步驟，繼續陪節目組折騰幾個小時左右，他們就可以全身而退了。

「安心吧，很快就過去了。」

就在他認為不會發生什麼大事的時候，原本平靜的夜晚突然颳起了大風，樹林裡發出了樹葉摩擦的沙沙聲，外面的落葉從破碎的窗戶吹進了室內，和室內的沙塵混合在一起，形成數量的小旋風，吊燈上面發出的聲音越來越響，窗戶也被吹得顫動不停。

一個黑色的影子隨著風吹的方向，猛然從窗戶外面飛了進來，像是找到了新陸地一樣，快活地在大廳內一飛而過。

鬼魂突然出現這件事發生得太快，天狐還沒反應過來，那影子就已經越過了他的眼簾，然後毫無偏差地往白澤身上衝去。

在鬼魂和人類肉體觸碰的那瞬間，白澤胸前突然出現了一道符咒，亮起了如照相機按上快門的一刹那白光。閃光出現過後，人鬼雙方被兩股衝力互相碰撞，天狐只感到手上束縛感頓時消失，下一秒扭過頭，就看見白澤整個人被撞得往後飛去，在地上拖行了一段距離，最後砰的一聲，背部撞到牆壁上才停了下來。

鬼魂也被護身符的靈力反彈撞飛，直接砸中天花板上的燈飾，發出了一陣水晶體爆裂的巨大響聲後快速從窗戶溜走，無數的玻璃碎片與粉末零零碎碎地從天而降，吊燈劇烈地搖擺著，看著岌岌可危。

「白澤！」

應龍嚇得大喊一聲團員的名字，而他的這一聲嘶吼，讓天狐很快就回過神來，馬上衝向前查看成員的狀況。

他手腳俐落扯掉白澤胸前礙事的攝影機設備，而此時渾身的疼痛讓白澤無力地癱倒在地上，捏緊拳頭、緊閉著眼睛重重地吸著氣，他的臉色蒼白、額頭上布滿冷汗，看樣子顯得非常痛苦。

吊燈爆開和人被彈飛是不在預料之中的狀況，主持人、攝影師，包括假狐面在內都被嚇了一跳，眾人在白澤無緣無故被無形的力量撞飛後，就夾著尾巴逃出豪宅，假狐面就連手持的招魂幡也被隨手甩開，逃跑期間還發出鬼嚎叫般的喊叫聲。

「喂！幫忙啊！」天狐扶起昏厥狀態中的成員，對著工作人員落荒而逃的背影大聲吼著，氣得他差點就爆髒話了，「你們逃什麼逃？混蛋！」

神棍就算了，原來還是個不折不扣的廢物嗎？

天狐氣得不行，幸虧這不是現場直播，否則他狐面的名字真的是被扔在屎上踩上兩腳，髒得不能再髒了。

外面的大風並沒有停止，反而越來越大，大廳中所有的窗戶和落地窗同時發出了響聲，猶如無數的手掌拍打玻璃一樣的聲音，劈劈啪啪地迴盪在廣大的空間裡，形成了模模糊糊的回音。

隨著風的強度增加，窗外突然出現了一堆密密麻麻的黑色影子，一個疊一個地把整張臉都黏在落地窗上面，迫不及待地想要擠進室內，數量過多讓玻璃破開的位置也被阻塞得滿滿，反而導致一隻都進不來。

各種融合在一起的臉孔讓天狐完全看不清它們的五官，嚴重扭曲的臉龐上開出了一張一張的血盆大口，像打嗝般的音線被拉得很長，低沉又沙啞的聲音聽起來毛骨悚然，惡臭難忍的腐敗氣味透過玻璃傳進了室內。

天狐抬頭望了一眼天花板，在強風和鬼魂的干擾下，吊燈上的鐵鍊發出喀的一聲，感覺水晶燈離地面接近了好幾寸，玻璃粉末又撒了一些下來，在手電筒的照射下，形成泛著亮光。

「龍哥！」見狀況不對，天狐連忙將神智不清的白澤扶起，對有點走神的應龍喊了一聲，「快搭把手，龍哥！」

應龍怔了一下，注意力集中在搖擺的吊燈上面，似乎沒有察覺到窗外怵目驚心的景色，回過神來看了天狐一眼，透過眼神交流，應龍很快就明白天狐的意思，趕緊上前接手扶著受傷的白澤。

「快離開，別回頭！」

天狐催促著成員，轉身拿起身旁剛卸下的攝影機，半推半揪著對方背後的衣服示意他加快速度。

「我知道，小狐狸你也跟緊我！」

天狐應了一聲，就在他提起腳的那瞬間，原本一群鬼魂擁擠著的落地窗頓時被炸開，笨重的玻璃門往內翻倒了下來，隨著玻璃破開的巨大聲響，大量的鬼魂頓時蜂擁而上。

天狐再次推了一下應龍的背後表示繼續加速，他保持著移動的步伐，一手扭開胸前的攝影機，讓鏡頭拍自己胸膛，同時伸出二指在空中凌空快速地畫出一道驅鬼符咒。

天狐手指劃過的地方出現了鮮紅的亮光，眨眼間就形成了一道紅色的符咒，完成後，他張開手掌，凌空把符咒推向往成員衝去的那幾股凶險的鬼氣。

被推開的符咒頓時轉化成一面紅色半透明的牆，眨眼間立起了結界，剎不住速度的鬼魂就這樣不偏不倚撞到符牆上面，慘叫一聲後再次被彈飛，陸續撞上支撐不了多久的吊燈上面。

……抱歉，我不是故意的。

聽見吊燈發出的聲音，逃跑途中的天狐內心充滿歉意。

他不禁回頭看去，不斷被間接攻擊的吊燈發出了一陣撕裂之聲，鐵鍊終於熬不住衝擊斷開了兩截。

時間像是定格了，隨著無數玻璃粉末的散開，豪華的燈盞就這樣從七米高的天花板上凌空墜落。

在巨大的破碎聲響起之前，天狐的右腳剛好越過大門口，他猛然別過臉，不再去多看身後慘烈的狀況，只能加快速度，埋著頭跟在成員的背後奔跑著。

巨大的玻璃墜落聲響起，震耳欲聾，偌大的空間揚起了足以朦朧視線的厚灰塵，然後被強風一吹而過，模糊布滿整個空間。

而他，頭也沒回過一次。

原來外面下起了濛濛細雨。

毛雨在強風的影響下猶如滿天飄雪，和枯葉混在一起飄得亂七八糟、雜亂無章。

施蓮見全員安全逃脫，一臉慌張地跑了過來，清空了一個位置給應龍，讓他把暈倒的白澤放下，然後趕緊讓工作人員檢查他的傷勢。

此刻的關軒奕正在責罵後製組把吊燈搖得太晃而墜落，卻又不解釋白澤出意外的理由，巧妙地避開問題後，他轉頭和假狐面窸窸窣窣地不知道說了些什麼，然後幾個人走了過來，拿走天狐手上的三臺攝影機進行確認。

其他的工作人員都在忙著替攝影機套上塑膠袋，其中兩個人拿來了急救箱，卻被天狐伸手接過，他似乎打算親自替白澤檢查。

天狐沉住氣，盡量先不去埋怨節目組，接過藥箱後，他蹲下身體、微微揭開白澤的衣服。

深夜、樹林、毛雨、強風，各種因素加起來，讓環境頓時變得非常寒冷，溫度突然間就下降了不少，讓人冷得瑟瑟發抖。

「裡面發生了什麼事嗎？」施蓮難得表現慌忙，手上拿了幾件雨衣，遞了一件給應龍，另一件則覆蓋在天狐的背上，「白澤怎麼突然……」

「我不清楚。」應龍穿上雨衣直接打斷經紀人的發問，同時，他回頭看著洋房不知什麼時候關上的大門，聲音略顯不安，「但……裡面好像有東西。」

「這些東西，問問那個大師不就好了嗎？」

風的聲音很大，卻依然遮掩不住天狐顯得不屑的語氣，顯然他對假狐面遇危險就立刻撤退、不管他人死活的舉動感到不悅。

「白澤，你還好嗎？」

「……嗯。」

其實白澤並沒有完全昏厥過去，只是稍微感到頭昏目眩，天狐叫他的名字也得到了回應，他已經清醒了不少，眼神顯得有點迷茫，似乎面對剛才的情景還心有餘悸。

他的手肘有些擦傷，沙塵都跑進傷口裡面，但沒有骨折或脫臼的現象；胸膛像是被硬物撞擊到一樣呈現一片瘀青，但所幸沒有傷到肋骨，看起來都只是輕傷。

護身暗符顯然有效，鬼魂的鬼氣沒有沾在白澤的身體上，受傷程度沒有天狐想像中的嚴重，這倒是能讓他稍微鬆了一口氣。

「喂，這是怎麼回事？」

確認成員並無大礙，施蓮恢復了冰冷的臉色，眼神尖利得有點可怕，看上去就像個夜叉一樣，語氣顯得有些憤怒，對著假狐面怒問：「你不解釋清楚，我會終止這次的錄影。」

「其實也沒什麼。」假狐面聳聳肩膀，他比任何人還早地披上了雨衣，背後靠在廂型車上，開始自顧自地說，「氣候的變化讓鬼魂感到煩躁不安，才會做出無禮的舉動。」

「別亂說了，這個錄影不能繼續下去，得中斷。」

簡單地清理傷口後，天狐抬起右手瞄了一眼手錶，然後扶起白澤，幫他擦乾黑髮上的雨水。

因爲紅色鬼魂的怨氣洩露的關係，讓徘徊在森林裡的孤魂野鬼隨著鬼氣找到了棲身之處。

靈異與生物，都有著一樣的規律，如果要在生物界裡形容靈異界的霸主，就好比女王蜂或是蟻后；儘管一開始只有僅僅的一隻，但只要有「王」的氣息存在，它的腳下自然而然就會出現跟隨者或產生更多的子子孫孫。

紅色鬼魂強烈的怨氣和鬼氣引出了其他的鬼魂，而且隨著時間長了，可能還會陸續增加。

換言之，只要王被消滅了，它們自然會樹倒猢猻散。

就連鬼魂，也逃不過這樣的定律。

天狐判斷，現在裡面的狀況有點不妙，除了鬼魂的數量太多之外，二樓的紅色靈體可能也不太容易對付。

「我倒是無所謂，但關導演可能不會接受這個提議。」

假狐面一臉淡然，毫無意見，與先前在室內鬼嚎般逃走的他簡直判若兩人。

「關導。」聽完對方的話，最先發話的人是施蓮，叫了關軒奕一聲後，便頂著強風大步走去，表情嚴肅，「你覺得怎樣？」

「這個嘛……」

關軒奕看表情就能知道其實並不樂意，他搔了搔後腦勺，一臉認眞地確認著三臺的攝影畫面。

「可能還要再拍個一、二小時左右，剛才拍的這點影片就算不剪輯也湊不到一個小時……況且，這期還是《鬼探險》特別篇，成品沒有三個小時都不能通過吧？」

「但是現在有人受傷了。」施蓮顯然不認同關軒奕的意見，態度強硬，「藝人們受到傷害，最終後果你們擔得起嗎？」

「水晶燈墜落的場景，也夠你們扯上一個小時吧？」

天狐沒等關軒奕回應便接下了經紀人的話，拉開保母車的車門讓白澤在車內休息，繼續說道。

「剩下的時間就隨便扯些亂七八糟的東西，要不然再後製些靈異照片或現象拖延時間不就得了？這不是你們擅長的範圍嗎？」

總之，現在他不允許任何人再次進入鬼宅裡。

「你別說這些有的沒的。」

關軒奕似乎被兩人的一唱一和惹火了，手上握著的劇本都被捏得皺巴巴的，聲量也提高了不少，「我們是如何辦事你管不著，錄影確實還沒結束，我現在要其中一個人重新進入室內進行單獨拍攝，要不要幹由不得你做主，主導權在我手中，我說繼續拍……」

「我反對。」

天狐打斷了關軒奕的話，臉上沒有一絲的畏懼，原本聲線就不低的聲音像摻雜了寒冷的雪霜，透著一股冷得刺骨的寒意，他斜眼瞥了一下站在旁邊的狐狸面具。

「節目組帶來的靈能師是真是假你們最清楚，目前的情況沒有你們想像中那麼簡單，在沒有保障的狀態繼續拍攝只會惹禍上身，儘管如此，你還要我們進去嗎？」

「只要你們跟著劇本進行，就是最好的保障。」關軒奕用劇本拍了拍胸膛，自信滿滿地說道。

天狐不禁愣了一下，暗自鄙視，喔，他都忘了，這個人是無神論者。

裡面發生的事在他眼裡單純是發生了意外，這世上並沒有鬼魂，有的也只是人類的操作與控制，只要跟著劇本行走，就不會發生什麼意外。

「不管你說什麼。」天狐雙手交叉，抬起眼眸莞爾一笑，決定不再繼續這個口水戰，「總之我就是不幹了。」

「天狐，你的表現態度我會向鈴蘭事務所反映，你好自爲之。」

闞軒奕似乎是動眞怒了，站在旁邊的人包括施蓮和假狐面，都只能僵硬待在一邊不敢插嘴，現場只有狂風怒號產生的雜聲。

車窗外的火藥味很重，待在車上的白澤當然都感覺到氣氛的凝重，不禁打了一個冷顫，一手覆蓋著雙眸，完全不知道該怎麼收拾殘局。

「那，我進去好了。」

大概過了二分鐘，一個聲音突然響起，天狐聞聲略顯驚訝地扭頭看去，只見應龍苦笑一聲，弱弱地抬起手自告奮勇，「只要跟著劇本進行就可以了吧？導演你就別爲難小狐狸了。」

「呃？」

天狐下意識發出疑惑的聲音，不禁瞪大了眼睛，一臉茫然地看著自家成員。

應龍走向前和導演說了幾句話，闞軒奕斜眼瞪了一下天狐，也認同了應龍的毛遂自薦，然後接過工作人員遞來的攝影機，重新安裝在他身上。

應龍站在天狐旁邊，拍了拍他的肩膀，似乎在說著「沒事，由我頂上」。

但他這出乎意料的舉動，卻讓天狐更加懊惱，他一手拉著應龍的衣襬，嘗試阻止。

「龍哥，別逞英雄了。」

「但這份工作也必須完成的吧？」應龍依舊對裡面的狀況半信半疑，儘管如此，他也得替成員扛下這個重任，「快速地完成工作，然後陪我喝一杯酒作答謝好了。」

「問題不在這裡。」

天狐被搞得啼笑皆非，強風吹得他前髮凌亂不堪，一層薄薄的水珠緊貼在透明的雨衣上面，「你到底知不知道我堅持中斷錄影的理由是什麼？」

「誰知道呢？你什麼都不和我們說。」應龍回應得很快，似乎用不著思考問題，也不打算追問對方放棄的理由，「不過，理由是什麼都好，如果非要選出一個人，我也不希望那個人會是你。」

應龍勉強擠出笑容，笑容中透出一絲畏懼，但他卻故作鎮定，反而讓整個表情看起來非常僵硬。

「白澤受傷是我一時的大意，當時我沒有抓緊他的手，他才會受到傷害。說眞的，與其讓隊友受傷，那我寧願受傷的人是我。如果進去裡面會遭遇不測，我願意自己一個人扛起全部災難。」

「團體剛結成時雖說是同甘共苦，但我卻不希望把災難平分給成員；要感謝我的話，找天我們三人好好地聚會同樂，已經足夠了。」

天眞！

這傢伙的想法太天眞，卻又很知足常樂。

天狐頓時無語凝噎，腦內早已編出幾個能阻止應龍進入鬼屋的理由，卻無法脫口而出。

「……剛才的事不是龍哥的錯。」

白澤有點疲憊地趴在車窗上，聽見應龍難得認眞的發言，他不禁輕笑一聲，除了覺得有點滑稽之外，也微微感到一絲迷之感動。

「我沒事，只要能喝一杯安心的燒酒就能恢復元氣了……工作快點結束就好了。」

似乎聽到了白澤最後一句話的喃喃自語，天狐依舊抓緊著成員的衣服，沉默了半晌，再次回頭看了一眼洋房的二樓窗戶。

雖然他看不見狀況，但是紅色鬼魂的氣息依舊存在。

「……別做傻事了。」

愼重地考慮了一下，天狐無奈地嘆了一口氣，一手奪過工作人員正要安裝的攝影機。

「我想不只是你，只要是百神任何一個人出狀況，剩下的成員都會出現相同的想法，白澤一樣，此刻的我，也一樣。」

百神就是這樣的一個組合。

天狐在心裡微微嘆氣，好了，我認輸了還不行嗎？

「我進去總行了吧？」

他最後，是以這句話妥協的。

雖然天狐和應龍爲了此事據理力爭了一番，但最終天狐還是成功奪到了進入鬼屋的通行證。

沒有什麼原因，他只是單純不想再有人受傷罷了。

雖然應龍的體型比自己來得更加強壯，但是關於這一方面的能耐，毫無疑問他是更勝過一籌。

天狐站在大門口，微微瞄了一眼手錶，好像在等著什麼的到來。

他左耳戴著的耳機傳來了關軒奕的聲音，那道煩人的聲音正在催促他加快進度。

天狐嘖了一聲，微微扭開了門把，開門後，大廳裡的狀況就和他想像中一樣，墜落的水晶燈完全粉碎，沒了落地窗的阻擾，狂風混著雨水毫不留情地吹進了室內，讓整個室內空氣都濕漉漉的，間接加重了陰氣和濕氣，除了表面上的一片狼藉之外，那看不見的幽暗空間裡也理應非常不乾淨。

「就是這裡，打開手電筒，往裡面的走廊走去。」

關軒奕在外界一邊確認著攝影機拍到的畫面，一邊對天狐下指令，要他通往道具組早已設好的機關方向。

但是抱歉啊，他並不打算跟著劇本行動。

像是沒聽見指示一樣，天狐微微抬起頭，看著上面一堆黑忽忽的影子，模糊又有點黑肉色的形狀一塊一塊地堆積在天花板的角落上，乍看之下就像一團外星生物，無數的眼瞳擠得密密麻麻，虎視眈眈地往他這邊看來，似乎隨時就會發出攻擊。

「滾！」

天狐嚴峻地對著空氣大喊一聲，命令的語氣充滿霸氣。

天狐發出命令的下一秒，鬼魂們總算是察覺到了不妥的氣息，發出連續不斷的哀號聲，像是恐懼、像是受驚、像是怯懦……各種情緒的叫聲從四方八面驟然響起，然後嗖的一聲，如同一陣風般快速地退到走廊的另一端，遠遠避開氣勢凌人的靈能師。

在天狐大吼一聲後，除了風的聲音之外，僻靜的環境下突然出現了朦朧模糊的怪叫聲，讓外面看狀況的工作人員都嚇了一大跳。

「小狐狸？」應龍的聲音響起，應該是應龍搶過了關軒奕的麥克風與他進行對話，「小狐狸，怎麼了嗎？有什麼事嗎？」

已經無所謂了，天狐是這麼想的，綜藝節目、合作關係、收視率什麼的，會因為他的舉動而破碎的話，那就全都破碎吧。

對，讓他們都吃屎去吧，他現在只想快速地解決問題。

「甚好，還很識時務。」

天狐無視了耳機傳來的問候，滿意地笑了一笑，根本就不在意自己的自言自語將被攝影機收錄下來。

他用眼角快速掃過四周，很快就發現了通往二樓的樓梯，天狐開啓手電筒後忽略導演的指示，還有耳機裡應龍的聲音，二話不說直接走上二樓。

在外面的應龍下意識和關軒奕互相對看，顯得一臉呆愣，完全看不透天狐的一舉一動，白澤見裡面的狀況不對，趕緊下車一把抓住假狐面的手臂，表情露出難得的認眞。

「你看看，裡面有什麼東西嗎？你有看到什麼嗎？」

「不、我什麼都不知道。」

神棍終於露出了真面目，可想而知，突來的強風、水晶燈的墜落、白澤被攻擊、天狐不尋常的反應……各種突發事件已經讓他開始束手無策，也無法繼續說謊。

「你果然是個冒牌貨。」

白澤輕聲輕語地說，他說的話沒有被其他人聽見，眼眸卻閃過一絲失望的神情。

不想被外界的聲音干擾情緒，天狐考慮兩秒左右後，果斷地卸下了耳機，邊登上二樓邊抽出先前被他抹去朱砂的空黃符。

天狐攤開黃符後咬破手指，用鮮血在上面重新畫過一道符咒，然後抽出驅魔針，刺穿在符紙的正中間。

所幸光線不足，天狐身上的攝影機只照到他的臉部表情，二樓也沒有安裝多餘的攝影機，工作人員透過攝影畫面看到的只能是零零碎碎、不完整的部分，完全看不到他一連串的舉動。

很快就感應到紅鬼所在的房間，天狐並不打算小心翼翼地進行除靈，確認位置後快狠準地提起腳用力踹開了房門。

在房門撞到牆壁發出響聲之前，天狐很快就看到一個紅色身影猛然在他眼前飄過。

鬼魂移動的速度頗快，像是被來者殺氣騰騰的氣勢嚇到了一樣，不規律地在房間裡竄逃，轉眼之間就想飛出窗外逃命。

天狐早已猜到鬼魂會選擇逃跑，穩住身體後眼神犀利地趕在它準備衝出窗外的瞬間，舉起剛穿上符咒的驅魔針往窗戶方向用力射去，不偏不倚地擊中了鬼魂的紅色身體。

攝影機監控畫面猛然傳來了一陣毛骨悚然的尖叫聲，和二樓傳來的聲音完美的重疊在一起，那聲音明顯不是人類所能發出的聲音。

施蓮和白澤被這極度不正常的聲音嚇得背脊發寒，一股冷顫從背脊鑽到心臟之中，頓時雞皮疙瘩，幾乎同步躲在應龍的背後，三人下意識往二樓的窗戶望去。

隨著聲音發出的位置，一道刺眼強光從室內亮了出來，穿過一節一節的百葉窗，讓光線形成一條條的光柱，亮光越來越強，直到百葉窗的玻璃發出劈啪的響聲，才終止了不明物體的慘叫聲。

叫聲停止了，換來的卻是玻璃逐漸破碎的響聲，像是被叫聲的音波震碎了一樣，百葉窗一片接一片有規律地爆開，銳利的碎片刮破了風的聲音，猶如細雨般地從天而降，劈里啪啦地甩到戶外的小草地上。

外觀沒有了玻璃，二樓就如監牢裡的窗戶一樣，只剩下一根一根的縱向防盜粗鐵支，從外面昂頭看進去，裡面就是一片空洞般的黑色。

好了，收工。

天狐看了一眼空蕩又乾淨的房間，慶幸自己的滅鬼速度沒有退步，滿意地拍掉身上的灰塵，再次看了一眼手錶，剛好是午夜兩點整。

差不多該到了吧？

才剛離開洋房，天狐就被幾個工作人員抓住不放問著各種問題，包括剛才的詭異叫聲和突然亮起的白光。

但一切問題，天狐以笑而不答回應。

解決了二樓的鬼魂後，強風也漸漸地平復下來，毛毛細雨越變越小，最後化成了朦朦朧朧的白霧，恢復了一如既往的平靜夜晚。

「沒什麼事。」

天狐淡淡一笑，然後向成員和經紀人使了個眼色示意自己很安全。

「話說你們現在該擔心的，不應該是這個吧？」

「你說得沒錯。」

闕軒奕臉上略顯憤怒，直接把手中的劇本狠狠摔在地上，一手指著天狐的鼻子就破口大罵：「你要什麼花樣？讓你跟著劇本行走，你偏偏要逆行，結果卻是什麼也沒拍到，這期的節目你要我拿什麼出來播？你要如何收拾這個爛攤子？！」

「不播出不就行了嗎？」天狐依舊淡然自若，雙手交叉，「靈能師是假的，節目也是假的，憑空捏造原本就不對在先，事到如今你已經沒有退路了，把這一期雪藏起來未必不是辦法。」

「藏你媽的！」

闕軒奕終於被惹怒了，伸出手一把抓起天狐的衣領，原本站在天狐身邊的工作人員都趕緊避開，以免遭到涉及。

「《鬼探險》特別篇是節目收視率最高的一期，你說什麼雪藏？！」

「聽我說的準沒錯。」儘管對方氣勢如虹，但天狐情緒沒有絲毫的動搖，反而微歪著腦袋抿嘴一笑，「不然你會後悔。」

「你給我適可而止！」

關軒奕惱羞成怒大吼一聲，握起拳頭就想揍向他的臉頰，應龍見狀快速地衝向前，想要把天狐從對方的攻擊下奪回來。

眼看拳頭就要落下，一個手掌突然從天狐旁邊伸了出來，啪的一聲抓住了關軒奕的手腕，然後捏緊他手腕上的經脈，直接中斷了對方的攻擊。

天狐見狀趁機甩開對方扯著他衣服的那隻手，重新站穩身體並且往旁邊移動幾步，不慌不忙地整理著衣服。

「請不要動粗。」

阻止對方的人並不是應龍，而是一位白髮蒼蒼的老人，他身穿一件深色的雨衣，另一隻手提著一個手提鋁箱，筆直地站在天狐的旁邊。

「小夥子別那麼心浮氣躁的。」

「操，你是誰？！」

關軒奕不禁破口大罵，他怎麼也掙脫不了被扣著的手，老人年紀雖大，腕力力氣卻不小。

「啊，還沒自我介紹，真是失禮了。」

老人一臉笑咪咪地甩掉闗軒奕的手，眼角的眼尾紋若隱若現，他輕輕拉開雨衣的帽子，露出一頭濃密的白髮。

「我是狐氏家族的僕人，也是狐家第八代主子的個人隨從，你可以稱呼我，蕭老先生。」

聽見了「狐氏家族」四個字，闗軒奕的臉色突然變得蒼白。

蕭老先生依舊保持住和藹可親的笑容，他舉起手提箱，從裡面翻出一張紙，「我這次拜訪，是特地過來爲人傳話，先前我收到主子、也就是狐氏宗家之子狐面狐爺的指示，本家決定正式控告貴節目《鬼探險》製作單位，以冒充他人身分爲主訴，提告詐欺交由法律制裁。」

蕭爺爺把手上的紙張舉起來，放在闗軒奕的面前讓他過目。

紙上寫的是由狐家第八代主子親自列名，專門針對該節目的控告內容和犯罪事蹟，包括「侵犯他人身分」及「利用他人身分獲取利益」等罪名，右下角還有狐家的家族印章，間接證明了即將要起訴的眞實性。

「除此之外，我還受命前來了解情況，如果事情屬實的話，你們馬上就會收到正式的告訴狀。這件事信不信由你，但請別到時機來臨時才後悔莫及，也別怪狐家冷酷無情。」

闗軒奕頓時沒有了剛才怒氣沖天的架勢，他嘴角抽搐，並下意識地和站在不遠處的假狐面對看一眼，然而假狐面只是微微偏過頭，卻什麼話也說不出來。

《鬼探險》的製作單位一直以來都很幸運地避開是非存活至今，然而這次卻眞的要惹上官司了。

看吧，他早就說了，這節目總有一天會踢到鐵板。天狐在心中冷笑看著這一切，遭到提告的話，這個節目就眞的完蛋了，那麼現在，你會怎麼做呢？闗導演。

「聽說，這期的節目將被雪藏？」

蕭老先生偷偷瞥了天狐一眼，天狐則不以爲然地移開視線，彷彿置身事外一樣。

「念在狐爺心胸寬廣，我看這樣好了，如果這期的節目並未播出，代表假狐面一事大衆並不知悉，我們可以當作什麼事都沒有發生……也就是說，刪掉所有與今夜相關的影像，我就會收回訴狀書。」

蕭老先生十分了解天狐的內心計畫，沒錯，天狐的目的就是這麼簡單，他只是要保住狐面的名聲，還有抹消這次錄影出現的種種跡象。

節目不播出，事情就結束了。

蕭老先生的目光繼續停留在天狐身上，眼中發出一股「我有沒有做得很棒」的光芒，似乎在要求他的讚賞。有如此滑稽又調皮的爺爺，讓原本保持撲克臉的天狐都忍不住笑了。

「這個嘛……」

聽見了蕭老先生提出的條件交換，關軒奕不禁看了天狐一眼，躊躇了半晌，突然換了個嬉皮笑臉的表情，變臉技術堪比世界第一，只見他恭恭敬敬地向蕭老先生九十度鞠躬，「當然會刪除。今天什麼事情都沒發生過，對嗎？」

最後一句話，關軒奕是向在場的工作人員說的，大家都很配合導演，連忙點頭裝傻扮懵，然後在蕭老先生的監視下，一一把今天拍下的所有影片消除得乾乾淨淨。

對製作單位來說，與其犧牲掉整個節目，倒不如犧牲一期的節目。

每個人都有自己的賺錢方式，不管是優是劣，只要覺得良心不痛，就隨他們去。天狐也不想因爲自己的事情而斷人衣食。

不過，他們良心痛不痛他不知道，反正他還是有些過不去，今天他們做了一夜的白工，跑進鬼屋過了幾小時驚悚的夜晚，都不知道出演費會不會照樣計算。

看著關軒奕毫不猶豫地把一夜的功勞全部刪除，完全沒有感到一絲的心疼和懊悔，確認所有事情都結束後，天狐有點疲累地把頭靠在應龍的手臂上，微微閉上眼，隨口一問：「怎麼樣？要去居酒屋喝一杯嗎？」

應龍先是愣了一下，然後無奈地笑出聲來，把整個背後靠在保母車上，看著工作人員慌忙地收拾工具準備下班。

「喝啊，怎麼不喝，對吧？白澤……」

應龍下意識伸手去抓了一下白澤，不料卻抓了個空，原本站在應龍身邊的白澤不知什麼時候離開原地，他回過神來才發現對方已經往老人的方向前去。

「怎麼了？」

應龍不禁歪了一下腦袋，每次說到喝酒，第一個出聲的總是白澤，他現在居然不理會。

當然，不只應龍，就連天狐也對白澤不妥的樣子感到疑惑。

「蕭老先生，您好。」白澤走到蕭老先生的面前，先是拘謹地打了個招呼，「恕我冒昧，您真的認識狐爺嗎？」

蕭老先生先是被對方突然的搭話嚇了跳，隨後換上了溫柔的笑容，把手上的信撕成幾片，然後遞給關軒奕任他處置後才回應，「在狐爺他光著屁股滿屋子撒尿的時候，我就一直照顧著他，就像他的監護人一樣吧。」

喂我才沒有。天狐內心默默吐槽。

「這麼說，您隨時都能見到狐爺嗎？」

白澤顯然沒把重點放在狐爺小時候光屁股到處撒尿的事上，表情認真，直奔主題。

「呵呵，這當然。」

蕭老先生慈祥地笑了笑，感覺像個普通不過的老爺爺一樣。

聽見對方的回答，白澤眼睛都亮了起來，像是終於找到了什麼一樣，突然握住老人皺巴巴的手，一副非常擔心對方會逃跑的樣子。

「抱歉了，蕭老先生，能替我安排嗎？」白澤激動得聲音和力氣都大了好幾倍，原本發亮的眼睛頓時泛起了水色，露出一副快哭出來的表情，「我想見狐爺。」

「……呃？」

「……呃？」

蕭老先生和天狐兩人，異口同聲地發出疑惑的聲音。

偶活★靈能師

肆・白家詛咒事件

Part-time job
as an idol
in the morning
and full-time
job as a psychic
at night.

「有錢人啊。」

狐面提著手提箱，從面具眼洞裡看著眼前大門就很宏偉壯觀的建築物。

「嗯，有錢人呢。」

蕭老先生一如既往地跟隨在狐面身後，等著委託者前來接應。

現在是早上七點，他們或許來得早了一些。狐面還真的不知道，同團共同進退七年多的成員白澤，居然還是個富家子弟。

白澤的老家是一座古風設計的大府邸，光看外觀就冠冕堂皇，整體比狐家的寺廟還要大好幾倍。

但白宅最特別的，應該是氣味吧？

反正，他的寺廟不會發出這種詭譎怪異的氣味。

具體上是什麼味道，狐面一時之間也說不出來，味道有點熟悉又有點陌生，它不像是靈體的氣味，也不像是幽魂的怨氣；不像是鬼魂的怨恨，更不像是陰魂的鬼氣。

總之，這裡就是有股不對勁的氣味，如果不是因為白澤，他才不願意進入這種瀰漫著怪味的地方。

等候時間大概兩分鐘左右，府邸的大門終於被打開了，只見白澤氣喘呼呼地跑過來迎接，似乎擔心讓人恭候已久而遭到不快。

「抱歉，我來晚了。」

白澤滿臉歉意地向狐面微微鞠躬。

「沒事，沒等多久。」

狐面輕聲說道，下一秒卻換來白澤一臉迷惘的樣子。

「狐爺的聲音有點耳熟……」

「廢話別多說，趕緊帶路。」

不得不說，狐面確實是被白澤的這句話弄得慌張了一下，連忙故作鎮定地打斷了對方的發言，還下意識壓低了聲音，卻反而有滿滿的違和感。

「啊，是的，不好意思。」

白澤先是愣了一下，然後又連忙低頭道歉。

看見兩人不自然的反應，蕭老先生不禁偷笑一聲，然後被狐面用手肘小幅度地撞了一下側腰，示意要他安靜。

自從幾天前錄節目時收到請求後，看在是成員的分上，狐面盡量把對方的委託安排在最前面，剛好又遇到他可以休假的時間，他才會決定趁早解決對方的委託。

雖然是很犯規，但這也沒辦法，誰讓白澤的友情登錄證特別有效。

三人經過白家的大庭院，就見幾個女傭一人捧著一個大笸籮從後院的田裡回來，裡面裝滿了茶色的乾葉和各種各樣的藥材，她們將乾葉與藥材整整齊齊地排放在鐵架上，爲處理過的新鮮藥草進行曝晒。

狐面將目光放遠，瞄了後院的大田地一眼，略算了一下大概開拓了五塊左右，上面耕種了許多黃黃綠綠的植物，幾個傭人在井口抽出井水後往田裡灑水、一部分人則在收割成熟的藥草，然後重新翻弄土壤。

他確實有聽白澤說過，他老家是專門販售中藥材的百藥堂，只是他沒有想到，原來百藥堂的規模這麼大。

如果白澤偶像之路走不下去的話，還能承繼家族生意，未來眞是不用憂不用愁了。

白澤帶領著衆人走在迴廊上，然而狐面越是往前走，那股奇怪的感覺就越是濃厚，腥臭的氣息讓狐面感到一陣反胃，然而白澤和蕭老先生卻似乎沒有察覺到什麼異樣，依舊無動於衷。

這麼說，這股味道，只有他一個人聞到了？

「請允許我重新自我介紹，我是白家的幼子，白寒，要您百忙之中抽空過來眞不好意思……」

白寒的語氣與表情都變得異常成熟穩重，他稍微做完簡單的自我介紹後，便開始解釋委託內容，「其實，我想要了解的是我們家族代代遺傳下來的怪異現象，我雙胞胎哥哥……也是這次的問題對象白炎，在七個月前開始出現了家族的遺傳病。」

哎？白澤居然還有個哥哥啊。

狐面微微感嘆，他對成員的了解程度其實還不夠深，不過，這不是重點……

「你說的遺傳病是什麼？請詳細說明一下。」

狐面緊緊跟著白寒的步伐，一邊打量著府邸周圍的環境，分秒必爭，白寒頓了一頓，沒有停下腳步，繼續說話。

「半年前左右，白炎逐漸變得嗜睡。雖然偶爾也會有清醒的時候，但他清醒時就會出現暴力傾向，發狂般地到處攻擊人；而他除了樣貌出現明顯變化之外，視力也隨著時間退化，現在他的眼睛基本上是什麼也看不見；此外，他每到夜晚就會精神百倍，經常偷偷離開家到外面遊蕩；還喜歡在晚上翻垃圾，甚至抓青蛙、老鼠等小動物生吞，並吃一些腐壞食品，或已經嚴重腐爛的動物屍體。」

「從他的這種種舉動可以判斷他出現了家族的遺傳病，白家族人瀕死前會出現這樣的詭異現象。」

白寒臉上黯淡無光，然後停下了腳步，轉過頭看著狐面，表情五味雜陳，「白炎可能快死了，所以我必須要趕在來不及之前，阻止這一切的發生。」

「聽你這麼說，我依舊是毫無頭緒。」狐面下意識地抓緊手提箱的手把，看了白寒一眼，「總之，先讓我看看你哥哥現在的狀態吧。」

他話剛說完，轉角處出現一個大腹便便的女人，樣子顯得憔悴無比、臉色蒼白如雪，整體看起來一副病態的樣子。

「寒。」女人輕叫了一聲白寒的名字，然後慢條斯理地走了過來，露出一臉甜美的笑容，「你回來了？」

「嗯，剛回來不久。」白寒看見向他們走來的女人，停下了腳步，轉身向大家簡單介紹，「嫂子，我來介紹一下，這位是靈能師狐面狐爺，還有蕭老先生。」

「您好。」女人微微一笑，說話慢聲細語的，看起來相當溫文爾雅，「我是白炎的妻子梁子慧，您可以稱呼我白夫人。」

梁子慧的身形嬌小，身高大約一百五十公分左右，樣子看起來相當年輕，身穿淡色的連身裙頂著一個大肚子，一頭不長不短的褐髮綁得整齊乾淨，如果她的臉色能稍微紅潤點的話，確實是一個美人胚子。

狐面禮貌性地向梁子慧行了個禮，然後瞄了一眼對方圓鼓鼓的肚子。

不知是什麼原因，狐面隱約察覺到，梁子慧肚子裡的小生命發出一股讓人退避三舍的氣息……就和這府邸裡散發出來的味道一樣。

「請問有什麼事嗎？」察覺到狐面的視線，梁子慧貌似有點害羞地小聲問著，下意識地摸了摸肚子，然後微微抬起眼眸，縮起的身子看起來更小鳥依人。

「啊，不好意思。」狐面回過神後發現自己失禮了，連忙向她道歉，他想了一想，決定暫時先不說關於她肚子裡孩子的問題。

「您是寒請來的吧？但是很不巧，炎他剛睡著了，如果現在打擾他休息恐怕……」

「沒事。」狐面嘴角上揚輕笑一聲，在狐狸面具的掩飾下，讓人看不透他笑容的含義，「帶路吧。」

他是睡著了嗎？

狐面和蕭老先生站在一間房間的走廊，放眼望去那一坨被棉被蓋得密不透風的物體，因對方呼吸的關係，棉被正微微地上下起伏著。

狐面從形狀來看，白炎的睡姿應該是趴著，然後把身子蜷起來，像隻烏龜一樣把四肢和頭部都縮在身下、背部朝天。

「他一直都是這樣的睡姿嗎？」

「嗯，一直睡到晚上。」梁子慧說，這時胎兒似乎動了一下，讓她感到有點不適，她摸了摸肚子，眼神充滿無奈和疲憊，「果然是遺傳病的關係嗎？」

「要深度觀察才能知道。」

狐面把手提箱遞給蕭老先生後打了個手勢，讓他跟在身後，直接大步走進白炎的寢室。

「等等，狐爺。」白寒一臉緊張地想要阻止狐面的行動，卻不敢放大聲說話，只能用氣音來喝住靈能師，「現在進去的話恐怕……」

狐面沒有在意白寒的阻攔。他原本只是想揭開棉被看看狀況，卻沒想到事情比他想像中來得更加嚴重，他的手才剛往棉被開出一條裂縫，裡面的人像是受驚似的大吼一聲突然從被褥裡頭跳了起來，抓住了他的手腕用力一拉，將他反壓到在地板上後跨腿騎在他腰間、雙手用力地掐著他的脖子。

一連串動作都發生在電光石火之間，快得讓蕭老先生都來不及反應過來，等他回過神時，才連忙從後面用盡全力想要扯開白炎。

然而白炎卻沒有絲毫的動搖，他的力氣相當得大，把身體重量全壓在狐面身上，沒有想要停下來的意思。

見狀，梁子慧嚇得不禁大喊一聲，想要衝向前幫忙拉開白炎，卻被白寒慌忙地拉住了手臂，似乎是擔心哥哥暴躁的行動會傷及到嫂子和孩子。

狐面雖然感到呼吸困難，但還是順利確認了對方目前的狀況——白炎眼神銳利、整個眼部都陷了下去，導致臉龐的骨頭突出，瞳孔被一層厚厚的白膜覆蓋著，和眼白融合在一起，他整個白眼球中布滿血絲，散發出一股濃烈的殺意；他的嘴唇正在微微發抖，嘴巴裡的牙齒泛黃，和白寒一樣的虎牙此刻卻顯得更加鋒利無比，與其說是人類的牙齒，倒不如說是猛獸的獠牙來得恰當。

雖說是雙胞胎，但除了輪廓線之外，現在的白炎，樣貌與弟弟白寒完全不相似，不僅不像雙胞胎，也不像親兄弟。

狐面此時因為白炎的攻擊而有點痛苦，他不禁呻吟了一聲，緊捏著白炎的手腕、伸出右手用力地揮出拳頭擊中他的臉龐，對方緊掐他脖子的力道頓時就輕了不少，蕭老先生見狀趁機把白炎拉開，並把他翻過來壓制在地板上。

在蕭老先生把白炎拉開的瞬間，狐面突然感覺到脖子處有一絲刺痛，對方鋒利的指甲竟然在脖子上劃出一條傷口，鮮血穿過皮膚洶湧而出，很快就把他的白色衣裳染得血跡斑斑。

用手按住出血的傷口，狐面輕咳幾聲、深深吸了一口氣，重新調整有點歪掉的面具，看著被蕭老先生牢牢壓住的白炎，對方的爪子也沾上了鮮紅的血液，陷進指縫裡頭，他不禁輕咬著下唇，若有所思。

門外的兩人看情況受到控制後連忙走了進來，梁子慧一臉驚慌地撫慰著丈夫，輕聲細語地在他耳邊不知說了什麼，直到白炎的情緒漸漸平靜下來。

半晌，白炎露出一副睡意朦朧的表情，在梁子慧的攙扶下，重新回到被窩裡、扭著同樣的姿勢繼續睡覺，好像什麼事都沒有發生一樣。

「哥只聽嫂子的話。」白寒不知從哪裡抽出幾張衛生紙，動作有點慌亂地替狐面止血，「請移步到另一間房間，我來替您敷藥。」

狐面從白寒手上取過一張乾淨的衛生紙，輕輕地擦拭著那件怵目驚心的衣裳，心想，這件衣服恐怕要丟了吧？

而隨著室內瀰漫著鮮血的味道，讓狐面先前聞到的詭異腥臭味越變越明顯，也越變越熟悉——啊，他知道那是什麼味道了！

「這種情況老夫還是第一次遇見。」

蕭老先生自言自語走了過來，站在狐面身旁微俯下身體，一邊檢查他的傷勢，一邊小聲地問：「發現了什麼嗎？」

「嗯。」

狐面微微點頭，看著白寒走出房門讓僕人去準備醫藥用品，繼續擦了一擦傷口，發現血已經成功止住了。

「是野獸的氣味。」狐面開口道，然後把衛生紙扔進垃圾桶裡。

「痛！」

「抱歉！」

聽見狐面喊痛，梁子慧微頓了一下，然後放緩手上清洗傷口的動作。

此時，狐面已換上了白寒的衣服，盤腿坐在他的面前，看著對方把幾種藥材混在一起碾成粉狀，然後攪得黏糊，平攤在一塊紗布上遞給梁子慧。

幸好他的傷口不深，只是稍微被劃出一道小痕，據白寒所言，他磨出來的藥粉不只可治療傷口，長期敷用的話還可以淡化傷疤，這才讓狐面稍微放下心來。

畢竟有條疤痕的話，除了兼職那邊會受到影響之外，他自己內心裡面也會存有疙瘩，他才不要有「看見此疤痕就想起誰誰誰」之類的想法出現。

再者，白炎觸碰到了靈能師的血液，身體和靈魂卻沒有受到干擾或有不良反應，讓他目前可以確認，白炎的狀況並不是邪靈作祟。

果然還是遺傳的問題嗎？

狐面想了想，便單刀直入地問：「遺傳病是從哪一代開始的？」

「到我們這裡，恰好是第九代。」

白寒回應的同時，還一邊將藥物依據分量一包一把地紮起來，然後遞給旁邊的蕭老先生。

第九代……所以，這是他們從遠祖就開始遺傳下來的嗎？

狐面邊想，邊微微歪著脖子讓梁子慧繼續替他敷上藥物。

「這麼說，令尊也有同樣的症狀？」

「是的。」白寒回答得很快，完成工作後，他脫下了藍色的塑膠手套，開始收拾工具，「聽家母說，父親在我們兄弟半歲時就往生了，臨死前也出現這種情況，最後是在寢室裡暴斃，死於心臟痲痺。」

梁子慧纏好紗布及貼上透氣膠帶，確認已經包紮完畢後，重新坐回白寒的身邊坐好，她忍不住插話。

「不只是爸爸，還有爺爺也一樣吧？」梁子慧輕撫著肚子，臉色比剛才還要蒼白，似乎隨時就要倒下，

「白家的後裔，沒有一個能感受到父愛，都是還沒懂事就失去了至親，確實是很殘忍。」

狐面明白梁子慧的話，她說的不只是白炎和白寒兄弟，還有肚子裡的孩子。

她擔心孩子不但一出生就失去了父親，然後還要繼續承受著白家代代相傳下來的煎熬與痛苦。

「坦白說，有件事情我特別在意。」狐面看了一眼外頭走來走去的傭人，捧起面前的熱茶，喝了一小

口，「除了傭人和耕耘的工人之外，白家的人口似乎挺少的，你們還有其他親戚或遠親嗎？」

從一進門開始，目前與狐面打過照面的只有白寒、白炎和梁子慧三人，除此之外，就再也沒有與白家有關聯的人出現在他眼前。

「這個嘛……」

白寒苦笑一聲，似乎在說著另一件悲劇。

「自從遺傳病出現之後，白家一直都是單傳，就是世人所說的『九代單傳』。家主只會生下一個孩子，之後就再無緣擁有第二子，而且生下的絕對是個男嬰；因此隨著時間流逝，白家成員如今只剩下我奶奶、母親、嫂子，還有我和白炎兩個繼承人了。」

「但白家第八代卻誕下了一對雙胞胎男嬰？」

「這也算是其中一個疑點。」白寒像是說到了重點，抬起眼眸看了狐面一眼，換了一下坐姿繼續說道，「從遠祖開始只能擁有獨子這件事，在我父母那代被打破了，當年我們還以爲是出現了什麼變化或是奇蹟，可如今白炎卻再次出現遺傳症狀，我們才明白事情沒有我們想像中那麼容易……雙胞胎的誕生或許只是個意外吧。」

「……如果我是猜錯的話，還請見諒。」狐面摸了一下傷口，停頓了半晌，眼神認真，語氣充滿疑惑和不確定，「白夫人，您現在是……懷胎七個月嗎？」

此話一出，白寒和梁子慧頓時就瞪大了眼睛，並且互相對視一會，而看兩人的表情，狐面就知道自己並沒有猜錯。

七個月——白炎出現症狀的時間，和梁子慧懷孕的時間是一樣的；換言之，一旦白家擁有下一代的繼承人，遺傳病就會被觸發。

依照狐面的判斷再三個月，當白家迎接一條新生命的同時，將會有另一條生命逝去——獲得的同時也將失去，是悲劇的循環。

而梁子慧肚子裡的孩子尚未出世就已經散發出野獸的氣味，也就是說，白家第十代繼承者，也會陸續出現相同的狀況——由此判斷，他認爲白家所謂的遺傳病，更像是詛咒。

沒錯，對白家歷代的詛咒，但奇怪的是，爲什麼白寒會沒事呢？

和白澤共事這麼多年，他還眞的感覺不到對方身上擁有詛咒的氣息，眞是撲朔迷離。

「您有什麼頭緒嗎？」

看見對方一副「想到了什麼」的樣子，白寒的身體向前傾了一下，似乎有點激動。

「有是有，但不太確定的事情我不敢妄下判斷。」

狐面轉過頭湊近蕭老先生的耳邊說了幾句話，隨後蕭老先生便把手提箱遞回給狐面，然後站了起來朝衆人微微鞠躬，表示要離開白家回寺廟一趟，爲接下來的事情做準備。

「總之，現在最主要的是找出白家出現遺傳病的理由，待會我想要在府上進行一場降靈法，也許能找出原因。雖然不知道是否能成功找到原因，但必須一試。我今晚可能會留宿，不知是否方便？」

「嗯，當然沒問題。」

白寒果斷地答應了，扭過頭要站在門外的傭人打點好一切，原本還要說些什麼，放在他口袋裡的手機卻突然響起。

聽見百神最新專輯《至死不渝之愛》的歌曲悠悠響起，悲情又傷感的聲調配合上百神團員的深情演唱，讓狐面不禁打了一個冷顫。

狐面下意識捂住面具上的眼洞，感覺耳根有點發熱，這傢伙把手機鈴聲設爲自己團的歌曲不會感到害臊嗎？總之不管你感不感到害臊，先給我把手機接起來吧，我可是覺得很害臊啊。

「寒，你今天有工作吧？」梁子慧看了白寒一眼，似乎已經知道來電者是誰，無奈地笑了一下，然後輕推著他的肩膀，「去吧，別讓施蓮困擾了。」

聽到梁子慧的話，狐面才想到，雖然自己得到了休假，但是白澤接下了連續劇主角的工作，劇組正好在前幾天開機，他近來應該都會忙得頭昏腦脹。

看著自己已經遲到了十幾分鐘，白寒向梁子慧說了句「麻煩妳了」後連忙接通電話，一邊向經紀人道歉一邊快速地往迴廊跑去，頓時不見蹤影。

「抱歉，這孩子的工作異常繁忙。」

嗯，我知道喔，我們是同個團體的嘛。狐面在內心回答著。

他看著梁子慧的臉色越來越蒼白，漂亮的雙眸黯淡無光，修長單薄的眉頭微微一皺，身體狀況似乎不太好，便問：「夫人需要休息一下嗎？」

狐面眞心希望對方能稍微躺一會。從梁子慧的情況來看，她原本的體質應該就比較虛弱，現在還懷著孕，又因爲爲丈夫的事情操勞過度，再不多加休息的話，他眞的擔心對方隨時會在他面前昏倒。

而且白澤似乎很敬愛梁子慧的樣子，梁子慧若眞發生了什麼事，他大概也會寢食難安吧？

「我這邊沒事，只要白夫人不介意，我自行在府上探一圈即可。」

「眞的可以嗎？」

「嗯，沒關係。」

梁子慧回應得倒是很快，看來她也相當清楚自己的身體狀況，說不定早就想要回房間休息了。

狐面站了起來，順便扶了孕婦，然後往門外瞄了一眼，準備找人帶梁子慧回房休息。

「對了，狐爺。」梁子慧站穩了身體，嫣然一笑，「今後的事就拜託您了。」

「……什麼？」

狐面聽得一臉懵懂，微微歪著腦袋。

「狐爺，請答應我。」梁子慧接下了狐面的話，蒼白的臉龐上依舊保持著笑容，眉頭微微下墜，「今後不管出現了什麼意外，或出現了什麼狀況……甚至是必須要犧牲一個人才能成功的話，請您不要理會他人說的話，僅僅遵從我的意思就好。」

梁子慧溫柔地撫摸著肚子，眼神充滿慈愛，「請一定要保住我的孩子，無論發生什麼事。」

狐面微微一怔，然後托著下巴醞釀半晌，才開口：「難道妳還能預測到未來不成？」

「怎麼可能。」

梁子慧輕笑出聲，右腳剛跨過門檻，身體和話語頓時停頓半晌，隨後，她回眸報以笑容，「僅僅是女人的直覺。」

「即使失去了大人也無所謂？」

狐面盯著她問。她這句話的意思是，比起丈夫，她更加在意自己的孩子嗎？

梁子慧臉上的笑容突然僵硬起來，隨後逐漸消失不見，眼神十分耐人尋味，沉默不語地離開了，顯然無法果斷地回答狐面的問題。

此刻的她究竟是葫蘆裡賣什麼藥，他不知道。

畢竟人心難測，比魑魅魍魎還要難測。

「不得不說，這地方還真大啊。」

狐面感嘆一聲，悠哉地走在迴廊上，經過了一間又一間的房間，他一邊探訪，一邊觀賞一下府邸精緻的設計和田地裡種植的各種藥草。

田園傳來一股泥土和植物的香味，在田地上工作的人目不轉睛地看著大大咧咧到處遊蕩的靈能師，卻沒人敢上前打擾，甚至是打招呼。

狐面把面具移到腦袋邊放鬆一下心情，在視野變得寬闊後，眼睛不禁停留在院子的圍牆上面。

圍著府邸的圍牆是由石磚建成的，蓋得特別高，高約三公尺左右，上面除了設有尖利的鐵柱之外，石磚上窄小的空間也被鋪上細尖的鐵針；不管是外到內還是內到外，想要翻過這道圍牆絕對是不可能的事情，把整個院子防得異常森嚴。

怎麼？白家還會經常進賊嗎？

還是說，這是預防白炎逃跑外出而設計的安全牆？

就在狐面猜測著圍牆是幹嘛用的時候，身後的房間傳來一陣東西墜落聲，劈里啪啦的聲音，讓他不禁被嚇了一跳，下意識就往聲音來源方向看去。

發出聲音的房間拉門沒有關上，他一眼望去，只見一個駝著背、白髮稀疏的老婆婆站在凳子上面，戰戰兢兢地扶著書櫃，努力伸出皮膚皺巴巴的手在最上層不知道撈著什麼東西。

由於身高不夠高的關係，老婆婆在看不見內部的狀態下胡亂地翻弄，才會不小心把放在旁邊的相框、書籍翻倒在地上。

這一幕看得天狐心驚膽跳，眞心捏了一把冷汗，沒有一絲猶豫地連忙跑了過去，扶住搖搖欲墜的老婆婆，免得她像其他物體一樣摔倒在地。

「婆婆，您等等！」狐面把老婆婆扶下凳子，讓她坐好，「您要拿什麼，我幫您拿好了。」

「哎呀哎呀～眞是個好青年，非常感謝。」

老婆婆不以爲意地呵呵笑了一下，伸出手指指了一下收在上層的一本相簿。明白老婆婆的意思，狐面微踮起腳，順利地把物品取下遞給眼前的老人。

「人老了嘛，偶爾想看看以前的陳年舊事，幫上大忙了，謝謝你。」

「不會。」

「你是阿寒帶來爲阿炎看病的醫生吧？哎呀，眞是個年輕的小夥子，如你所見，我腿腳不是很方便，沒去迎接你眞不好意思。」

腿腳不方便還爬那麼高也太強了，天狐是眞心佩服老人家的老當益壯。

不過，他也不算是醫生，畢竟醫生與靈媒所醫治的物質截然不同，雖然「除去惡疾」這個方向都是一樣的。

狐面下意識瞄了一眼老人的腿部，若有所思。

「小夥子坐下、坐下，婆婆給你拿些好吃的。」

「啊，不用了……」

狐面來不及拒絕對方的好意，只見老婆婆拿起一個具有通話功能的對講機，嗶啵一聲得到女傭的回應後，點了一堆食物，要對方送到房間裡。

因爲腳不方便的關係，老婆婆的衣食住行似乎都是靠著這個對講機來解決。

狐面無奈地笑著，只好恭敬不如從命地盤腿坐在地上，一手托著臉，打量著眼前的老人。

老婆婆既然擁有使喚傭人的權利，可見在白家的地位必然不低，他猜測對方大概就是白澤的奶奶，目測她的年齡大概九十多歲，滿臉布滿老人斑和皺紋，就連眼睛都被擠成一條縫線，牙齒也已經掉光光，笑起來嘴巴就像個無底洞，但笑容卻並不難看，像個小孩似的。

「阿寒一直都很忙，根本就沒空來陪我這老傢伙。」白婆婆一手抱著相簿，一手拉著狐面的手，感覺特別平易近人，「孫子的朋友就是我的孫子，你就代替阿寒陪我聊聊天吧。」

狐面被抓住了就逃不掉了。

從一見面開始，白婆婆的嘴巴根本就沒有停下過一刻，像連珠炮一樣說個不停，但老年人中氣十足卻是一件好事，代表身體健康。

而且這種喜歡聊天的人最容易爆出祕密，不管是多麼重要的事情，都可以輕易從他們身上得到消息，所以，狐面還挺喜歡這一類型的人。

「嗯，可以喔，您可以直接叫我狐面，是白寒邀請我來拜訪……順便來看看您老人家的狀況。」

狐面展出友善的笑容，向婆婆自我介紹後微抬起眼眸，桃花眼中露出慎重的神色，瞥了一眼老人的雙腿。

「婆婆，恕我直言，您的腿……是不是經常感到異常疼痛，偶爾會有乏力、抽筋或麻痺的狀況？」

天狐說話單刀直入，並不擔心問題會嚇到對方。

「嗯嗯是的，唉，人老了啊，什麼疾病都會隨之而來。」

白婆婆倒是真沒被嚇到，呵呵地笑了幾聲，也許如她所說，年紀大了，什麼風浪、什麼奇奇怪怪的大小事都見識過，對很多事情都已見而不怪。

「婆婆，介意我替您檢查一下雙腿嗎？」狐面露出漂亮的笑容，得到對方的同意後，才繼續行動，「那麼，失禮了。」

狐面向白婆婆輕行了個禮，然後將她的雙腿扶直，把她褐色的褲管捲到膝蓋的位置。

出現在她膝蓋上的，是一張嬰兒的臉。嬰靈的樣子比較模糊，眼睛和嘴巴的部位呈現黑色，一左一右深深地嵌在膝蓋上面，像是被人困在雙腿中一樣，露出一副人畜無害的表情。

果然如此，他的判斷無誤，是鬼魂的緣故，才導致老人行動不便。

附在老人腿上的兩隻鬼魂，是未出生就夭折或被墮胎的鬼嬰，屬於束縛靈一類。

它們因為沒有受到世人的超度，無名無姓、無依無靠，未曾擁有完整的肉體，就連孤魂野鬼也稱不上，最終只能附身在人類的肉體上苟延殘喘。

這鬼嬰雖無害人之心，但人類若長期接觸到鬼氣，肉體和精神也會出現不良反應，還是儘快清除掉會比較好。

兩隻嬰靈發出的鬼氣不強，對白婆婆幾乎不存在怨恨，狐面猜測老人家大概只是運氣不好而被纏上罷了。

這種程度的鬼魂，他只要驅逐就可以了。

狐面轉過身體，打開了旁邊的手提箱，抽出一支毛筆和小碟子，然後把裝在小瓶子裡的朱砂倒出來，準備替人免費治療。

「婆婆，您家人都不陪您聊天嗎？」

為了分散對方的注意力，狐面一邊用毛筆沾上朱砂，一邊沒事找事地閒談。

「哎呀，我們家族的人都快死光了。」白婆婆說話直來直去，沒什麼顧慮的說，坦白得讓天狐感到有點吃驚，「阿炎倒下了，阿寒工作又忙啊，還有誰能陪我呢？」

天狐輕嗯了一聲，提筆朝著右邊嬰靈的臉畫上符咒，被朱砂覆蓋著的鬼魂抽動了一下，黑色的靈體在膝蓋中掙扎半晌，咻一聲地衝出肉體，然後直接朝門外飛了出去，頓時不見蹤影。

在鬼嬰離開房間的同時，天狐恰好瞄到剛被婆婆摔在地上的相框。

相框裡的照片是一張全家福，雖說是全家福，但卻就只有五個人，白婆婆、梁子慧、白澤的母親和他們兩兄弟。

雖然現在變得面目全非，但白家兄弟畢竟還是雙胞胎，可能還是同卵，白氏兄弟的樣貌能說是完全一模一樣，無論是身高、輪廓、五官和笑容，都像是複製出來似的，他乍一看還以爲有兩個白澤呢。

「白寒的母親呢？」

狐面收回目光，重新替毛筆沾上朱砂，繼續驅逐剩下的一隻鬼嬰。

「啊，我媳婦啊。」

白婆婆微微一笑，撿起相片，輕輕撫摸著照片上家不成家、物是人非的幾個人。

「白家代代營業著百藥堂生意，除了培養出新鮮的藥草和售賣中藥之外，還得持有中醫師資格證，阿炎和媳婦都擁有資格，但自從阿炎倒下後，就只能讓我媳婦接手生意，所以她目前暫住店裡，最近都不怎麼回家了。」

即使兒子就快死了也不回家？

這個疑問，狐面問不出口，儘管兒子出現病狀，母親也依然不歸家，或許是不敢正直面對孩子的死亡吧？

畢竟誰會願意白髮人送黑髮人呢。

狐面畫上最後一個符咒，白婆婆左腿上的嬰靈也扭捏掙扎了一會後一溜煙地衝了出來，跟隨著另一隻嬰靈的氣息瞬間消失。

嗯，這邊姑且是完成了，婆婆這下可以參加馬拉松比賽了。

狐面收起毛筆等工具後把手提箱蓋起來，確認對方膝蓋上的鬼臉已經消失不見，再移動了一下位置，雙手輕輕地按在她的腿上替她按摩，去除掉因鬼魂長期停留而產生的麻痺感。

「哎呀，小夥子有兩下子啊，真不錯，感覺輕鬆了不少。」

白婆婆被突然的解放感樂得哈哈大笑，不自覺伸直了雙腿。

「婆婆，您不是還有個孫媳婦？」

「啊，你說的是梁子慧嗎？」

白婆婆聽見梁子慧的名字，眼神和臉色突然陰沉下來，變臉也變得挺快，剛好一個女傭端來一盤茶水和蔬果，白婆婆便默默地拿起熱茶靠近嘴邊，用有點抖動的雙手緩慢喝了一口，但茶水幾乎都被她弄灑了出來，狐面也只好停下手中的動作，無奈地給她遞了一張衛生紙。

「梁子慧她啊，除了肚子裡的小孩，對其他事情都視若無睹，就連丈夫也一樣，更何況是我這個老太婆呢。」

「呃？」狐面特意表現得有點吃驚，幫白婆婆擦了一下沾上茶水的領口，「為什麼呢？」

「說起來這孩子也挺可憐的，第一次見到她的時候，瘦得像根竹竿一樣，看得真的很讓人心疼。」

「梁子慧出生貧窮，十六歲就被父母賣到鄰鎮給一個有錢老頭當媳婦，那老傢伙為的是傳宗接代嘛。好啦，不管他還能不能行，反正孕是好不容易懷上了，但是吃得不飽、睡得不好，肚子裡的孩子怎麼還能保得住呢？」

「孩子最終是在肚子裡夭折的，梁子慧身體一直都很虛弱，加上取出死胎後對身體更是雪上加霜，大夫說她以後可能都懷不上孩子，她當時……或許承受著巨大的痛苦吧？」

「沒了利用價值，梁子慧也自然被老頭拋棄了。在這個歲數理應幸福美好的女人，結果卻只能像遊魂野鬼一樣無依無靠四處漂泊了好幾年，無家可歸，還因爲心病而得了厭食症，身體漸漸消瘦不少，看樣子，感覺都活不了多久……」

狐面停頓了半晌，抬起眼眸看向門外，視線停留在鬼嬰離開時的方向。

剛才被他驅走的嬰靈，其中一隻說不定就是梁子慧死去的孩子。

鬼魂思念的緣故，所以才會選擇在這家裡逗留嗎？等等，所以他擅自把它驅走，究竟是好事還是多管閒事呢？

嗯，他也必須反省一下自己的獨斷專行，我錯了，不好意思。

「她最後，是被阿寒帶回家的。」

沒有注意到狐面的表情變化，白婆婆停頓了一下，緩緩放下杯子，被皺紋覆蓋著的眼神中閃過一絲的欣慰，輕手輕腳打開了相簿，翻了幾頁，然後指了指其中一張照片給狐面看。

照片上有三個人，女性的樣子和現在判若兩人，整個人瘦得如皮包骨，坐在她面前的是白炎，戴著一副掛著閃爍防滑鏈的金絲眼鏡，一臉認眞地在爲梁子慧把脈；白寒則坐在旁邊用秤量著藥草的分量，兩兄弟的眼神都充滿著擔憂和不安。

「心病還須心藥醫，可能是命運的安排吧？在阿炎和阿寒兩兄弟體貼入微的照顧下，梁子慧重新體會到了活著的意義，心中的陰影煙消雲散，身體也逐漸好轉，恢復了元氣，並且和阿炎交往，即使知道白家擁有可怕的遺傳病，她也願意下嫁到白家……但我總覺得，這女孩好像有哪裡不妥。」

「婆婆您是覺得，夫人在利用白家？」

也對，一個無法再生兒育女的女人，和一個碰上後絕對會懷孕的詛咒，梁子慧選擇孤注一擲，陷入這個漩渦裡，可想而知，她是多麼期望再次擁有孩子，哪怕是犧牲了周圍的人都無所謂。

可怕的女人。

想到這裡，狐面再次陷入沉思。

「咱們白家這個遺傳問題，若沒有子孫傳宗接代只會滅族，有女孩願意成為白家的新娘子也算是奇蹟了。雙方面都需要孩子，說到利用，也是彼此彼此罷了。」

「嗯，原來如此。」

多麼複雜的家庭關係啊。

狐面不禁感慨一下，他原本還想說些什麼，但庭院裡突然傳來一陣吵嚷的聲音，把狐面嚇了一跳，他下意識站了起來，小跑到門邊看一究竟。

只見一個小黑影像是被人驅趕著，猛然間從屋簷上一躍而下，順利落到迴廊上後快速一跑而過，然後撞在剛好路過的女廚師身上，把她嚇得花容失色，用力甩開黑影後一個不穩，直接連人帶托盤摔在走廊地板上。

原本在院子裡工作的人都跑了過來，兇神惡煞地追趕著黑影，但黑影的速度飛快，瞬間就逃離了眾人的視線範圍。

狐面現在唯一可以肯定的，就是那東西並非魂魄，理由很簡單，因為在場的人都能觸及、看見，顯然那是真實存在的生物。

「……貓？」

狐面默默地扶起女廚師，看著黑影消失在一堆小草叢裡，只是提出對黑影真實身分的猜測。

「經常會有的事情。」

白婆婆顯得一臉淡定，在女廚師一聲聲的道歉下露出慈祥的笑容，沒有任何的責備，只是讓她清理殘局，並重新準備新的餐點。

「你看到嗎？那牆上的鐵柱和鐵針。」

狐面順著白婆婆手指指著的方向看去，就是讓他感到匪夷所思的圍牆，「那個呢，就是防止野貓進入白家而建立的。」

「哎？是防貓用的？」

狐面真的感到詫異，他千想萬想，猜想是防盜、防白炎還是防隔壁老王，就是沒想到那些鐵柱的存在只是單純防貓。

誰能想到啊！

誰會想到是如此簡單的答案啊！

「貓啊，真討厭呢……」

白婆婆再次開啓連珠炮的技能，話語中透著厭惡的語氣，眉頭上的皺紋全都擠在一起。

「我們家是賣中藥的，藥材、藥草必須保持乾淨和衛生。但可能受到某些藥草的獨特味道吸引吧？加上這區的野貓特別多，總是趁人不注意就鑽進來搗蛋，翻倒笸籮裡的乾草就算了，最難忍的貓毛啊！一不小心混進曬乾後的藥草裡，所有的藥草就只能報銷了。」

「但貓眞不愧是有九條命（命大），不管我們如何驅趕、如何搭建再森嚴的鐵壁，牠們都總會有辦法溜進來，讓所有人都氣壞了，所以白家代代都是厭貓人士，看到有闖進來的野貓，唯有趕盡殺絕。」

「……殺貓嗎？」

像是想到了什麼，狐面背靠著門，一手托著下巴，看著無功而歸的傭人們一一散開，重新回到工作崗位上。

「那在白家的族人裡，有誰成功獵殺過貓？」

「這個嘛……雖說是獵殺，但我剛都說了，貓有九條命啊，挺難抓住。」白婆婆微昂起腦袋，額頭朝天，「白家至今以來，就只有遠祖那代殺過一隻。」

「嗯？」

狐面不禁發出疑惑的聲音。

「據說白公年輕時成功困住了一隻野貓，拿起棍子就往貓的腦袋砸去，貓的生命力也強啊，頂著一腦袋的鮮血四處逃亡，先祖鍥而不捨地追趕，圍著府邸跑了一圈，陸續揮中貓的頭顱九次，直到整個院子鮮血淋漓，才成功把牠給打死。」

狐面聽罷，頓時感到背脊發涼，臉色明顯一驚，似乎在白婆婆的幾番話中悟到了什麼事情，隨後再次進入沉思狀態，略有頭緒。

被攻擊九次致死——貓的九條命都被人打死了——原來如此，是憎惡啊。

縱使他只是個人類，他也能感受到當年那隻野貓的怨恨。

牠從內心深處散發出來的怨恨，化成銳利的爪子緊緊掐著白家，直到如今、甚至是此刻，狐面依舊能夠清楚感應到野貓深刻在骨子裡頭的那股恨意。

牠對白家的憎惡覆蓋了整個府邸，在白家延續了足足九代，沒有一絲削薄，只有逐漸增添。

自從白家遠祖獵殺動物同時，遺傳病就開始爆發，以致禍延子孫……

再加上府邸中野獸的氣味、白炎的獸性與姿態、夾雜著怨氣與殺意的氣息……

不會錯了。

顯然是動物靈，也就是貓魂的詛咒！

與動物靈相關的案件，狐面也曾經遇過。

狐面面對著院子坐在迴廊上，旁邊放了一盞油燈，看了一眼蕭老先生在庭院中為他預備開壇工具，還有各種焚香及燒紙，為待會要進行的法事進行祭天。

現在是傍晚七點，天色已經接近黑暗，在工人陸續下班回家後，狐面也即將要開始降靈法。

狐面看著蕭老先生的背影半晌，重新提起毛筆，用朱砂畫著幾張符咒準備一會使用。

六道輪迴，畜生道正是因果輪迴最好的例子。在這弱肉強食的世界裡，有些牲畜註定會被屠宰，命運一到，魚遇到直鉤也會自願上釣，這就是前世的因果報應。

但，被人類破壞因果規律而殘殺的動物，若怨氣和怒氣過重的話，其靈魂就會轉化成報應或詛咒，也就是所謂的遭天譴。

照以往的案列來看，這類詛咒一般都只會涉及到自身，或再往下兩代。

但這次的案件卻有點不同，被白家先祖獵殺的動物，是堪稱擁有九條命的貓。

若要把情況說得嚴重一些，一條命糾纏一代，相當於九條命就要用九代的時間來彌補……但如果眞的是如此換算的話，那麼貓魂的詛咒應該在第九代，也就是白澤這代就已經結束了。

可是爲什麼梁子慧的腹中嬰孩、第十代繼承者卻依舊被烙下了詛咒？

貓魂的怨氣，已經超過了詛咒的極限嗎？

但就算是人類的過錯也罷，糾纏了這麼多年，也應該適可而止了吧？怨氣太重是升不了天的，就算是動物靈也一樣。

爲了解開詛咒的眞相，看來他是必須要執行降靈法了。

「狐爺，祭天儀式已經完成了。」

「嗯，謝謝。」

狐面微抬起頭致謝，從手提箱裡抽出四支小型的招魂幡，把剛寫好的黃符和幾個鈴鐺一同扣在上面，走到前面的空地上大約估算面積，然後把招魂幡插到地上的四角，形成一個具有一定空間的四方形。

一股夜風吹過，上面的鈴鐺發出一陣清晰的鈴聲，彷彿在召喚著什麼到來。

「這時間白炎應該醒了吧？」

「我覺得應該差不多了。」蕭老先生輕聲說著，然後點燃一個檀香，放在香爐裡、蓋上蓋子，「不把白夫人和白寒叫來眞的行嗎？」

狐面重新回到迴廊上，拿起剛從廚房要到新鮮生肉，流利地解開上面被包得漂亮的保鮮膜。

「沒事，就算他們在場也無濟於事。」狐面把生肉扔到四個招魂幡的正中間，準備當作引誘白炎的誘餌，「今夜的主角不是他們。」

既然他要捕抓動物，就該使用捕獸器，這次的降靈法會，有白炎（野獸）就夠了。

狐面走到桌子前面，喝了一口擺在他面前的蓮花白酒，隨後雙手合十、微閉上眼睛，嘴裡念念有詞地念著一些不知名的咒語。

夜風並沒有停止，府邸中瀰漫著濃烈的野獸腥味，混著一股清淡的藥草香味，形成一股難以形容的怪異氣味。

帶著味道的風吹得狐面的頭髮有點凌亂不堪，法壇上的燭光正在搖曳不定，感覺就快要熄滅。

「來了。」

雖然是閉著眼睛，但狐面依然能清楚察覺到那隻被生肉吸引過來的野獸，帶著速度的氣息從院子裡逆著風衝來。

白炎的樣子比上午看起來更加可怕，覺醒後的五官顯得一臉猙獰，完全就是獸性大發的模樣，他睜大著白溜溜的眼睛、發出一陣狼嚎鬼叫，張牙舞爪地衝向那塊生肉。

就在白炎一口叼起食物……也就是身體進入「捕獸器」中的瞬間，四支招魂幡上的鈴鐺猛烈地搖動著，鈴鐺聲在寧靜的空間裡異常響亮，急促凌亂的鈴聲彷彿在提醒著狩獵者——獵物已掉入陷阱。

「起。」

狐面聞聲猛然睜開眼睛，立起右手雙指指向天，四道黃符上的朱砂隨著他的指令被拉了起來，轉變成一根根紅色的光柱，相連在一起形成一頂朝地倒蓋著的紅色結界，成功封住了白炎的行動。

看著發著柔柔光芒的結界，白炎似乎並不在意自己已成爲對方的囊中之物，在裡面蹲著身體、忘我地啃咬著手上的美食，對外界的事情置之不顧。

「行動暫時是被壓制了，接下來……」

狐面默默地說著，眼神犀利，充滿著期待的神色，他並沒打算歇一口氣，拿起第二個酒杯後一口吞下酒液，雙手擺在胸前流利地結了幾個印，然後定住最後一個手勢，抬起眼眸鎖定目標。

「吐。」

狐面的聲音不大，鈴鐺的聲音則依舊響亮、顫動不止，招魂幡上的符紙像有生命一樣隨風飄搖。

白炎在啃完最後一口生肉後怔了一下身體，眼神呆滯地四處張望，突然用著超大的聲音向天哀號著，然後用力地捂住腹部，一手扶著喉嚨，帶著血水的唾液從他嘴角邊流了下來，像是被什麼東西堵住了食道一樣，用充滿窒息感與痛苦的表情不斷地往前面全力嘔吐著。

「對，吐出來。」

眼前狀況進展得很順利，狐面表情嚴肅，相當有耐心地催促著白炎，看著對方陸續吐出剛吃下肚的生肉，隨後就是還沒消化的肉塊、黏糊糊的胃液，最後就連膽汁都吐了出來。

沒錯，就是這樣！

吐出來！

把所有骯髒汙穢的東西都吐出來，垃圾、腐肉、生肉……還有詛咒，把它們全都吐出來！

就在此時，迴廊傳來一陣慌亂的腳步聲，神色驚慌的梁子慧和剛回到家的白寒匆匆來到了現場，只見白炎一個人跪在什麼都沒有的地方嘔吐著，不對勁的狀況讓兩人都愣了一下，他們正想接近狐面，卻被蕭老先生一手一個抓住了兩人。

「晚安，白夫人、白少爺。」

蕭老先生笑咪咪地打個招呼，輕聲輕語的態度，顯然是不願打擾狐面作法。

「阿炎他怎麼了？」

梁子慧樣子顯得有點緊張，似乎非常擔心丈夫的身體狀況。

「抱歉，請你們靜觀其變。」蕭老先生笑容未退，只是抓住他們手腕的力度加強了不少，「如果不慎分散了狐爺的注意力，中斷了法事，事情只會弄巧成拙。」

聽見了蕭老先生的勸告，白寒兩人只好站在遠處靜靜地看著狐面，眼神充滿著擔憂。

而此時，白炎緊緊地捂著肚子，嘔吐的動作並沒有停止，直到把胃裡的東西都吐得一乾二淨，什麼都吐不出來……

就是現在！

狐面喝下最後一杯酒，雙指夾起眼前的靈符、閉上眼睛，利用靈力發起綠色狐火點燃黃符，凌空畫了出一道符咒，在靈符燃燒得盛旺的時候，他把符紙揮向空中換了個手勢啪的一聲接住，雙手合十，符紙上火焰就這樣在他的雙手之中熄滅，同時一縷薄煙從白皙的指縫中擠了出來。

「退。」

就在符火熄滅的同時，白炎再次痛苦地咆哮著，像是被外來的力量拉住一樣，一個透明帶綠色的物體從他身體深處被無形的力量拖了出來，阻塞住他的喉嚨，白炎有點缺氧地掙扎了一下，很快就把那塊東西噗的一聲吐了出來。

靈體在離開宿主的體內後，軟趴趴又濕答答地掉在地上。

而在吐出靈體後，白炎的靈魂彷彿也跟著被抽空，空殼般的身體一軟直接往旁邊倒去，滿嘴唾液翻著白眼一動也不動，像是死了一樣。

綠色黏液狀的靈體在地上蠕動著，形態慢慢轉變，開始長出四肢和兩條長長的尾巴，頭部像個氣球一樣漸漸膨脹，然後化出兩隻挺立的貓耳朵——這就是白炎身上的貓魂，也是潛伏在白家的詛咒。

靈體成功化形後張開鋸齒型的獠牙，用尖利的聲音向天悲鳴著，它的體型雖小，目測只有人類小臂大小，但是貓魂的憎惡卻超越了一般鬼魂的怨氣，在離開宿主後凶猛地衝向結界，用尖銳的爪子瘋狂地攻擊結界表面，似乎想要硬闖出狐面設下捕獸器。

降靈法非常成功，狐面的表情總算鬆了一下，拍走手掌上的灰燼，然後慢步走到結界的前面，嘗試與貓魂面對面交流。

動物靈與鬼魂略顯不同，比如說語言與溝通方面，這倒是讓狐面感到有點困擾。

「夠了，停下來。」

狐面小聲地說著，瞪大面具下的桃花眼與前面的貓眼對視著，眼神不敢有一絲的轉移，打算用心平氣靜的語氣且善意的眼神交流說服對方。

「詛咒已經達到限制，你不能再為所欲為，放下你的仇恨，乖乖離開吧。」

白家用了九代的性命做交換，漫長的報應對他們來說已經是最殘忍的懲罰了，此刻，所有恩怨情仇理應一筆勾銷。

——若再這樣糾纏下去，我就唯有消滅你了。

——你明白嗎？

——消滅你，你就真的化為烏有了。

雖然狐面不知道貓魂明不明白他的話，但他想，他要表達的意思應該能順利傳達給對方。

貓魂突然停下了前爪的動作，顯然是明白了狐面的用意，但卻透出一股令人感到冷冽的氣息，它似乎並不認同靈能師所說的話。

帶著刺耳的音波再次響起，貓魂快速地往後跳了一圈，繼續在結界裡面橫衝直撞，然後停在其中一個角落，用盡全力對著某個方向咆哮著。

有狀況！

在狐面感到有點不對勁同時，不遠處被蕭老先生攔住的人突然出現了異樣。

隨著貓魂的悲鳴聲，梁子慧突然一臉痛苦地捂著肚子，順著白寒的手臂慢慢地跌坐在地上，額頭冒著密密麻麻的冷汗，呼吸有點急促，肚子裡的胎兒開始對貓魂的叫聲做出了反應。

「子慧？」見嫂子突然動了胎氣，白寒頓時就著急起來，臉色變得很糟糕，馬上抓緊梁子慧的右手，一邊撫順著她的背部，「子慧，妳怎麼了？」

「唔……不知道，痛。」

梁子慧不禁呻吟出聲，雙手顫抖得厲害，抬起眼眸看著倒在院子外面的白炎，眼神充滿擔憂的神情。

「阿炎……」

胎兒聞聲騷動？

狐面微愣半晌回過神來，馬上往兩人的方向跑去，卻又被眼前所有人都看不見的一幕嚇了一跳，硬生生地愣在原地。

和貓魂一樣的綠色慢慢地從夫人的肚臍裡分泌出來，圓鼓鼓的靈體一個接一個掉在地板上，像一堆不明物體在地上抽動幾下，然後逐漸變化成幾隻手掌心般大的小貓靈。

小貓靈比貓魂來得更加純真可愛，化形後天真無邪地互相玩鬧著，隨著貓靈數量逐漸增加，庭院眨眼之間就被一群幼貓占領。

小貓靈有些甚至不懼怕地開始摩擦著狐面的小腿撒嬌賣萌，或用小爪子玩弄著他的鞋帶，各種各樣或嗲或黏的貓叫聲全融合在一起，讓他聽著腦袋都感到有點混亂，更是瞬間雞皮疙瘩滿身。

「狐爺？」

除了在招魂幡中昏倒的白炎與面前突然動胎氣的梁子慧外，其他人包括蕭老先生都沒察覺到此刻庭院裡的壯觀情景，只是爲主子突然愣住的表情感到奇怪。

這下有點麻煩了……

狐面嘴角不禁抽動，他沒有當面回應蕭老先生，而是移開腳步重新回到法臺前面，隨後馬上在自己周圍開下一道靈符結界，隔絕與小貓靈有更多的接觸，並且開始數著幼貓的數量。

一、二、三、四、五、六、七、八、九——從梁子慧肚子裡跑出來的貓靈，一共有九隻。

法壇上的蠟燭即將燃盡，降靈法也開始失效，一陣混亂後，狐面恢復認眞的表情，看了一眼綠色變得單薄的貓魂，再次與它的貓眼交會。

狐面被它凶悍的眼神瞪了一下，跟著貓魂在結界裡面轉了一圈，然後回到了白炎的身邊，就在燭光被蠟水熄滅的瞬間，化成一縷薄煙重新鑽入白炎的五官洞孔中，消失在他眼裡。

結界依然見效，但白炎的身體應該是虛脫了，詛咒回到了他身上，他卻沒有要醒來。

狐面再次瞄了一眼空空如也的庭院，小貓靈全都消失不見，胎兒也似乎安靜了下來，梁子慧在白寒的攙扶下微微地喘著氣，輕撫著肚子，好像已經不再痛了。

看著依舊發著野獸氣味的胎兒，狐面不禁嘆了一口氣，伸直右手對著結界往下一壓，紅色的光柱刷的回到了招魂幡的符紙裡面，鈴鐺響了一聲，隨後就是招魂幡一一倒下的聲音。

白家的遠祖啊，你眞的造孽了。

「詛咒還在繼續。」

午夜十二點，狐面看著躺在被褥中的白家大少爺，對方臉色蒼白無力，呼吸有點混亂，汗水一道一道從額頭上流了下來，表情扭曲痛苦，似乎正在做著什麼可怕的噩夢。

「還在繼續？」梁子慧突然就惶恐起來，坐在白炎的床邊面對著狐面，一手捂著肚子，「這麼說，這孩子也……」

「是的。」狐面馬上就回答了梁子慧的問題，然後看了眼梁子慧旁邊的隊友，表情顯然也沒有好看到哪裡去，「恐怕還要維持一段時間。」

「剛、剛才的降靈法……」白寒說話有點結巴，然後他深深地吸了一口氣，為接下來得到的答案做好心理準備，「你在剛才的降靈法上發現了什麼？」

「相當不得了的事。」狐面停頓了一下，思考著該怎麼解釋清楚，「這是貓魂的詛咒，而且並不是輕易就能化解的詛咒。」

狐面把白家遠祖獵貓的情景、一命抵一代的常規、動物靈轉化成報應等等詳細事件一一告訴在場的人，然後仔細觀察他們的表情變化。

「據我觀察，在詛咒中順利逃脫的白家成員，就只有你一個人，白寒先生。」

「呃？我？」白寒瞪大了眼睛，不禁瞄了一眼躺在他面前的哥哥，「……這麼說，我身上沒有那所謂的遺傳病嗎？」

「是的，沒有，乾淨得很，乾淨得不得了。」

在剛才的降靈法上，對他的咒語產生反應的只有白炎和胎兒，而該與白炎擁有更直接血緣關係的雙胞胎弟弟，卻沒有受到任何影響。

此外，白澤身上也沒有一絲不妥的氣味，外表、面相、靈魂、氣息，甚至是骨子裡頭都乾乾淨淨的，根本就沒與詛咒擦上一點關係，顯然成功脫出了那所謂的遺傳病。

或許是因爲先後出生的關係，所以詛咒全都落在了長子身上，而么兒就非常幸運的順利逃過一劫。

雙胞胎的誕生，眞的只是單純的意外，是天意。

就算是貓魂的詛咒，但面對天意，還是不可違的。

狐面不禁在心裡感嘆，白澤這傢伙，從出生開始就這麼幸運。

「這麼說，如果是由我這邊誕下嬰孩，白家的後裔就能脫離詛咒？」

「……請原諒我說話無禮冒犯。」

狐面聽見白寒的問題後停頓半晌，先行向梁子慧點點頭表示歉意才回答，「倘若當初與白夫人在一起的人不是白炎，而是白寒，白家的詛咒就會強行中斷，從此消失。」

聞言，白寒表情複雜，而梁子慧更是一臉茫然，一副思路中斷、直接當機的表情。

狐面斜眼看了安靜坐在旁邊的梁子慧一眼，如果只是僅需要孩子，那麼梁子慧是選錯人了。若當年她選擇的人是白寒，她就能順利誕下一個健康的孩子，而不是成爲延續詛咒壽命的媒介。

果然，還是天意不可違，靈體如是，人亦如是。

「那個……」先打斷沉重氣氛的人是白寒，他的眉頭皺了一下，似乎正在調整狀態，「先前你說的一段時間，是多久呢？」

「貓有九條命，原本粗略估算需要用白家九代的性命做抵債……但，白家遠祖獵殺的野貓，不僅僅只有一隻。」

狐面在腦內自行推測，回想到降靈法上的情景。

「當時野貓的肚子裡，還有九隻小貓。」

在貓魂的咆哮聲下，梁子慧肚子裡的小貓靈聞聲而來，靈體狀態一一成型，從種種跡象來看，這群小貓靈應該和貓魂脫不了關係。

「遠祖獵殺的母貓，包括未出生的幼貓，一共是十隻。」

白寒和梁子慧聽完，當場愣住了，似乎明白當中意思的白寒更是瞪大了雙眼，微張開嘴卻什麼話都說不出來，與狐面相互眼睜睜地對視著。

「白寒先生，我剛才說的話，你明白吧？」

見一向聰慧的白寒出現一副恍然大悟的樣子，狐面半舉起右手，發現上面還殘留著薄薄的靈符灰末，用手指揑了一下指腹，微抬高狐狸面具掐指一算，推算出詛咒大約的生效期。

「一代換一命，母貓九條命消耗了白家九代人的性命，原本應該就這樣結束了；但，母貓肚子裡還有九隻成型的小貓……一隻貓擁有九條命，九隻就有八十一，加上母貓，一共是九十。因為白家再次擁有第十代詛咒的繼承者，那麼天譴就不會就此消失。像雙胞胎誕生這樣的奇蹟恐怕不會再有下一次，詛咒今後將會延續至滿九十代……」

難聽地說句，這詛咒是將近生生世世，白家往後永世不得安寧。

「別說了！」

白寒連忙喝止狐面的發言，見身邊一直都沒說話的梁子慧表情越來越難看，臉龐蒼白如雪，亮麗的雙眸顯得呆滯木訥，輕輕用手扶著腦袋，似乎隨時就會昏過去。

「嫂、嫂子，妳先回去，別多想，會沒事的。」

拉著梁子慧的手臂，白寒說話的語氣斷斷續續，聲音和雙手都在顫抖。

狐面從眼洞中斜眼瞄了白寒一眼，停頓半晌，然後叫了一聲門外的蕭老先生，讓他找人把梁子慧帶回房休息。

女傭很快就趕過來，從白寒手中接過梁子慧，白寒向女傭吩咐一些瑣事後，微轉過頭來看著狐面，眼神有點混亂，其中混著對現實的殘酷感到悲痛的神情。

除了悲痛，他還感到了恐懼。

白家的詛咒將蔓延至九十代的這件事，讓白寒的情緒即將面臨崩潰，而連他都難以承受這種壓力，更何況是懷孕期間的弱女子。

狐面不禁嘆了一口氣，說話直截了當是他的壞習慣，沒有顧及到人家的感受這也是他的不對，狐面下意識抓了抓後腦勺，突然感到一絲歉意。

「白寒先生。」

狐面用拇指指向房門外，聳了聳肩膀，「我們換個地方說話吧。」

她來到了一片空白的地方，但她清楚知道，這是她的夢境。

白茫茫的世界裡，她原以爲只有自己一個人。

她回過神才發現，她的眼前站著一個素未謀面、輪廓卻又隱約透著一絲熟悉感的男人。

男人的樣貌端正、唇紅齒白，桃花般的眼睛相當迷人，頭上掛著一張狐狸面具，向她微微欠身，露出不失風度的笑容。

她不太認識眼前這個男人，但她認識男人頭上的狐狸面具。

「白夫人，我時間不多，就有話直說了。」

男人的聲音很好聽，是她才剛聽過不久的聲音，只見對方努力地保持微笑，眉頭卻微微一皺，雖說要單刀直入，他卻露出一副難以啓齒的表情。

「別說了。」

似乎知道對方想要說什麼，她燦爛一笑，笑得特別漂亮，好看得令人心動、也令人心疼，「狐爺，我已經決定了。」

「……不後悔？」

「無論你再問幾次答案都是一樣的。」

她緩緩地撫摸著肚子，眼神堅定不移，抬眸看了對方一眼，兩人視線交會，雙方都不再說話，似乎進入了僵局。

狐面不禁皺起眉頭，原本他打算說些什麼，卻又無語凝噎。

見事態已無法挽回，過了半晌的醞釀，最後唯有放棄說話，無奈地嘆著氣，雙手合十。啪的一聲後，梁子慧看見男人的身體漸漸淡化，化成一縷白煙消失在她眼裡。

整個空間，再次剩下她一個人。

梁子慧繼續摸著肚子，表情複雜地看著自己的孩子，丈夫的臉龐慢慢浮現在她眼裡。

白炎……她的丈夫，曾用修長的手指，細心地撥弄著她的秀髮；曾用溫柔的聲音，一次一次地呼喚著她的名字；曾用有力的臂彎，將她擁入懷裡相擁而眠。

梁子慧想了很多與白炎相處時的點點滴滴，咬了咬下唇，沒能忍住的眼淚從她眼眶掉落下來，滴在她的肚皮上面，慢慢滲透她那件白色的裙子。

抱歉，炎，我愛你，但請你原諒我。

她不後悔。

這個選擇，她至死都不會改變。

夜深人靜，狐面睡得渾身難受。

雖然被褥和棉被都很溫暖舒適，但他就是睡得非常不舒服。

這府邸的氣味，差點讓他睡到窒息。

狐面吃力地撐起身體，坐在被褥裡面，看著眼前漆黑一片的房間。

整個房間暗得有點可怕，幾乎伸手不見五指，沒有一絲的光芒，隱約瀰漫出一股陰森森的氣息。

其實，讓他感到難受的理由除了是野獸的味道之外，多半是因爲他靈魂剛回竅的緣故。

靈魂出竅的時候總是會讓他的肉體產生副作用，雖然不是很嚴重，單純是肌肉痠痛和暫時虛脫。

他剛剛靈魂出竅進入了梁子慧的夢境裡面，皆因他還無法認同白夫人的決定，這次闖進她的夢裡，目的說是「說服」，不如說是「再次請求」來得恰當，請求她能慎重地考慮一下。

然而，梁子慧心意已決，他也不需要再多說什麼了。

眞是讓人操碎心的一家子。

要不是委託人是自己兼職的隊友白澤，他才不會這麼多管閒事，費勁力氣讓靈魂出竅，搞得現在難受到死……更不會被鬼魂盯上。

狐面揉了揉眉間，猛然抬起眼眸，瞪了一眼站在角落上的一隻靈體。

它正在瑟瑟發抖，黑如空洞的眼睛乾巴巴地看著他，嘴巴張得老大，大得似乎沒有下顎骨直達脖子，一股悶臭的血水味從喉嚨深處發來，蒼白的雙手緊緊地抓住大腿上的腐肉。

在察覺到狐面的視線後，它一時緊張直接把那塊腐肉扯了下來，無數的蛆蟲頓時掉落在地板上，密密麻麻地蠕動著，讓人看得頭皮發麻、噁心至極。

注意到鬼魂發出的氣息不是憤恨與怨念，反而是真真切切的恐懼感，甚至比人類見到鬼魂的懼怕程度來得還要高。

狐面似乎想到了什麼，一手揭開棉被，拉開毛衣的領口，發現原本畫在鎖骨左下方的九尾紋身已經被撤掉，落在他被褥旁邊的，是幾乎快要消失不見的靈體沙塵。

「誰讓你們趁我不注意時上我？」

狐面無奈地咂舌一聲，有氣無力地抓了抓凌亂的頭髮，頓時感到有點煩躁。

當他靈魂離開肉身的時候，總是會有一些圖謀不軌、不知好歹的鬼魂想要搞他……不對，是騷擾他的肉體，而在這時候，九尾狐的紋身就顯得特別活躍。

九尾紋身和護身暗符的功效有點不一樣，護身暗符是用於他人身上，專門反彈鬼魂來保護其身，並不會過度傷害到靈體，是屬於溫和性的護身術；而九尾紋身是狐氏家族的獨門祕方，狐家血統者專用，它偏剛烈性，護身威力堪比驅魔針，魂魄、邪氣等觸碰到會即時淨化或灰飛煙滅，效果屢試屢見效。

但，這看似強悍的護身術，並沒能十全十美。

九尾紋身的弱點在於，就算他畫上好幾隻狐狸、畫得忽大忽小，能消滅的鬼魂極限都只能是一隻，隨後就會自動消失，化成一層隱形的靈力保護膜覆蓋在靈能師身上，貼身保護主人長達三個時辰。

啓動九尾紋身保護膜期間，可說是百鬼不入、百毒不侵。

所幸鬼魂也算是擁有危機意識，在九尾紋身強行驅除鬼魂並開啓了靈力保護膜後，其他鬼魂基本上都會對他遠而避之，維持一段時間。

狐面看了一眼手機時間，正好是接近凌晨四點鐘。

「……你同伴的事，我只能說聲抱歉。」狐面對鬼魂輕聲說著，「趁太陽還沒出來，快走吧。」

他可不想在休息時間還要爬起來工作，而且他現在的身體狀況也不太好，他需要的是大量的休息與睡眠時間。

明晚的驅魔儀式必須要擁有足夠的體力，他不該浪費多餘的力氣在這些小角色身上。

鬼魂聽罷，微微歪著軟趴趴、好像沒有整條脊椎骨的脖子，似乎也察覺到接近黎明的時間，得到靈能師的寬恕後，化成一股冰冷的氣流在他的面前猛然飛過，穿過牆壁衝出了房間。

隨著鬼魂的離開，房間裡腐敗的氣味也驟然消失，原本掉在地板上的蛆蟲也不見蹤影，室內的溫度和亮度漸漸平衡起來。

房間恢復了正常的樣貌，彷彿從來沒有發生過什麼變化，平靜來得太過突然，上一秒鬼魂存在的痕跡就像是幻覺一樣。

看著消失的紋身位置，狐面瞄了一眼手提箱，稍微移動身體去勾著手柄，打算再畫過一個九尾紋身，但手還沒伸到手提箱的位置，過度疲憊的身體卻讓他重新倒在棉被的邊緣。

狐面果斷放棄行動，翻了個身滾回到被褥裡頭，把臉龐趴在枕頭上面，感覺有點犯睏，他微微閉上眼睛閉目養神，肉體帶來的痠痛感也慢慢平復了下來。

在難受中得到解脫後，濃濃的睡意朝他洶湧而來。

儘管狐面感到疲憊萬分，但腦海裡卻不停的回想著先前和白澤單獨說話的內容……

「你是說，大人和孩子，只能留下一個？」

離狐面廂房不遠的涼亭裡，白澤一臉難以置信地對狐面發出了疑問。

「是的。」

這個話題非常沉重，但狐面也不打算回答得含糊不清。

「事到如今，我現在能做的，就是消滅貓魂同時化解詛咒。」

狐面摸了一下面具上的耳朵，眼洞中的桃花眼往上眺，似乎是在想著那所謂的「方法」。

「我個人對詛咒這方面不算了解，所以剛從狐家的咒術師那裡得到了一些相關資料，還有化解這類型詛咒的方法。但，結局無論如何，都需要其中一個人與詛咒一起消失。」

自作孽，不可活。

想要化解罪惡，必須要給「詛咒根源」一個交代，而最簡單的方法，就是以命償命。

「當然，我沒有權利強逼你接受這場法事，但你若拒絕，那麼白家以後發生的事我就不宜再插手；相反，你若同意進行儀式，就請你決定該讓誰成為奉獻給詛咒的祭品。」

這就是他想和白澤單獨談的主要原因，人命關天的事情，實在不能讓太多人知道，就連蕭老先生也不行，更何況是梁子慧。

他不得不說，女人的直覺有時候還眞準，還不知緣由時，梁子慧就已經決定要保住孩子，犧牲大人。但他不能單聽梁子慧的決定，因為把狐面請來的不是白夫人而是白寒，不管怎麼樣，他還是要向委託人確認一下意見。

「白寒先生，你是我的委託人，白家的兩條人命，是生是死都在於你的決定。」

「你私下……和嫂子談過話了嗎？」

「嗯，稍微。」

雖然他們只談了短短的幾分鐘，但也算是一段關鍵的對話。

白寒停頓一下，深深吸一口氣讓心冷靜下來，隨後抬起眼眸，眼神也堅定了不少，「她的決定是什麼？」

「你想聽從白夫人的決定？」

稍微理解對方的意思，狐面反倒有些驚訝，不禁與面前的友人雙目對視。

此刻的白寒異常成熟，和平時鏡頭下的白澤完全不一樣，是一副他從未見過的表情。

他眞不愧是個演員，就連眞實的模樣都藏得滴水不漏，這表情看在狐面眼裡，就像是另一個人。

「因為這件事情我做不了決定。」

白澤微皺眉頭，抿了抿嘴唇，眼神略顯黯淡。

「他們一邊是我血濃於水的哥哥，一邊……是我曾經愛過的女人，不管選擇哪個，我都會感到內疚痛苦，光是想想就快讓我窒息致死。」

聽見關鍵字讓狐面心中驚了一下，但表情卻沒什麼起伏，下一秒就把情緒壓制下來。

其實在旁人眼中不難看出，白寒對梁子慧的體貼，已經超過了純粹小叔與嫂子的關係。

白寒與梁子慧間的情愫，就連白家眾員工也都清楚，只是礙於受雇於人而選擇視若無睹罷了。

至於狐面，則是在降靈法會時猜出一二。當時梁子慧倏然動胎氣的時候，白澤一臉緊張、情緒慌亂，一直在他眼裡揮之不去。

這他不禁想起一段往事，自己曾因爲拍攝電影而意外落水，還很不幸地遇上一具浮屍，當時白澤收到了消息雖然略顯擔憂，但也不曾爲他表現出如此入骨的表情。

明明他們是共同進退了七年的小夥伴，這差異還挺大的。現在想想，眞有點傷感呢。

「你愛上了梁子慧？」

狐面中斷腦內思想，微微喝了一口已經涼透的菊花茶，不經意地問著。

「曾經。」

白寒表情認眞得可怕，眼神卻透露一絲悔恨不已的神色，聲音也低沉了好幾倍，「明明把她帶回白家的人是我，她原本是屬於我的。」

狐面抬起眼睛，眼神複雜地看著白寒，一言不語。

他眞的沒想到，原來對方的占有欲這麼強烈。但戀愛不是一場遊戲，不是一場先到先得的比賽，更不是單方面就可以決定得了的事情，襄王有意，神女無心，倘若對方無法對你動情，這場戀愛就註定沒有結果。

「然而，子慧愛的是白炎，不是我……儘管我和哥哥長得一模一樣，但她選擇的依舊是白炎。」

白寒無奈地輕笑一聲，似乎已經對這沒有希望的結局投降。

「我沒事的，只要她能再次找到幸福，我就很滿足了。白炎是個好男人，沒有人能比我更了解他，嫁給哥哥，子慧一定會幸福。但，我現在並不這麼認爲了。」

「如果我早知道詛咒會延續下去、如果早知道她和我在一起就會脫離詛咒……我當初就應該要把她搶過來。」

白寒低下頭、咬了一下嘴唇，十指緊扣的雙手微微顫抖。

「……早知道是這樣的話，她就不會這麼痛苦了。」

最後一句話，白寒說的非常小聲，幾乎是用氣音說話，但坐在他前面的狐面卻聽得一清二楚。

只可惜，遺憾的是，這世上沒有「如果」，更沒有「早知道」。

作爲他的朋友，雖然狐面很想說一些話來安慰他，但目前的情景卻不允許他這麼做。

事情都已經發生了，如今悔恨也無補於事；偶然回首並不是壞事，但人就是要往前看才能繼續走下去。

他們眼前最要緊的事，始終是貓魂的詛咒。

「白夫人她……」看著茶杯裡飄逸的菊花花瓣，狐面躊躇半晌，才繼續說話，「白夫人要我保住孩子。」

他感覺對方身體小幅度地怔了一下，動作不大，知道答案後意外的冷靜，似乎早就猜到了梁子慧的決定。

「現在知道愛人答案的你，還是要我聽白夫人的意思嗎？」

「……是，我不能讓她再失去孩子。」

白寒不能再重蹈覆轍，因爲對梁子慧來說，失去了孩子，等於失去了活著的意義，而以梁子慧現在的身體狀況來看，失去這個孩子後，她想要再次懷孕簡直是天方夜譚。

沒錯，不能再讓她失去孩子了。

白寒抬眼對上了狐面，半晌後，才再度開口說話：「我不是上帝，更不是死神，我無法左右人類的生與死，我就連代替他們去死的資格都沒有……我，僅僅是這圈中的局外人罷了。」

白寒沒有移開視線，但眼神低沉下來，瞳孔似乎失去了焦點。

「這樣的我，又有什麼資格去決定他們的命運呢？」

他們夫妻的命運，只能交由他們自己決定，白炎已經踏入臨死階段，目前只是在苟延殘喘，而能做決定的人，只有梁子慧了。

「我會代替哥哥，好好照顧他們母子。」

聽見白寒一副堅定不移的語氣，狐面沉默半晌，嘆了一口氣，「……我明白了。」

他在心裡默默地道：接下來發生的事，希望你不會怨恨我，聽從夫人的決定，這是你自己做出的選擇。

今天的府邸特別安靜。

因爲昨晚的折騰讓狐面睡過了時間，等他起床時，已經是接近中午時分。

爲了今晚的法陣，狐面披著有點散亂的髮絲，隨意戴著面具，圍著府邸走了一個大圈，布下一些靈符和結界，以便晚上的法陣順利進行。

當狐面完成布陣回到原點時，已經過了兩個半小時。

依舊有些疲憊的狐面直接蹲在魚池旁邊稍作休息，隨手拿了包魚食往水面扔著，然後目不轉睛地看著水池裡搶吃的錦鯉。

看起來挺愜意，但事實他只是在發呆。

「自從遇見了你，我的人生變得很低、很低。」

狐面熟悉得不能再熟悉的歌詞，從不遠處的廂房傳來，他抬眸望去，那是白炎休養的房間。

白炎的身體狀況越來越差，就連被梁子慧移動著熟睡的身體時也沒有一絲動靜，腦袋安安靜靜的躺在妻子的大腿上陷入熟睡，像隻小貓一樣，享受著被愛人撫摸頭髮的感覺。

「一直低到塵埃裡去，低到深海裡去，低到誰都無法觸碰，無法觸及……」

梁子慧輕聲唱著百神的歌曲《至死不渝之愛》，兩人彷彿又回到從前無憂無慮、自由自在戀愛時的溫馨時光。

梁子慧看著丈夫的眼神充滿愛意，她還不熟歌詞，斷句後記不起歌詞，唯有輕聲的哼著曲子，一邊撫摸大腿上丈夫的髮絲，然後用手指緩緩劃過對方精瘦成骷髏的輪廓，似乎是在努力記住心愛男人的模樣。

「但我的心，是歡喜的。」

狐面默默接下梁子慧唱不出來的歌詞，並沒有出現打擾夫妻兩人的重溫舊夢，用庭院裝飾的大岩石堪堪遮住身影，背靠石身，後腦勺對著房門大開的房間，雙手交叉，隔著狐狸面具抬頭看著天邊遠處混混沌沌的棉花雲。

蜻蜓低飛，錦鯉浮水。

螞蟻搬家，蜘蛛收網。

今晚，怕是會下雨了。

「低到塵埃也罷，墜落深海亦可，我會在任何逗留的地方，為你開出一朵永不凋零的桔梗花。」

狐面唱歌非常好聽，原本在兼職的偶像團體中他就是王牌，此刻他為白家兩位主人所演唱的歌聲，充滿了傷感與悲戚，一詞一語都是一把銳刀，割破了一段因命運弄人而被逼中斷的絕美愛情。

梁子慧沒有聽見狐面的歌聲，但，她卻掉眼淚了。

一顆顆珍珠般大小的眼淚，滴滴答答滴在熟睡中白炎的額頭上面，她強忍著哽咽，把聲音堵喉嚨裡，不敢哭出聲。

梁子慧強行振作起來，緩緩張開泛白的嘴唇繼續唱著歌，卻不知不覺與在庭院裡躲著的原唱一起共同低聲唱演起二重奏。

「我多想與你，一生一世一雙人。」

「可命運卻將我打入無盡深淵，我只能在夢中與你共結連理。」

「請記住，我愛你。」

「至死不變，至死不悔。」

「至死不忘，至死不渝。」

伴隨著曲子唱了多久，狐面不清楚。

他確實是有點疲憊，離開池塘後在白家庭院的涼亭上閉目養神歇息半晌，隨後聽到一陣沉重的腳步聲緩緩接近，他張開眼睛一看，正是那位在房間唱歌的白夫人。

「狐爺，剛在客房沒瞧見您，原來您在這。」

梁子慧明顯是剛哭過來，眼睛、鼻尖都紅紅的，臉色卻慘白如紙，她實在擠不出笑容，最後乾脆不笑了，柔若無骨的手指捏著一瓶裝滿紅色液體的玻璃小管子，遞給了靈能師。

「狐爺，您要的東西，我已經拿過來了。」

「……謝謝白夫人。」

接過梁子慧遞過來的東西，狐面看著管子裡面的紅色液體，彷彿隔著玻璃都能聞到裡面刺鼻的鐵腥之味。

紅色的液體不是顏料，不是胭脂，更不是朱砂，而是人血。

一管即將成爲天罰犧牲者的血。

「愛」是什麼？

狐面眞的不知道。

「愛」它四處漂泊，就如魑魅魍魎，有些人看不到，而有些人不僅能看到，還能將它牢牢抓住。

它縹緲、它無形、它虛無，卻又用著不同的情感飄向不同的方向，讓那些能夠抓得住它的人用不同的方式去啓動內核，從而產生不同的愛。

無私的愛，自私的愛。

衝動的愛，熾熱的愛。

永恆的愛，無望的愛。

以及，無法觸及的愛。

晚上七點，天邊已開始布滿烏雲，在幽暗的晚空中添加一絲暗紅色的色彩，眼觀就沉重得很，吹來的夜風帶有濕氣與寒冷，狐面甚至還感到自己外露的皮膚上都鋪了一層薄薄的水霧，即便如此，除魂法陣依然如期進行。

陣法慣例少不了簡單的祭天檀香燭火，在等蕭老先生爲他開壇拜天地期間，狐面若有所思地站在法壇前面，看著檀香燃燒出來的一縷煙絲，難得心煩意亂、心亂如麻。

狐面自然明白，此刻的他不能自亂陣腳。

看著擱在庭院中間、那臨時用竹子建搭起一張長方竹榻，白炎身穿一身素衣、眉心點朱砂，安安靜靜地躺在上面熟睡

自從上次的降靈法會後，白炎的靈魂就如被嚴重影響般，白天黑夜都昏迷不醒，此刻乍看之下，就像是即將獻上給天神的活人祭品。

而梁子慧就坐在白炎旁邊擱著的籐椅上，輕輕地撫摸著肚子，眼神略顯疲憊，她依依不捨地捏著男人的手指頭，同樣憂心忡忡。

儀式開始之前，狐面將梁子慧給他的人血繪畫成符紙，注入靈力燃燒祭天稟報，看著漸漸燒毀的符紙不受夜風影響，筆直上升沒入天空，狐面抬起眼眸看著飄上空的煙絲，剛落下視線，恰好對上了前面梁子慧的眼睛。

兩人四目相對，然後，白夫人對狐面報以微笑。

這一笑，讓狐面的心更難受了。

「狐爺，怎麼了嗎？」

察覺到狐面好像有點心緒不寧，蕭老先生完成手頭上的工作後，拍掉手上的粉末，不禁憂心一問。

「…十支沾上朱砂的驅魔針…沒事，只是覺得好像缺少了什麼。」

狐面深呼一口氣，移開視線強行打起精神，仔細清點著法壇上蕭老先生替他準備的滅鬼法器：一個羅盤、四個招魂幡、十道靈符、三杯酒、三炷香……還有一條黑色的長布條。

除了白家兩位重要的人物，白寒、白婆婆都來到現場圍觀滅魂法事，他們一站一坐地在不遠處的走廊

上待著。

天時、地利、人和，明明都已經萬無一失了。

明明沒有缺少了什麼，但他總覺得缺少了什麼。

「算了，應該無礙，我們開始吧。」

夜風將紅蠟燭吹得燭光搖曳，狐面只能在三炷香內、夜雨降臨前完成消滅貓魂儀式，他微微別過臉，在眾人的視線盲點中移開狐狸面具，拿起黑色長布條蒙住了自己的雙眼後，再重新戴上面具。

此次的除魂儀式，難度比以往各種除鬼儀式來得還要有難度，他必須要打起十二分精神全神貫注，憋住一口氣，在三炷香內瞬間消滅十隻貓魂，若稍微分神，後果不堪設想。

靈能師天生五感特別敏銳，本該是好事，但這是對這類型法陣最大的缺點，形、聲、聞、味、觸，而其中最爲致命、最容易讓人分心的，就是視覺與聽覺。

形擾目，聲擾耳。

除了由靈體發出的聲音與姿態之外，外界任何亂七八糟的因素，都會對靈能師造成一定的影響和干擾。

所以，狐面只能將自己的雙目雙耳封閉起來，憑著感知能力，在黑暗中捕捉四撒在空中的貓魂氣息，以達到一擊斃命的效果。

夜風吹散檀香的煙絲，白煙在風中凌亂後淡淡化去，圍著白夫人和白炎的四個招魂幡鈴鐺聲清脆響起，狐面喝下第一杯蓮花酒，總算把自身的躁動壓制了下來，恢復了冷靜的狀態。

狐面兩指啪的一聲夾起兩道黃符，燃起綠色狐火，將靈符上的朱砂符咒燃燒顯出紅色咒印，伴隨著狐火在空中飄蕩半晌，然後咻的一下，分別烙在白炎的額頭與梁子慧的肚皮上。

奇怪的是，這回貓魂們似乎變得敏銳了。

亮紅色的咒印剛貼上，兩人體內的大小貓魂很快就躁動起來，似乎是被惹毛了，空中傳來一陣尖銳刺耳的咆哮聲後，陸陸續續脫離了宿主的身體，瞬間化成綠色獸形態，然後分別從十方往靈能師這邊撲了過來。

狐面手持羅盤，上面的指針瘋狂旋轉，發出微小的指針轉動聲音，下一秒赫然停下，指標前段指著一個方向，指定了其中一隻來勢洶洶的小貓魂。

「一。」

狐面感知力極強。

他相當冷靜的揮起手，在自己身邊展開一道結界，成功隔絕了所有貓魂接近他的機會，嘴上開始倒數，手上也隨著口中的數字捏起驅魔針，一彈指，準確無誤地刺中了羅盤指針指著的那隻小貓魂。

小貓魂猝不及防被朱砂驅魔針擊中，還沒來得及哀號，就已澈底在空中爆開，化成綠色的粉末亮晶晶的緩緩飄散，然後被夜晚冷風一吹，眨眼間消失殆盡。

小貓魂被消滅的瞬間，剩下的九隻貓魂及時剎住攻擊，下一秒從四方散開，開始四處逃竄。

狐面喝下第二杯酒，豎起兩指擱在胸前，低聲念了一串咒語，在白天時早已布下的幾個招魂幡同時立起一個巨大的紅色結界，就像一個巨大的大盒子倒蓋著白家整個府邸，成功布下天羅地網。

十隻貓魂，一隻都不能逃出去。

夜空開始飄落雨水，天水漸漸轉大，開始打濕狐面的髮絲，壇上的燭火被雨水澆熄，天狐打一個響指，蠟燭再次被點燃，燃燒著暗綠色的狐火。

「二、三、四……」

儀式繼續，靈能師全神貫注地感知著靈體流動方向，腦袋一歪，羅盤一轉一定位，狐面反手就對那個方向射出一根驅魔針，一秒接一秒，每一針都準確無誤，百發百中。

綠色的小貓魂在巨大的結界中咆哮竄逃，卻遭到靈能師的驅魔針趕盡殺絕，一隻接一隻原地爆開，靈體粉末四撒飄零，或被風吹散，或被雨打散，一一消滅。

一切都很順利。

事情確實很順利，狐面從成爲當家人以來接過各種大大小小的靈異事件，驅鬼驅魔法事的「順利」，對他來說是理所當然的事情。

可他還是覺得，少了點什麼。

他總感覺自己的身上好像缺少了什麼。

「九。」

野獸怨氣沖天，一次釋放出十隻貓魂讓狐面無法同時準確地感知所有氣息的行蹤，在成功滅掉最後一隻小貓魂後，狐面這才發現，詛咒的原宿本體——母貓魂的氣息不知所蹤。

幼貓都已全被消滅，白家原本充滿怪味的空氣頓時淨化了不少，狐面依舊蒙著眼睛，眉頭緊蹙、微微一愣，他似乎感應不到母體的氣息。

躲起來了？

它連同氣息與怨氣，一起躲起來了嗎？

何等狡猾奸詐，何等野性難馴。

狐面的身體都被雨水澈底打濕，白色的衣服緊貼在靈能師的身上，勾勒出布料下的身體曲線，貼得他身體異常難受。

手中羅盤指針不停旋轉，彷彿被磁場干擾般找不到定位，即便如此狐面依然毫不鬆懈，端起壇上最後一杯兌了不少雨水的酒，一口飲下，準備進行最後一次的滅魂儀式。

「唔……」

喉結一動，酒水下肚，狐面就被雨聲中一陣嬌柔的輕喊聲打斷了注意力，黑布條下的雙眸毅然張開，他終止了自己開啓的感知模式。

梁子慧肚子裡的小貓魂已被清除，可對方卻突然露出難受疼痛的表情，顫抖著白皙的手緊緊捂著自己的肚子，張開口艱難地調整呼吸，慘白的膚色上布滿密汗，然後被越下越大的雨水覆蓋沖淡。

「……子慧？」

白寒原本在迴廊邊候著不敢打擾，可看到梁子慧的身體發生變化，他原本就忐忑不安的心便開始慌亂了，下一秒想要邁開腿往前衝去，卻被蕭老先生抓住了手臂強行阻止。

「還沒結束，不可打擾。」

庭院大雨如注，天降甘露，可梁子慧身上除了雨水，還有汗水、淚水……以及血水和羊水。

「哎喲……」原本坐在籐椅上還挺安靜的白婆婆，突然察覺到孫媳婦的狀況，還有女人兩腿之間開始流下的羊水，終於也說話了，「孫媳婦羊水破了。」

白婆婆一語落下，梁子慧終於忍受不了劇痛，放聲大喊的聲音劃破了雨水的降落，女人的嘶喊聲讓白寒的神智徹底慌亂了，他拚命掙扎蕭老先生的束縛，對著狐面的背影大吼一聲，然而他情急之下喊出的名字卻是……

「天狐！這和說好的不一樣啊！」

聽到從白寒口中脫口而出的名字，狐面的意識一瞬間恍惚了。

靈能師施法時本該鎮定自若的心，此刻卻在動搖慌亂，狐面只覺得一股寒意湧上心頭，背脊頓時涼得刺痛，冒出雞皮疙瘩。

「你……」

赫然回過神、轉過身體，狐面話未說完，下一秒就猝不及防被一股撲面而來的強大力量狠狠撲倒摁下，讓他的背部在粗糙的紅地磚上被拖離法壇一定的距離。

「唔嗯！」

一陣天旋地轉，瞬間落地的疼痛感從背部傳來，狐面還沒緩過氣來，就被上方的人用力地掐住了脖子。

……不對。

是貓魂襲擊了他嗎？

他的結界呢？

他剛立在身邊防怨氣襲擊的結界呢？！

狐家的結界怎可能沒防得住貓魂？！

狐面蒙眼睛的布條穩得很，衝擊感過後仍然沒掉，他不清楚撲在他身上的東西到底是什麼，反正那東西就重得很，像一塊巨大的大石頭冷不防砸在他的胸膛般，壓得他又痛又悶，頓時感到呼吸困難。

「……抓鬼的，眞多管閒事，去死吧。」

時間彷彿停滯了。

一陣沙啞又熟悉的惡語傳入狐面的耳中，是野獸般的撕裂之聲，也是唱歌超好聽的隊友之聲。

貓魂附身在白寒的身上了！

白寒用不知何來的蠻力掙脫了蕭老先生的束縛，而貓魂則利用人類的身軀突破了結界，乘虛而入、趁亂而襲，此時的白寒雙目凶悍，一雙本該晶瑩明澈的雙眸像被蒙了一片模糊的白紗，失去了瞳孔的顏色與神情。

白寒發出的聲音，猶如出現故障的收音機般，在本音與邪音之中來回變換，聽得狐面頭皮發麻，雞皮疙瘩。

「天狐，這和說好的不一樣啊。」

「去死、去死、你們人類都該去死。」

「孩子不能有事，天狐，子慧的孩子不能有事啊！」

「噁心的人類，惡毒的人類，通通該死！」

柔弱帶有哭腔的聲音……

沙啞充滿恨意的聲音……

兩道亂七八糟的聲音傳入狐面的耳中，觸碰著他每條神經線。

狐面被人狠狠地掐住脖子，只感到頭腦一片空白，缺氧導致意識瞬間模糊，但靈能師還是強行回過意識，咬牙切齒的擠出了一句話。

「白澤，是你說的……遵從白夫人的決定。」

天罰之罪孽、天譴的循環、惡靈的怨氣……如此循環了幾百年的詛咒早已將根紮入深土之中，無法澈底斷根，而此刻要將詛咒撤去，就必須一命抵一命。

你說，要遵從梁子慧的決定；而梁子慧說，要保住孩子。

是的，我保住了。

犧牲大人，保住孩子，我遵從你們的意思了。

但，與白家、與詛咒有關係的大人，卻不只有白炎一個。

梁子慧作爲身懷第十代詛咒繼承者的母體，也是屬於白家的大人。

「白夫人說過了……」

狐面雖然平時應付惡靈魂魄是綽綽有餘，但現實中體力與力量確實不大，面對白寒的壓制，不管他怎麼掙怎麼踹，都愣是踹不掉身上這個大石頭。

「白夫人說了，大的（白炎）小的（孩子），都得保住。」

今晚會下雨，狐面是知道的。

但他不知道的是，今夜會是狂風暴雨。

白家怨氣沖天，大雨滂沱雷電交加，梁子慧提早產子卻難產，在大雨的灌溉中艱難地爬到迴廊邊倒地哀號、痛不欲生，白婆婆親手替孫媳婦接生，現場一片混亂。

原本躺在院子中央的白炎，彷彿被妻子痛苦哀號的尖叫聲喚醒了意識，原本緊閉的雙眸猛地一下突然張開，露出兩顆白色的眼珠。

「……子慧？」

白炎瞳孔無神地望著大雨滂沱的夜空，四肢卻僵硬地躺在竹榻上無法動彈，奮力地用指甲抓撓著竹板，張開乾燥破皮的嘴唇，弱弱的、一聲又一聲地呼喚妻子名字。

子慧？

子慧……

子慧……

子慧。

「不可以！哥哥、孩子……還有子慧！都不許死！」

「去死去死去死！你們所有人都去死吧！」

白澤痛苦的哀號與貓魂執著的怨念再次爆發，兩者聲音幾乎重疊，狐面四肢被束縛，掙扎許久都無法從地上站起來，更別談去法壇上取法器了。

就在蕭老先生爬起來準備救人時，一陣黑色影子猛然從大雨中一閃而過，水珠從黑影銀色的髮絲打橫脫落的瞬間，黑影已衝到了靈能師的身邊。

藉著助跑，銀髮男子下一秒抬起腿奮力一晃，一腳踢中白寒的腰間，伴隨著四濺的水花啪的一聲，將白寒用力踹了出去，成功將白寒從狐面身上踹開的同時，也順利將貓魂靈體與血肉之軀互相扯開。

是的，白寒被踹飛了。

可貓魂依舊死死地壓在狐面身上。

貓魂因在白寒身上吸收了更多的怨氣，靈體已化成了巨大的獸化形態，一隻銳利的爪子就像巨石般依舊狠狠壓在狐面胸口上，頓時就壓斷了狐面的幾條肋骨。

胸口猛烈一痛，狐面不禁支吾出聲，卻依然動彈不得，一座綠色的兩尾貓魂大山就這樣居高臨下的把靈能師壓在腳下，昂頭咆哮，怒鳴之聲震耳欲聾。

「哥！你的紋身呢？！」

見貓魂乍現，靈能師身上卻沒有出現任何驅鬼效應，銀髮男子朝著狐面大喊一聲，在踢飛人後收起了大長腿往後大退幾步，腳下一滑，一個踉蹌，屁股就撞到狐面的法壇上，差點絆倒，卻不忘了繼續大吼。

「護身符呢？！九尾紋身！」

男子語畢，狐面這才恍然大悟──對啊！紋身！我的九尾紋身！

難怪他從剛才就老是覺得少了什麼東西，原來是他昨晚被鬼魂搞掉後忘了補上的九尾紋身啊！

狐面這回是眞的大意了。

如果他此刻有畫上九尾紋身護身符，現在也不至於像孫悟空般被貓魂的五指山死死壓住了。

「阿妙，你還愣著幹什麼！？」

在狐面還在陷入懊悔、自怨自艾時，雨聲中再次傳來一陣略顯慌張與嚴厲的女聲，一個身穿素色半身旗袍裙的女人闖入雨中，期間還不忘罵了那叫阿妙的銀髮男子一聲。

「快拿驅魔針給你哥！」

在大雨中奔跑女子整齊的盤髮被打亂了，她雪白色的肌膚上黏著幾條健康烏黑的髮絲，女人剎住腳步，手持一道黃符，刷的一下同樣燃燒出綠色的狐火，念了咒語後用力揮手，將冒著火光靈符揮向貓魂的背部。

「封！」

靈符緊貼靈體，女人站在法壇上對著貓魂念了一個字，兩尾貓魂的靈體上瞬間燃燒起巨大的綠色火光，蒸發了雨中的水氣冒出熱霧，靈體在痛苦哀號的悲鳴中開始動搖縮小，漸漸從大山化成小山。

狐面躺在地上表情略顯難受，胸膛的肋骨已經被硬生生地壓斷了幾根，痛得他每吸一口氣都特別辛苦，雨水打在半邊臉上也讓他喝了不少雨水，終於在黑暗中感覺到上方傳來一陣冰火交加的熱氣騰騰。

一團狐火燃燒的熱氣與貓魂悲鳴的咆哮，直到胸膛上的重量變得越來越輕，狐面才能順利展開手腳，不顧胸前疼痛，一手扯掉狐狸面具和遮眼布，看準時機，抬手接住了銀髮男人朝他拋過來的驅魔針袋子，抽出一支，穩穩捏住。

「我勸過你了，但你不想罷手……」

所以……我只能消滅你了。

雨漸漸轉小。

風還在，但雷沒了。

走廊上點燃的第三炷香火光開始熄滅，最後一片香灰墜落掉在香爐裡，然後被夜風吹過，化成塵埃飄揚在冷空氣中。

白家大院子一片狼藉，潮濕又濕悶，大風吹過的樹葉植被鋪滿整個庭院磚紅色的麵包磚上，場面雖狼狽，但天氣總算是寧靜了下來。

偌大的庭院裡，傳來了初生嬰兒躺在母親懷中洪亮的哭泣聲。

野獸的氣味沒了，靈體的怨氣沒了。

經歷了九代的詛咒，也沒了。

狐面覺得身體像散了一般，消滅掉最後一隻母體貓魂後，靈力和體力大量流失，胸口的劇痛讓他不得不兩腿發軟。他強行故作鎮靜，彎下腰準備撿起地上的狐狸面具，卻一個乏力、原地癱軟在地上。

「哥，你還好吧？」

「沒事，我歇歇。」

銀髮男子，即天狐的親弟弟狐妙見狀，連忙走了過來準備扶起哥哥，狐面卻微微擺一擺手，表示自己沒事，他能感覺到自己的腿一時半會是使不上勁了。

但即便他已如此疲憊，一雙桃花眼卻仍死死地盯著屋簷下的白家人。

「……子慧？」

白炎已經徹底清醒了過來，依然臉色蒼白、面如骷髏，一臉茫然若失地抱著梁子慧已經開始冰涼的身體，眼神悲痛欲絕，牽起白夫人冰涼濕透的玉手，小心翼翼地擱在自己的臉龐上。

「哥、子慧……嫂子她……」

白寒眼眶濕潤，一邊欣慰哥哥能夠清醒過來，一邊又對梁子慧開始冰涼的身軀而悲慟，只能泫然欲泣，心裡百般滋味。

初生嬰兒雖是七個月早產兒，但身體還算健康，哭聲洪亮，小小的身體被裹在繦褓之中，弱小無助地在母親毫無溫度的懷裡哭泣。

梁子慧難產而死，伴隨著白家的詛咒一同香消玉殞。

詛咒帶走一條生命是如此之快，快得就連遺言都還沒與心愛珍重的人訴說，靈魂就脫離壽命已盡的肉體，這是何等殘酷的事情？

狐面還想幫他們最後一下——不收費的那種。

狐面在潮濕的地面上坐著休息了半會，覺得體力稍微恢復了那麼一點點後，準備起身替白家通最後一次的靈，卻被身邊的弟弟狐妙一把壓住了肩膀，重新一屁股坐在地上。

「哥，我懂你想做什麼，我幫你。阿姐、蕭爺爺，你們看顧一下哥。」

狐妙隨意抓了一把濕漉漉的銀髮，抬手招了招站在法壇旁邊的旗袍姐姐——狐靈。

狐靈目光炯炯地瞪了一眼地上乏力的靈能師和蕭老先生，蕭老先生像個做錯事的孩子一樣，充滿歉意地對狐大小姐鞠躬道歉。

「等等回去你們就完蛋。」

狐靈此刻也不好說教，瞪了他們一眼之後只能無奈嘆氣，慢條斯理地取下髮簪，快速整理一頭同樣濕透的烏黑長髮。

狐妙走到狐面的身邊蹲下，張開兩隻白皙的手，手心朝天，示意白家兄弟將他們與梁子慧的手放在手心上，他微微闔眼，嘴裡念咒，開始通靈。

「來，把手給我。」

讓弟弟狐妙招魂通靈，狐面最放心不過，因為狐家幼子狐半仙，本就是個實力派的通靈師。

梁子慧是新魂，成魂未過半炷香的時間，就連靈體的形態都還沒擁有，更談不上白霧靈體，只是一縷透明無顏色的魂魄，因此狐妙目前能召喚的，只有她最後的聲音罷了。

而且這聲音，只能通過通靈師的靈力，利用意識傳達到家屬的腦海之中，意即，只有白家兩兄弟能夠聽見梁子慧最後的遺言。

白家兩兄弟感受到，狐半仙從掌心傳來的一絲靈力流竄的熱度，流入奇經八脈、通往心臟、輸入腦海裡……

然後，他們聽見了，梁子慧柔軟輕細的溫柔之聲，每一句話、每一個詞、每一個字……都能聽得清清楚楚。

白夫人的聲音剛響起，白炎與白寒的臉龐上，早已是淚流滿面。

「阿炎、阿寒，對不起……」

「請原諒我自作主張的決定。」

「白家對我的恩澤，我銘記於心、無以爲報，我能做到的，就是爲白家留下一點血脈。爲白家後繼香火、爲阿炎你誕下麟兒，是我梁子慧一輩子最大的榮幸與幸福。」

「白願思。」

「阿炎，我們孩子的名字，叫白願思。」

「我不敢奢望你能無時無刻惦記著我。」

「只願你看見孩子時，能偶爾思念起我對你的愛。」

「我相信，你們將會是這孩子的好父親、好叔叔。」

「阿炎，請記住，我愛你。」

「我好愛、好愛你……」

「所以，我不能失去我們的孩子，更不能失去你。」

「我好愛你……」

「我眞的……好愛你……」

梁子慧模糊中帶著一絲不捨的聲音越來越薄、越來越輕，輕得就如一片羽毛，一吹就飄，一吹就散，溫柔甜美的聲音最終落幕，直到連氣音都聽不見。

伴隨梁子慧聲音消失而來的，就是把兩人從朦朧意識海中拉回現實的嬰兒哭聲……

白願思的哭聲。

白澤的哭聲。

還有，白炎的哭聲。

哭吧。

哭吧，爲這百年來的憋屈與痛苦、爲白夫人軟弱卻善良的心、爲這至死不渝的愛情犧牲，痛痛快快地大哭一場，慟哭流淚。

哭過之後……

這天，也該亮了。

「我多想與你，一生一世一雙人。」

「可命運卻將我打入無盡深淵，我只能在夢中與你共結連理。」

「請記住，我愛你。」

「至死不變，至死不悔。」

「至死不忘，至死不渝。」

天狐似乎還能聽見白夫人的歌聲，依舊甜美又滄桑。

那是一種純淨無邪的天籟之音，輕飄飄飄蕩在天剛破曉的泛白天邊，在旭日之下、晨曦之中，反反覆覆、迴迴蕩蕩，直飄遠方。

直到，永遠消失不見。

身體澈底放鬆下來後，狐面感覺眼前一黑，再無體力支撐下去，在梁子慧的歌聲消失後……人，也隨之倒下了。

裸活靈體師

Part-time job
as an idol
in the morning
and full-time
job as a psychic
at night.

伍．攝青鬼的遊戲

「新聞快報，A城O市從×月××日起出現的大量男性失蹤案件，至昨日為止，失蹤人口共計二十八名。今日接到最新消息，確認再添一名男性失蹤者，姓名×××，三十歲。據家人報案口述，該男子在凌晨兩點便失去了聯繫，與先前各名失蹤者相同，毫無徵兆地人間蒸發……」

一檔早晨節目的休息室內，液晶電視原本在播放著輕柔的抒情歌，突然插播了一條不怎麼愉快的新聞快報，打斷了室內本該放鬆的氣氛。

可天狐卻沒將外界所有的聲音聽在耳裡，音樂也是，新聞亦是。

「怎麼回事……這個月一下子就出現這麼多失蹤案件，平均一天一個啊。這麼大規模的失蹤是有計畫的吧？」

白澤除了耳聽電視上的新聞之外，手還相當流利地滑著手機螢幕，也是在更新追蹤這轟動全城的「男青年失蹤案」。

這樁案件是突如其來發生的，沒有人知道失蹤者突然消失的緣由，民眾、包括警方回過神來時，就發現失蹤的人數越來越多，並且杳無蹤跡，警方大規模尋找亦徒勞無功。

這就是A城最近人所皆知的重大案件，白澤對這案件十分關注且投入。

而天狐此刻卻滿腦子都在噗嚕噗嚕地冒著泡泡，眼睛淺淺瞇著閉目養神，腦袋彷彿是在姜太公釣魚一點一點的，整個人的狀態非常不好，感覺稍微一分神，意識就會像羽毛一樣被吹得晃晃蕩蕩，越飄越遠，遠得天狐自己都抓不回來。

白家詛咒事件成功落幕後，天狐覺得自己快死了。

貓魂的反擊讓他身受重傷，事隔都快一個半月，他的血卻好像吐都吐不完似的，每隔四小時，他就會劇烈地咳嗽，有時咳得他肺都快掉出來、也差點忘了該怎麼呼吸了，然後每一輪讓他窒息的咳嗽後，隨之而來的，就是從胸口裡面悶出來的一口熱血。

自從那次被貓魂壓斷了幾根肋骨，天狐的身體狀況是以肉眼可見的速度變差了不少。

突發劇烈的咳嗽吐血、毫無徵兆的頭昏腦脹、大熱天的手腳冰涼冒冷汗、體力消減虛弱、體溫急速下降，還有臉上連暗色粉底都遮掩不了的異常蒼白之色。

若不是公司上層把他的身體實況壓下來，要是被粉絲們知道了，恐怕會直接在網上引發軒然大波，甚至還會有人亂寫些什麼當紅巨星病魔纏身、命不久矣之類的……而具體大概會怎麼寫，天狐是不敢去想像。

「你是怎麼回事？」

經紀人施蓮眉頭緊蹙，手裡拿著一份剛從醫院帶回來的，天狐的身體檢查報告，她抬起冰冷的眼眸，看著眼前故意避開她眼睛、畏畏縮縮吃著聖女小番茄的當紅偶像明星。

幸虧這檔節目不是現場直播，要不剛剛天狐在錄影中突然咳嗽吐血的場面一旦播出，那明天可就是頭條新聞了。

「你這肋骨是怎麼弄傷的？」

天狐的身體報告並沒有寫得詳細，唯一明顯就是他的三根肋骨斷裂且月餘時間都無法復原。而他吐血以及突發暈眩等症狀暫時查不出問題，說要等下次做個詳細的全身檢查才能得知病狀。

但無論是多大的醫院、醫術多高明的醫生也罷，醫生們壓根就不知道為什麼一個健康的人會突然出現不正常的體溫下降。

當時施蓮帶著天狐喬裝打扮，避開粉絲和記者暗中送醫，而天狐三十四點五度的低體溫把在場的醫生、護士都嚇得驚慌失措。

天狐本身沒有低體溫症，所以導致低溫的原因是什麼，醫生們都不知道。

可是，天狐自己心知肚明。

反正天狐為自己負傷的身體做了多次的淨化和洗滌，焚香除汙、花水洗穢、泉水淨身……也依舊無法除掉這奇怪的病痛與難受。

隨著時間長了，他的情況更是越來越嚴重。

「呃……」

聽見經紀人的審問，天狐下意識避開了視線，不經意地瞄到乖乖在他對面沙發坐著的罪魁禍首——白澤身上。

白澤可乖了，原本還在認真地聽著新聞、滑著手機，察覺到靈能師的眼神後略顯內疚地低著腦袋，愧疚地捏著自己的手機殼，天狐看不見他的樣子，但猜測對方此刻的表情是異常豐富。

「踩空摔了下樓，不小心摔斷的。」

天狐無奈嘆氣，略顯疲憊地靠在沙發上繼續閉目養神，相當敷衍地緩緩回答。

他總不能說是因為驅鬼大意而被鬼魂弄傷的吧？

「……這回麻煩大了，你們先休息一下，我去打個電話。」

施蓮很苦惱。

她不知道百神今年是不是被敵對的經紀公司扎了小人，一年下來運氣差得不行，先是天狐拍攝的電影湖畔遇浮屍、再來是著名靈異節目的片段被雪藏禁播、然後一個月前白澤嫂子難產去世……現在還有應龍因家事而頻繁缺席錄影外，天狐的身體也開始出現問題了。

到底怎麼回事？不知道的人還以為百神變成了百鬼，骯髒不吉祥了，所以才會楣氣纏身、處處碰壁！

而且考慮到天狐的身體狀況，目前也不能再強行給他安排工作，慎重考慮醞釀半晌後，施蓮才決定和老闆商量一下接下來的行程變動，考慮是否暫停天狐的工作，讓他安心休養一段時間。

肋骨斷裂難以康復，天狐恐怕得要再休養一個月左右的時間了。

「必要的話，今天百神的錄影就拜託白澤你一個人先撐著了。」

應龍缺席，天狐不適，這早晨節目錄影不靠白澤還能靠誰呢？

經紀人一邊碎碎念地離開休息室後，室內就只剩下兩名隊友面面相覷，天狐這才鬆了一口氣，抬起明顯疲憊的桃花眼，恰好與白澤的視線撞在一起。

「白夫人的後事都辦妥了？」

「嗯，手續都已辦妥，嫂子入土為安。小願思雖是七個月早產兒，但去醫院檢查後發現身體意外健康，暫時沒有出現什麼缺陷。」

當然沒有了，因為在驅鬼解咒的法事之後，詛咒原宿主的身上多少也會留下後遺症……這裡指的是好的那種後遺症。

就像一張強力膠帶貼在木板上，用力撕開，膠帶上就會帶著不少木屑被一同扯出，留下來的，就是一片光滑、沒有倒刺的乾淨木條。

白願思身上本應有早產導致的不良現象與缺陷，甚至包括人性的醜陋、愚鈍、貪婪、嫉妒等，都隨著貓魂的詛咒消失的同時一同被消失。

梁子慧的兒子白願思是比白家兩兄弟都來得更加乾淨聰慧、更加純潔無瑕的新生命，只要認眞培養與教導，以後應該就會是個各方面都天賦異稟的優秀者，這也算是梁子慧捨命的代價吧。

「……天狐啊，對不起。」

「嗯？什麼？」

白澤坐在沙發對面，醞釀許久才不得不進入主題。

白澤素來機敏得很，狐面……天狐身體出現問題，明眼人兼當事人的白澤完完全全看在眼裡，這是因爲白家事件而導致是不可否認的事實。

「除魂儀式當時啊，若不是我沉不住氣讓妖孽有機可乘而致你分神分心，你最後應該不會受傷的。」

「……事不怪你。」

天狐聽罷微微一愣，隨後不禁失聲一笑，他的頭好像又有點暈了，抬起修長的手指頭揉揉眉心，稍微讓自己放鬆下來。

事不怪委託人。

白澤一個不知情、與靈媒界擦不上邊、沒有任何靈力的局外人，又何罪之有？

怪就怪在自己一時大意，忘了給自己畫個護身符。

這是天狐犯過最嚴重的失誤，也是身爲一個靈能師最不能犯的失誤。

他沒有資格去怪任何一個人，只能怪自己不夠認眞和細心。

「妙先生，這邊就是百神的休息室。」

休息室門外突然傳來工作人員的聲音，話音剛落下，下一秒房門就被人從外面打開，兩側沙發上的兩人同時抬頭看去，目光落在了大大咧咧、擅自打開門的銀髮男子身上。

「哎哥，我們走吧，阿姐回來了。」

男子的舉動特別流利，似乎早已在腦海內模擬好一套行雲流水的動作，人到室內後先是露出好看的笑容，隨意地向白澤打了個招呼，然後二話不說將天狐從沙發上拽起，準備就這樣明晃晃地把人直接帶回家「看病」去。

「等等，我得先和施蓮說一聲。」

天狐想要掙脫弟弟拽人的大手，卻發現自己使不上勁，整條胳膊軟綿綿的，只能像一條砧板上的魚般任人擺布。

狐妙原本是抓住天狐的手臂，微微一手滑就抓到了天狐的手腕，然後就被他涼得難以置信的體溫給嚇到了，他下意識鬆開了手，緩緩撫摸自己的手指——太冰涼，涼得厲害！簡直是那種接近死人般的冰冷溫度。

「哥啊，你沒時間了，我們回去再說。」狐妙眉頭緊鎖，轉頭面向白澤說道，「唉，那個……啊，白先生，你替我哥給經紀人姐姐帶句話吧，說我帶他看病去了。」

銀髮男子笑起來痞痞的，意外地和他看起來穩重認眞的臉孔不搭配，白澤有些不在狀況內，不由得愣了一下，好久才緩緩點頭回應。

這銀髮男子白澤認識，既認識表面上的他，也認識表面下的他。

銀髮男子就是先前替白家招粱子慧魂魄的通靈師——狐妙，他同時也是全國都知曉的知名男模特兒妙先生。

狐妙的樣貌絲毫不輸給偶像明星天狐，他今年二十五歲，鼻梁、嘴唇、眼睛與輪廓線和天狐頗爲相似，只是看起來比對方多了一絲成熟感，不笑時還好，一旦笑起來，眼神與瞳孔給人的感覺就相當神祕，微微上勾的嘴角更透出一股雅痞之氣，似乎暗藏著頗多狡黠的心機。

模特兒出身的狐妙比天狐高個頭，他身高腿長、九頭身比例，無論從肌肉還是體型看，都略勝天狐一籌，相比之下，天狐著實是嬌小得可憐。

當然，狐妙除了是名頂級名模之外，同樣也擁有狐家的正統血脈，他是狐氏第八代宗家幼子，天狐如假包換的親弟弟，狐氏知名的通靈師，人稱「狐半仙」。他最大的喜好就是收養一些好看或特別有趣的無主孤魂，放在自己的口袋裡養著玩。

通靈師，即善於招喚靈魂，讓其附身在自身肉體或意識之中、以完成委託人心願之職業。

在靈媒界裡狐氏家族的名聲無人不曉，而狐氏第八代的靈媒師們，同行的都喚他們爲狐家三姐弟。

沒錯，狐家第八代，除了狐面與狐妙兄弟外，還有一位大小姐。

天狐還沒來得及與施蓮交代一聲，狐妙就連珠炮般說幾聲沒事沒事，急急忙忙地把他連拽帶拖地扔上了轎車，送回了寺廟。

此時，狐家大小姐狐靈，早已在寺廟大堂等候多時。

「哎喲，捨得回來了？」

狐靈斜著腿，端莊地坐在大堂牌匾下的主人位上，相當優雅地往旁邊茶几放下手中一杯香茶，冷冽的眼眸掃過剛進門的兩個弟弟。

狐靈擁有一身男人喜愛、女人羨慕的魔鬼身材，穿起旗袍來前凸後翹，身材辣得很，她是個快三十歲的成熟女性了，可偏偏是個喜歡珍珠奶茶、少女粉色還有可愛小物的天眞爛漫小女生，和她外在表面的氣質十分不符。

狐靈淡抹柔妝、氣質清新脫俗，她的纖纖玉指拿著摺扇，堪堪遮住紅唇，一頭秀髮盤得整齊，幾縷青絲散掛在眼角、耳根邊，此時她身穿一身淺綠色的半身旗袍裙，裙襬飄紗遇風緩緩飄動，而正坐在大小姐旁邊地板上的，則是做錯事般可憐兮兮的蕭老先生。

「不到嚴重時都不把我喊來，我還以爲你會繼續拖著呢。」

狐靈本來早就要幫天狐「治病」了，可天狐倔強的個性，親姐姐最清楚。

很多時候，天狐都覺得自己可以解決，等到他花時間去嘗試了、研究了，還是搞不定，也會選擇繼續硬撐，不到無可奈何的情況都不會求助於人……

除非是，本人覺得自己不行了。

等到那個時候，天狐就會自知理虧，然後像做錯事的野孩子般回家求助了。

那個時候，就是這個時候。

「……阿姐，用不著這樣吧，蕭爺爺又沒犯錯。」

知道姐姐是在責備他這愛硬撐的壞習慣，天狐卻潛意識轉移話題，桃花眼落在老人白髮蒼蒼的腦袋上。

蕭老先生雖是狐家的僕人，但天狐早已把蕭老先生當成親人對待，看到他一把年紀還被大小姐處罰正坐在地板上，低著腦袋反躬自省，天狐很心疼。

「沒犯錯？錯，他可錯了。他身為狐家第八代主子的貼身隨從，就是要時時刻刻確保你的安全。現在可好了，護不住主子不止，還擋不住那姓白的小子攪和法事，所以才會出現這次的意外。」

狐靈越說越氣，越氣就說得更起勁，她將摺扇一合，用著極小卻沉重的力度敲敲紫檀木椅的扶手，帶著壓迫感的叩叩聲響一聲一聲敲進三個男人的心房上，讓人不寒而慄。

「阿音，你在正式繼承狐家家業時我早就交代過，讓他看緊你、寸步不離地看緊你。九尾紋身要日夜貼身一刻不能離，一旦消去就得在三個時辰內即刻補上，他可好了，我讓他盯著你、看顧你，可他就連你身上少畫了一道護身符都茫然不知，他盡什麼責了？辦事不力。」

狐音是天狐的本名。

狐氏三姐弟分別是長女狐靈、長子狐音、幼子狐妙。

他在演藝圈時的藝名叫天狐，靈媒界人稱為狐面，而「狐音」……一般也只有弟弟狐妙和姐姐狐靈會這麼喊他，本名擱太久，久得都快塵封了，現在狐靈突然喊他的本名，狐音一時之間反應不過來。

「阿姐，那是我的錯，是我自己忘了。這與蕭爺爺何干？蕭爺爺何罪之有？唉……蕭爺爺，你先下去。」

狐音本來就不舒服，現在都快要被姐姐念得頭暈，他微微扶著額頭，暗地給蕭老先生使了個眼色，先讓蕭老先生離開再說。

說完話後，狐音不曉得自己是發燒了還是怎麼了，感覺額頭燙燙的，身體卻冰涼得很，眼前天旋地轉，只能微微瞇上眼睛調整狀態。

狐妙伸手去摸他額頭，卻又被涼得抽回了手，「阿姐，哥身上無靈體纏身的痕跡，我看這也不是什麼怨氣纏繞，反而像是……」

「是反彈蹭上的詛咒，上次貓魂的怨念，算是發洩在你身上了。」

狐靈接下了弟弟狐妙的推測，坐實了狐妙的疑惑，自信得斬釘截鐵。

她暫不管狐音放走了蕭老先生，微微招手，示意狐妙把狐音牽到她的面前，然後小心翼翼地握住狐音修長白皙的手指。

「好，阿音，放鬆。對，放鬆……閉上眼睛，放鬆……」

聽著姐姐催眠般細聲細氣的呢喃，狐音乖乖聽話，站在狐靈的面前放鬆身體、閉上眼睛，然而，他被狐靈握住的手指頭，卻突然傳來一陣猛烈的刺痛。

狐音還沒來得及睜開眼睛，中指頭上就被刺入半截細針，果斷封住了他的中衝穴位，讓他瞬間意識全無，全身頓時乏力、無法支撐而倒下，然後被身邊的狐妙眼疾手快接住了脫線傀儡般軟綿綿的身體。

一剎那，狐音感覺自己掉了深淵裡頭，腦袋一片漆黑，澈底昏死過去……

他好像聽見了聲音。

那是一陣非常稚嫩的童音。

朦朦朧朧地飄蕩在一個寬闊的空間裡，狐音就站在該空間的正中央，他抬起眼眸觀探四周，無光、無物、無人，只有一個聲音迴蕩徘徊。

狐音聽不清楚它在說些什麼，窸窸窣窣裡混雜了開心的笑聲，來來回回地重複著同樣的話——我要玩。

「哥哥，陪我玩。」

「我們來玩遊戲吧？」

「來玩嘛，來玩嘛。」

「哥哥、哥哥，陪我玩嘛。」

他不知道這聲音從何而來，更不曉得這烏黑的空間裡面有什麼東西在監視著他，空中朦朧的大笑變得相當銳利，刺耳的童音笑聲越來越響，吵得讓他的耳朵嗡嗡作響。

即便還沒了解情況，但狐音依舊保持冷靜，眉頭緊蹙、低眸看著地面，腳下烏黑空間被銳音震得泛起了一陣陣的黑色漣漪，而他就如黑暗烏水中的一朵白色蓮花，腳踏漣漪，被四方詭異的氣氛與鬼氣包圍在其中。

狐音知道，他是在自己的夢境之中。

「哥哥，陪我玩嘛。」

「哥哥、哥哥，來玩嘛。」

「人數不夠，人數還不夠。」

聲音還在迴蕩，狐音在黑暗中每走一步，赤裸的腳下就被他踩出一圈圈的漣漪，回頭一看，赤腳踩過的地方開始冒出紅色血水，伴隨著漣漪擴大，氾濫成一片血海，終於在黑色畫布中染上一道鮮豔的紅色。

在夢境之中，誰都沒有能夠改變夢魘入侵的能力，更是無法控制睡夢中噩夢的進展，自然也無法讓夢境掌握在自己的手中，以致事事如所願。

而狐家的靈能師們，靈力達到一定的程度後，就會擁有能夠隨心所欲的控制夢境之術，即「控夢之術」。

狐家三姐弟中，目前只有狐音擁有控夢的能力。

狐音稍微了解狀況後覺得在黑暗中待夠了，微微抬起右手，在兩根手指上注入靈力，頓時化成一團綠色狐火，一轉一揮手，狐火脫指揮出，瞬間點燃整個黑色的空間，四周燃起一大片綠色火焰。

黑色空間被綠火燃燒殆盡，埋在黑暗中的真面目也終於漸漸清楚起來，雖然狐音眼前還是漆黑一片，他微微瞇起眼適應逐漸明亮的光線，仔細確認眼前的物體——一棟有二十層的廢棄大樓。

高樓看樣子是廢置了好些時間，無窗無門、無電無水、無圍欄、無籬笆，只有混凝土形成的破爛牆壁與數根粗大柱子，吃力地支撐著層層疊疊的樓層。

狐音放眼望去，似乎每一層樓都處於四壁通風的狀態，石樓梯和零零落落的牆面上鋪滿厚厚的紅苔蘚，乍看之下就像殺人現場的血跡斑斑。

狐音就站在建築物下外面不遠處，昂起頭看著眼前這斷瓦頹垣、毛骨悚然的鬼樓，還沒細想這陌生的建築物位於何地，眼神就已經準確地捕捉到頂樓上某個青色透明的靈體。

那是一個年紀很小的鬼童。

目測為男性，據體型來看，鬼童逝去時也只有七、八歲左右，全身散發出濃烈的危害性鬼氣，就這樣站在樓層的最高處，笑嘻嘻地俯視著高樓大廈下如同螻蟻般的狐音。

「人數不夠。」

「哥哥，人數不夠。」

「我還想要更多的哥哥。」

「想要更多的哥哥們……」

「陪我玩一場遊戲。」

鬼童斷斷續續地重複著同樣的話，狐音剛微微張開嘴唇，正想要說點什麼，突然感到一陣刺骨的寒風直衝進他的背脊，頓時讓他覺得雞皮疙瘩、頭皮發麻。

那是個讓人毛骨悚然的氣息。

狐音緩緩抬手，在空中做出抓緊的手勢後往後一推，夢中的畫面被控夢靈力拉遠，讓他能更清楚地看到建築物整體的結構與情況。

狐音定睛一看，這看似空空如也的廢樓，其實每隔幾層的高樓內，都零零散散懸掛著幾個人。

而且，全都是男人。

大約有二十個男子，一動不動地像是昏迷了、也像是斷氣了，二十幾歲的青年男子全被鬼童凌空吊在樓層通風的房間裡頭，霧氣與瘴氣濃密的鋪滿整個廢樓，這些哥哥們在白茫中零零散散的分布在不同的位置，一排一排擱在空中搖搖晃晃的，看上去更像是一具具被人廢棄的人形玩偶。

大部分的男人們是誰，狐音不知道。

可位於其中的一個男人，卻讓狐音猛然感到一陣天旋地轉的暈厥與頭痛——那個受害者，他認識。

而且他認識對方快八年吧，熟悉得不能再熟悉了。

「哥哥，玩遊戲嗎？」

「陪我玩遊戲嘛。」

「哥哥、哥哥，人數不夠。」

「還想要，更多。」

「想要更多的哥哥陪我玩。」

「陪我玩……」

「陪我玩……」

狐音從夢境中醒來時，發現自己躺在浴室的木質浴桶之中。

他身上的衣服不知道什麼時候被脫了，全身上下都是赤裸的，就連一條遮羞布都沒有，身體被浴桶裡飄著花瓣的溫水蒸得泛紅，溫水沒至肩膀，髮絲在淌水，一滴一滴地飄浮在花瓣水面上，滴滴答答的聲音在寧靜的浴室中格外響亮。

「……」

這回，狐音是真的不在狀況內。

他甚至還在浴桶裡看著眼前飄蕩的粉色花瓣，愣了大概有幾來分鐘。

剛剛狐音做的夢，是靈能師的「透視夢」，是靈能師會隨機觸發的現實夢之一。

透視夢是靈能師在無意識沉睡當中，不知不覺地靈魂出竅，以上帝視角透視了現實中某件正在發生、或未來將會發生的一些大小事件。

而鬼魂平白無故出現在靈能師的透視夢裡頭，那就表示在現實中的某個角落，正在發生著一場他還沒發現的靈異案件。

是什麼案件狐音還不知道，他現在只覺得頭腦混亂得很。

恍神良久，狐音用手盛起眼前的溫水洗了臉讓自己清醒過來，才意識到身體像是舒服了不少，肋骨不怎麼疼了、體溫恢復正常溫度，頭不暈也不痛了，也沒有老是想吐想嘔的感覺了。

「……爺爺，蕭爺爺。」

「唉，來了來了。」

狐音不知道自己泡了多久，反正就是覺得有點口乾舌燥，大概都快泡脫水了。他習慣性對外呼喊了幾聲，然而開門回應的不是蕭老先生，而是某個裸著半身的年輕男人。

狐妙嬉皮笑臉地應門，給狐音帶來一瓶礦泉水和一件乾淨的浴袍，狐妙猝不及防地出現在狐音的視線裡，讓他差點腳滑入浴桶的花水中溺斃。

「我去，你怎麼進來了？爺爺呢？」

狐音沒有預料到弟弟會如此毫無顧忌地過來應門，受到了一點驚嚇，他就是不習慣兩個年輕男人在濕漉漉、霧氣騰騰又潮濕的浴室裡彼此寸絲不掛、袒胸露肩。

尤其是那種六塊腹肌身材曲線極好、不要命地散發著免費男性荷爾蒙的大帥哥……雖然那個人是他的親弟弟。

「蕭爺爺被阿姐罰抄一百遍家規去了，所以我就代替爺爺來照顧你了。怎麼？嫌棄我？嘖嘖嘖，想當年我們還是一起光屁股鑽同一個浴桶，坦然相見、互相幫對方洗澡、擦身體、玩泡泡、相親相愛的一家人呢……」

「停停停，停下，都幾歲了？能不能別那麼幼稚？」

狐音是真的想用一瓢溫水潑到狐妙的臉上。

年多沒見，這弟弟學不乖不止怎麼還越長越歪了？他說的是狐妙那與成熟的臉龐不符合的痞子氣息。

「什麼啦，虧我和阿姐還盡心盡力地幫你拔咒。我一個人背著你跑上跑下、忙裡忙外的，忙得汗流浹背，好不容易能歇歇，想說來洗個澡，最後換來的卻是親哥的嫌棄，還有沒有天理了？」

狐妙故意露出的受傷表情狐音不怎麼想看，他自動開啓關鍵字系統在腦海抓住了某個關鍵字——拔咒。

「嗯？阿姐幫我拔咒了？」

「對，拔了。」狐妙擰開礦泉水蓋後將瓶子提給泡成狐狸湯的哥哥，隨後自顧自地走到浴室不遠的角落，拿起一瓢溫水洗了一把臉，「安心，是阿姐親自拔的咒，只要你這一個月都乖乖休養守戒，絕對斷根。」

別人給他除咒，天狐可能會信不過，可狐靈出手，他就不得不信任。

狐靈是狐家第八代宗家長女，狐音和狐妙的親姐姐，也是擅長解咒與占卜的咒術師。

咒術師是以解除詛咒、封印惡靈、為逝去的世人與生人祈禱、算命之職業。

狐靈和兩個弟弟不同，定居於A城外另一座不遠的城市——B都，她在B都經營一家古玩店水靈齋，特別受到當地居民歡迎，被稱作狐小姐。

除了販賣古董古玩，狐靈還光明正大地坦然身分為人算卦、算命，是知名的算卦師。

當然，狐靈最主要的工作還是幫生人解咒與祈禱，她能輕鬆解除纏人奪命的各種詛咒。

在除咒這塊，狐靈自認第二，便沒人敢爬她頭上認領第一……就連作為宗家繼承者的狐爺都不敢高攀。

狐氏狐大姐清除詛咒的實力，眾人皆知。所以狐音是放一百萬個心的。

也許他根本就不該逞強，要是他早點讓阿姐看一眼、早點拔咒、早點休養……也沒必要受到那麼多委屈和痛苦了。

狐妙就在他浴桶的旁邊淋浴，狐音選擇眼不見為淨，昂起頭喉結一動，咕嚕咕嚕地喝了幾口水補充水分，然後緩緩檢查自己的身體狀況。

「阿妙，你說要休養守戒一個月是……」

狐音原本還在檢查身體，但在他抬起胳膊時，花水上出現的異樣卻讓他頓時凝噎起來，最後幾個字都戛然而止了。

他發現原本乾淨透亮的淨化花水突然出現了一絲渾濁，顏色偏黑並且散發著刺鼻的瘴氣，緩緩吞噬著水面上飄蕩的粉色花瓣，以致花葉用肉眼可見的速度迅速泛黃枯萎，他甚至不知道那是從哪裡冒出來的顏色。

察覺到不對勁，狐音臉色一沉，胸口似乎又開始抽痛了，全身上下都難受得要命，他連忙用兩手按著浴桶兩邊，準備爬起來離開這無端端受汙染的瘴氣汙水。

狐音的動靜讓狐妙赫然回神，敏銳地發現了異樣，然而他卻沒有協助哥哥離開浴桶，反而眼明手快衝上前去按住他的肩膀，重新將狐音壓了回去，頓時水花四濺，汙水甚至還濺到了狐妙的身體，在結實的腹肌上留下幾片枯黃的花瓣。

「嗯噗！」

狐音被嗆了一下，只差沒硬生生吞了幾口水，猛地咳了幾聲，所幸這回血是沒吐，就是胸口和腦袋突然又暈又悶，內臟像某股力量在裡面用力揉擰一番，全身的血液都在沸騰蠕動，難受到他少見地支吾出聲。

「……阿音哥。」

狐妙眉頭一皺，叫了一聲哥後，他一臉嚴肅的盯著眼前的狐音，抬起一根手指咬破指頭，手指上的血液與銀色髮絲上的水珠幾乎同步，兩顆不同顏色的液體緩緩滴入浴桶之中，分別開出紅與透明的水花。

「哥啊，你剛使用靈力了嗎？」

靈血漣漪擴展水面，開始淨化上面的瘴氣與汙水。

不可。

這是狐音和狐妙離開浴室到寺廟的客房面會狐大小姐時，阿姐對他說得最重的兩個字。

當時，是晚上十點。

狐靈身穿一件簡單白色絲緞製的中衣，在兩個弟弟敲門求助下隨意披了件外衣，略顯無奈地皺起眉頭，用纖細的手指拿起毛筆在狐音的眉間點上朱砂，重新幫他壓制詛咒的反噬。

「阿音，在未來四十九天裡，你不可使用任何靈力，任何，包括在夢境中的控夢之術。否則，你會爆體而亡。」

除非是自行突破或受到異能力影響，否則狐家的朱砂紅不溶於水也不輕易脫落，能驅鬼辟邪，更能壓制受汙染的靈魂，因此用來淨化與限制天狐的靈力，是最適合不過了。

點上朱砂紅後，確定弟弟的靈魂再次穩定平靜下來，狐靈微微鬆了一口氣，擱下毛筆，繼續說話。

「以防萬一，你在守戒休養的這段時間，我和阿妙會留在寺廟監視你，反正無論如何，在這期間，你千萬、千萬、千——萬不能使用任何靈力，一點都不可以。不然你爆體死了，就別指望阿妙會把你的魂魄召回來。」

姐姐千叮萬囑中略帶點損人語氣，狐音是聽見了，卻有點心不在焉，感覺意識飄飄蕩蕩的，沒有人知道此刻狐音究竟是在想些什麼。

爆體而亡這件事，狐音並不覺得驚訝，甚至，可以說他早已做了心理準備。

在花水浴桶突然出現反應時，他感覺舌頭和皮膚一直處在有水在沸騰燃燒狀態，眼瞳脹痛、喉嚨搔癢，肺部更是炸裂般的痛，他隱隱約約感覺自己所有體液在沸騰中逐漸蒸發，整個人難受到要死。

詛咒後遺症，會透過靈力反噬肉體和靈魂，狐音當然略有所聞。

所以狐大小姐的忠告一出，狐音的表情沒有多大的起伏，只是安安靜靜地看著自己的手掌心，這才發現手腕上出現了一條黑色的血管線。

狐音知道，這根黑色血管是從手腕上連接到自己的心臟上面，纏繞在一起，心臟跳動，黑色的血管也在緩緩抽動。

那是掌握他生死的生命線，也是狐靈給天狐拔咒後，在靈能師身上遺留下來的後遺症，貓魂最後的執著。

白家貓魂的執念與怨念都太強，即便咒術師強行撤掉詛咒後，一絲殘留的怨恨氣息也會對受詛咒者的身體產生一定的傷害。

這傷害說大不大，說小自然也不小，但只要狐音乖乖守戒，期間不使用靈力、齋戒沐浴、戒葷戒酒，定時讓咒術師檢查身體以及狀況，一般等到休養時間過了，黑色血管淡去，就會恢復原狀了。

靈媒界對驅鬼、拔咒，解決及療癒委託者心願的治療方式，本來就和現實中醫生手術之後的戒口沒什麼兩樣，所以，狐音是眞的不在乎。

可他還是陷入了沉思，不爲別的，正是剛才的夢境。

剛剛他在夢境中遇到的那隻鬼童，還有在陌生的廢棄建築物，二十多個男性被吊的場景，眾多男子中，有一個熟悉的身影。

「蕭爺……」

狐音總覺得心緒不寧，習慣性又喊了一聲被大小姐罰去抄書的蕭老先生，收住聲音後，醞釀半晌，隨後用手肘碰了碰身邊正打哈欠的狐妙。

「唉，我的手機放哪了？」

「放你房間了。」

狐妙一邊說一邊滑著手機給金主們發了幾條訊息，大概是因爲狐音這邊的突發狀況，而必須要調整兼職模特兒的工作。

離開狐靈的房間後，狐音回到自己的房間，一眼就看見手機被狐妙放在自己的床上，螢幕朝下蓋住。

狐音拿起來一看，上面顯示有上百條未讀訊息，還有快要破百數位的未接電話。

他低眸一看，所有未接電話和訊息，全都是關於他兼職那邊的人傳的，包括施蓮、白澤，以及鈴蘭事務所的老闆、祕書，甚至還有不知道怎麼拿到他手機號碼的記者。

該不會是他最近身體不好上節目吐血的事曝光了吧？

然而，事情並沒有他想像中那麼簡單，等他看到新聞時，他當下真的寧願是自己的事情曝光了，也不希望是因爲這種事件而導致他手機信箱爆滿。

「新聞快報，A城O市從×月××日起出現的大量男性失蹤案件。日前接到警報，本日再次添加一名男性失蹤者。且失蹤者為當紅偶像團體百神的團員應龍。本名楊龍溪的應龍，失蹤時間發現得比較晚，根據推測，失蹤時間已有七十二小時……」

無視了所有的來電與訊息，天狐最先看到的，是娛樂新聞推播過來的熱門話題，以及社會新聞的新聞快報。

天狐以為，他能沉得住氣，可收到消息、聽著手機新聞主播專業又鏗鏘有力的聲音時，天狐才發現他的背脊不知道什麼時候發涼，涼得骨子裡頭都痛，腦袋如五雷轟頂嗡嗡作響，耳鳴音彷彿能刺穿他的耳膜，吵得他反胃想吐。

沒聽錯。

對，他沒聽錯。

百神的團員應龍，本名楊龍溪，沒錯，就是他認識的那個暗紅色頭髮、聲音很大、力氣也很大的男子。

他沒有看錯，沒認錯人。

在夢境裡面，鬼童抓的其中一名男子……

就是百神的成員應龍。

這下麻煩大了。

狐音一手扶著額頭，坐在寺廟迴廊上，吹著飄散著淡淡柚子香味的微風。

寺廟裡並不是沒有會議室，但天狐就是喜歡在院子的迴廊上辦公。

主要是院子裡柚子樹葉與花香的味道，能讓他的心得到一絲安寧平靜的感覺。

微風吹著髮絲、桃花眼眸直下垂，狐音的目光落在面前平鋪攤開在地板上的紙質地圖上，地圖旁邊放著的，是他開了靜音和免擾模式的手機，而螢幕上同樣顯示著區內的衛星地圖。

失蹤七十二小時，即三天前，如果狐音沒記錯的話，那時應龍剛和事務所請假，缺席了百神的活動。

也就是說，在請假當天，應龍便下落不明了。

應龍會出現在他夢境中，亦是代表他和夢境的鬼童有關，那麼夢裡二十幾名被吊在廢樓中的男性，應該就是這件失蹤案中，突然銷聲匿跡的失蹤者們了。

狐音可以確定的是，夢境中的鬼童與男性失蹤案，兩者絕脫不了關係。

狐音困擾了，怎麼偏偏在他守戒期、不能使用任何靈力的時候，給他來一樁這麼麻煩又難搞的大事件呢？

而且還是那種他不得不插手的案件。

雖然沒有委託人，但他不能拋下應龍不管呀。

關乎快三十條人命呢，他怎能不管？

然而他現在卻連鬼樓的準確位置、失蹤者們身在何處、鬼童的來歷與企圖都還沒搞清楚，一切都要從零開始調查。

在不能使用靈力的情況下，狐音感覺自己就是個什麼也做不到的窩囊廢。

他急死了。

微微壓下身體，狐音幾乎是整個人都快趴在地板的地圖上，鬆垮的白色休閒衣讓朱砂紅的九尾紋身從領口中堪堪暴露。

他健康白皙的臉上，唯獨眉心的紅朱砂痣格外矚目，桃花眼全神貫注地盯著紙張，伸出修長乾淨的手指攥著馬克筆，在地圖上的某個位置又打了一個圈圈。

地圖上面被狐音畫了好多的圈圈和叉叉，全都是這區市內有名的靈異地點，除此之外，還包括那些工程作廢或投資失敗的廢棄大樓。

為了尋找和夢境中相似的鬼樓，狐音圈下地標後，又在手機衛星導航定位上查看廢樓的大致樣貌，陸續排除掉不符合夢中畫面條件的地點。

狐音瞎搞了大半天的時間，然而還是一無所獲。

蕭老先生替他準備的花茶早已涼透，上面安安靜靜地躺著一片花瓣，平靜得就連一片漣漪都沒有。

可他內心裡卻是波濤洶湧，泛起了各種焦急和煩躁的巨浪海嘯。

狐音有點洩氣地揉了揉發瘆的眼睛，隨後悄悄把手伸到眉心，小心翼翼地觸摸著狐靈給他點上的封印朱砂。

這一小紅印點上，他的靈力就被限制了。

他很少會如此焦慮。

也許是……守戒的原因，無法使用靈力去解決他本該最擅長的事，他頓時就覺得自己很廢，而越是這麼覺得，他就越是焦急萬分。

焦急起來了，他就什麼事都辦不好了。

看見哥哥臉上各種不甘心又焦慮的神情，狐妙看不下去了，一臉笑嘻嘻地走了過來盤腿坐在狐音旁邊，一手抽掉地板上的地圖，頗有興趣地看著上面的圈圈叉叉。

「阿音哥。」

「哥，你在搞什麼呢，不妨和我說說？也許我能幫上忙不是嗎？」

少了髮型造型師的幫助，妙先生立馬就被打回原形，一頭漂亮的銀髮在一夜之間變成了鳥窩頭，他披頭散髮的，只用髮箍定住了瀏海。

狐妙在無數的閃光燈下是多麼的耀眼和帥氣，可他私下的穿搭品味啊……狐音只能說是極差，超級的差。

狐妙平時穿著只求舒適不求耐看，這不？狐妙此刻穿的就是一件白色軍背心，配著簡簡單單、鬆鬆垮垮的休閒褲和人字拖，露出兩條白皙健壯的胳膊在狐音的面前晃著，實在是亮瞎了狐音的狐狸眼。

狐音實話實說，他弟弟給他的印象就是那種——臺上發光模特兒，臺下老頭子的感覺，每每看見一次都會忍不住去吐槽弟弟的低級品味。

但今天他可顧不上吐槽了。

他被事情困擾，又怎有心思去在意那些亂七八糟的東西呢？

順著狐妙的話，狐音心想，讓狐妙幫忙未嘗不可，而且尋人尋物，本就是狐妙的強項。

「阿妙，你能幫我找個人嗎？」

狐音並不打算把親弟牽連到這個案子中，他醞釀一下整理頭緒，最後還是決定掩蓋重點婉轉請求，目前最重要的，就是先把失蹤者應龍的準確位置找出來再說。

「當然，阿音哥都開口了，能幫忙自然得幫。」

狐妙依舊保持著笑容滿面，他也算是行動派，屁股挪了挪後把地圖攤開在地板上，輕咳兩聲，這才收起有點痞氣的笑容，換上了認眞的神色。

「憑物尋人，我需要失蹤者的資……」

「楊龍溪，男，生於壬申年四月廿二，年二十九。」

狐妙的「料」字都還沒說出口，狐音下一秒就用失蹤者的資料打斷了通靈師的發言，隨後在口袋裡抓了抓，抽出一枚銀戒指擱在地圖上，緩緩推到狐妙的面前。

憑物尋人是最基本的通靈尋人之術，顧名思義，就是在黃符上寫上失蹤者的生辰八字等資料後，焚燒祭天，再用其灰燼擦拭在失蹤者的物品上，並注入靈力。

透過施術者的靈力，讓物品與失蹤者之間牽上一根透明的絲線，推動物品遊走在準備好的地圖上，而物品停下的位置，就是此刻失蹤者所在的位置。

狐音原本一開始就想使用這個方法，但卻因爲靈力受制而無法使用，所以狐妙說要幫忙的時候，狐音求之不得。

「這枚戒指是他的，雖說是送了給我，但我覺得應該不影響？」

「不影響，反正原有者是他即可。」

狐妙啪啪的快手寫下應龍的八字後焚燒，然後拿起應龍的戒指放在陽光下仔細打量，他修長的眉頭一皺，半晌，捏住戒指的手指便已悄悄注入靈力。

「哥，我怎麼看這戒指……有種莫名的親切感？」

這銀戒指款式相當普通，造型也特別簡易，最讓人矚目的就是戒指外側被畫上的一圈紅色線條，以銀色戒身的拋光度來看是有點歷史了，可那條紅色卻依然鮮豔奪目。

除此之外，它還擁有一絲不弱、卻因時間過於長久而逐漸削薄的靈力氣息，可以這麼說——這是一枚快要失去靈力的護身符。

「其實我也這麼覺得，總覺得好像從哪裡見過，但我一直想不到就算了。」

狐音淺淺一笑，狐妙的疑惑他自己也曾出現過，反正在應龍說把這個戒指送給他時，他就對這玩意隱隱約約萌起一股難以言喻的熟悉感，內心深處泛起一絲奇奇怪怪的感覺。

就好像是……完璧歸趙一樣？

雖然他不曾見過這戒指。

他甚至能篤定阿姐、阿妙都沒見過。

但無可否認的，他就是看著心裡頭有種奇妙的感覺。

然而狐音對著這枚戒指絞盡腦汁想了好久、翻索記憶的櫃子翻了好久，仍然想不出所以然來，最後索性不想了。

「嗯……好吧。」

見哥哥不管，狐妙自然也選擇了無視，銀色的戒指在接受通靈師的靈力灌入時，表面越來越亮，開始閃爍著漂亮的星光，那條紅色線條更是亮得刺眼。

物品越是耀眼，就表示施術者的靈力越乾淨、純潔。

見狀，狐音還是滿欣慰的，顯然弟弟離開狐家選擇獨自生活後，靈魂和肉體沒有遇到什麼汙穢骯髒的鬼魂騷擾，通靈師的全身上下都乾淨得很，纖塵不染。

硬要說的話，狐妙的靈力甚至比狐音來得還要純淨……畢竟有些鬼魂，日日夜夜、朝思暮想的想要騷擾狐音也不是一、兩次的事了。

「飛鳥沒何處，青山空向人。」

雖然頂著個亂蓬蓬的一頭銀髮，但狐妙認眞起來也是相當可靠的，只見狐妙溫柔地把發光的戒指平放在地圖上，閉上眼睛、左右手分別伸出兩根手指，一手隔空指著物品，一手擱在唇上，全神貫注。

「長江一帆遠，落日五湖春；誰見汀洲上，相思愁白蘋。狐姓名音者，尋楊門龍溪君，盼君早日歸……移。」

念完幾句走流程的語術，狐妙依舊瞇著眼睛、平息屏氣，用著自身靈力與意念去推使上面的戒指，不一會，那枚圓圈的柔光像是附上了靈魂般，在紙張上微微顫動，喀登喀登兩下，靜止半晌，再次緩緩自行移動。

幾分鐘過去了，戒指像還沒找到適合或喜歡的地方安定下來似的，在地圖上面兜兜轉轉繞了一大圈，就是不停歇下來。

「唉，這傢伙還真調皮啊。」

這句話是狐音心裡所想，可脫口而出的卻是狐妙。

也許是物似主人形，這戒指是真的調皮，反正狐家兩兄弟是第一次在憑物尋人中，遇到這麼一個不定性又愛到處遊走的玩意。

「定。」

狐音很清楚應龍的個性。戒指的主人雖然平時看起來性格豪爽、聲音洪亮、動作也大大咧咧的，可他的內心其實細心又溫柔體貼，是個名副其實的鐵漢柔情。

尤其在現實中，應龍更是意外地特別聽他的話、順他的意，是在團隊中……演藝圈裡，唯一縱容狐音且把他寵得恃寵而驕的大哥哥。

因此狐音對應龍的好感與依賴，甚至還超過了白澤。

所以狐音的一個「定」字脫口而出，那在地圖上發亮的玩意還真的乖乖定住了，停留在郊外的荒山野嶺之中。

狐家兄弟兩雙大眼睛直直勾著戒指，停頓兩秒左右，戒指再次緩緩移動，在山區的周圍畫著一道發光的圈圈，最後停留在圓圈的中間，不再到處移動。

直到咒術師的靈力消散而去，戒指一步都沒動過，安安靜靜地躺在固定的位置上，光芒削弱，又恢復成普普通通的一枚物品。

「市區郊外的西山林，人怎麼會在那種地方？」

狐妙略顯好奇，拿起戒指歸還給哥哥，特別懂事地拿起筆在位置上畫個幾圈圓圓，注明標記。

「哥你尋的是什麼人？做的是什麼委託？你可別說要去西山林啊，你在守戒呢，被阿姐發現了，你我都得遭殃。」

「不去不去，我哪裡都不去，我只是幫個朋友找家人。」

爲了不讓姐姐和弟弟嘮叨，狐音臨時編了一個謊言，再配合上淡然自若、漫不經心的表情，更是讓這假話顯得天衣無縫，他還特別連戲地拿起自己的手機，隨便按了個假號碼假裝撥號。

「喏，我這就打電話給他，讓他自己報警後帶著警察去接人，我這邊就算完事了。」

「不是啊，哥，你眞的別騙我，別莽撞啊……」

「不會不會，放心吧。」

狐音淺淺一笑表示沒事，收回了眼前的地圖，折疊好端進口袋，一口喝了大半杯涼透的花茶後就打算回房稍微補一下眠。

他要補一補眠，準備接下來要幹的大事。

「我知道的，守戒嘛，我懂我懂，安心啦，我才不會平白無事在茅廁裡點燈，找屎（死）嘛。」

燈呢，狐音是點了。

但不是在茅廁裡，而是在西山林的小路上；找的也不是「死」，而是出現夢境中的鬼樓。

確定位置後，狐音本來是想立刻馬上出發尋人尋樓來著，可無奈狐靈、狐妙，加上蕭老先生都把他盯得很緊啊，差點就連上個廁所都要被監視了。

說實話，狐音眞的是難以脫身。

搞得他只能一拖再拖，拖到大半夜，最後還得偷偷摸摸翻自己家的牆，在外面叫車，花了快一個半小時的路程，才抵達地圖上顯示的西山林山腳。

狐音達到目的地時，是晚上十一點半。

他看著眼前黑不溜秋的一條小山路，有點躊躇不前。

西山林，位於西邊的偏僻郊外，比城市邊境還要遠二十公里。

西山林裡大樹生長得過於密集，因此土地一般不怎麼照得到陽光，濕氣、霧氣、瘴氣都重，白天本來就人跡罕至，大晚上自然更是連一個人影都看不見。

和別處作爲著名旅遊勝地的東、南、北山不一樣，西山林沒有什麼山明水秀、鳥語花香的世外桃源，山路十八彎，空氣潮濕悶熱、土地濕滑、上下坡多，加上小路又陡又峭，一錯步或許還會掉下山坡山崖，因此成爲了一個沒人願意踏入的隱祕山林之一。

這是狐音對西山林初步了解的地形。

撇開狐妙獨自回房間後，狐音趴在床上、透過手機衛星地圖嘗試尋找鬼樓的蹤跡，結局嘛……說是沒發現，也算是有發現。

衛星地圖沒有在西山林裡掃描出任何的建築物，就連每座山本該都有、一般會位在隱祕角落的山神神社都沒有看到，完全就像是個原始森林。

狐音在手機上認認眞眞地查尋西山林的每個角落，然而整座山像是被一股神祕的朦朧籠罩著一樣，皆是一片白茫茫的濃霧，尤其是山腰部分，白霧更爲密集。

地圖顯示，西山林山腰的某個指定位置常年起霧，風吹不散、雨打不掉，在狐音眼中看來，濃霧的存在，似乎是有意要隱藏著森林裡某個不爲人知的祕密。

或許，狐音只能親自探入、親自用肉眼才能看見那濃霧背後裡的眞相。

深夜、山林，微雨、涼風，氣溫驟降，狐音拿起手機一看，氣溫只有九度。

狐音穿了件白色的防寒風衣，手裡握著一盞防水手提燈，戴著口罩、背著背包，裡面簡單地塞了幾個不使用靈力也能操作的防身法器及必備物品，把自己包得嚴嚴實實的，一切準備就緒後，他終於踏出第一步，走進西山林裡。

狐音並不是有意要瞞著家人，他只是想先把事情簡單查清楚後再做定斷。

至於報警……報警無用啊。

無論是從多有名的靈能師身上獲得的情報，在司法制度上依舊是不成立的。

他總不能和警察說，城市裡的男性失蹤案是因爲有鬼魂干擾，拐走男人們拖到郊外的西山林裡藏著了？簡直就是笑話。

無憑無證怎麼報警？萬一是誤報呢？那他不得成爲全演藝圈裡，第一個給警方謊報情報而妨礙司法公正的劣質藝人了？

狐音才不會這麼幹。

雖然這事在狐音眼裡已經是斬釘截鐵的眞相了，但他個人認爲，警方是不可能會相信這天方夜譚的話。

而且，他也不希望因爲鬼童的事件，把姐姐和弟弟都牽連進來。

所以他就打算先來看看。

他只是看看，不使用靈力、不除鬼、不驅魂、不插手……總算可以吧？

嗯，可以的。

狐音一邊無奈地自我安慰，一邊像個提著燈籠的螢火蟲一樣，在幽暗中照耀著一點光明小路，然而他走了十來分鐘，周圍都沒有出現過一絲活物的氣息，西山林除了霧氣濃重之外，什麼也沒有。

每個山林都該會有山神守護獸，可狐音從上山開始便一直找不到祂的蹤影，山泉受瘴氣汙染、河水乾枯乾涸，萬物寂靜，生靈消失無蹤。

沒野獸低鳴，沒蟲子鳴叫，狐音進入山林後，沒風、沒雨，無月、無光。

就連鬼影子都沒從他眼角撇過。

對。

連鬼都沒有！

這可有趣了。

西山林裡究竟住著了什麼可怕的東西，可怕得連鬼魂都不願意在此逗留？

人分三六九等，鬼自然也有分等。

鬼分六等，灰、白、黃、黑、紅、青，這是各鬼魂半透明的魂魄中，會淡淡呈現出來的靈體顏色。

一級灰心，投胎鬼；二級白衫，新魂魄；三級黃頁，哀怨魂；四級黑影，替死鬼；五級紅衣，赤厲鬼……而在魂魄顏色等級最高的，莫過於六級青顏——攝青鬼。

攝青鬼是鬼氣、怨氣最高者，能吸人的靈氣、陽壽，且能下怨咒、施幻術；通人語、知事物，法力高者甚至還可化成人身蠱惑人心，控制人腦只是前菜，它亦可在日間現身，移動物品以達其目的。

攝青鬼是人不能惹，鬼不敢靠，就連靈能師也難以收服的鬼。

狐音走到一棵老樹邊停下歇息，抬起手錶一看，徒步上山走了快半個小時，依照也許不怎麼準確的山路提示，他估算再走半個小時左右，就會到達山腰了。

狐音猜測這山裡，可能住著一隻攝青鬼，鬼齡不明、形態不明、性別不明。

先不管攝青鬼是不是他夢裡出現的那隻鬼童，反正這山裡，就是有住著一隻青色的鬼。

狐音難得少見地感到後悔了，他或許應該叫上阿姐和阿妙。

一般攝青鬼的怨氣度和白家貓魂不分伯仲……是的，白家那隻貓魂也屬於青顏等級，以他現在受束縛的靈力，就連應付紅衣鬼都是個問題，更何況是要他正面去對付那隻青色的鬼魂呢？

天冷瘴氣重，狐音脫下口罩、喝了口水，覺得有點喘不過氣來，索性坐在老樹盤根上休息一下，他原是在想著接下來該怎麼辦，卻冷不防被身後伸來的一隻大手，啪的一聲重重搭在他肩膀上面。

狐音本來就在神遊，肩上突然出現的觸感讓他頓時如冰水灌溉，說不上是被嚇得失魂落魄，但還是讓他感到一身雞皮疙瘩，反應極快的正想要撐起身體，下一秒腦袋上就被某股力量狠狠的敲了一記，叩的一陣疼痛，讓他頓時眼冒金星。

「臭小子！」

那是一道好聽的女音。

好聽、冷豔，還略顯霸氣，是他不久前才聽過的聲音。

雖然腦袋被敲得嗡嗡響，但狐音忐忑不安的心卻是突然安定下來了。

狐大小姐氣鼓鼓地從老樹後面冒出頭，繞到捂著額頭、低聲悶哼的靈能師面前，她身上穿著一件淺藍色仙氣飄飄的半長裙子，上半身則是加厚款的旗袍長袖衣，簡單的配搭件毛茸茸的短披風和平底靴子，雙手交叉、托著胸前兩坨胸器之餘，她臉蛋上露出的憤怒表情，卻是堪比魔鬼般的凶悍恐怖。

「阿姐，妳聽我狡辯啊不是，妳聽我解釋……」

「我和你說過什麼？現在我是管不了你這當家人了是吧？翅膀硬了對吧？！」

狐大小姐天生愛漂亮，尤其喜歡打理頭髮，平時整齊的盤髮上面永遠都會戴上漂漂亮亮的髮飾、髮釵。而此刻爲了方便步行上山，狐靈卸掉了所有漂亮的髮飾，簡單地用髮帶將烏黑健康的長髮紮出一條高馬尾。

那隻搭在狐音肩膀上的大手緩緩鬆開，狐妙一臉無奈地從後面鑽了出來，一屁股坐在狐音的旁邊加入被狐靈說教行列，他略顯委屈的擦擦鼻子，仔細一看，挺拔的鼻尖上面還沾上一點褐土。

「哥，都怪你，害我也被阿姐揍了。」

狐妙委屈地抱著自己的膝蓋，把下巴墊在上面嘟嘟囔囔，然後伸出手指指了指自己的銀色頭髮做暗示。狐音見狀，伸手擦掉弟弟鼻梁上的泥土後摸摸他的腦袋，上面果然腫了一個包……同樣是狐靈姐姐下得手。

狐音大半夜「離家出走」後，狐靈就揪住銀狐狸的頭毛和耳朵嚴刑逼供，先是問出了他早上在迴廊上替哥哥做了個憑物尋人，隨後再來一個大刑侍候，又成功探出了狐音或許、可能、應該要到西山林尋人的線索。

為了那令人頭疼的狐爺安全，兩姐弟也只能大晚上馬不停蹄地趕來了。

狐妙後悔了，他就不該相信哥哥對他說過的承諾。

他忘了狐當家人就像一隻狐狸，狡猾得很。

「抱歉啊，我也沒辦法……」

看著露出楚楚可憐表情的弟弟，狐音哭笑不得，總覺得弟弟人是長大了，可個性還是像小時候一樣，特別孩子氣。

「言歸正傳。」狐靈氣也氣過了，打也打過了，深深吸氣後反被瘴氣嗆了一口，用手背捂著鼻嘴淺淺咳嗽幾聲，繼續審問，「阿音，你老實告訴我，你到底要幹什麼？」

「嗯，其實……」

狐音揉了揉自己的腦袋，貼心地從背包裡抽出口罩遞給狐靈、狐妙，抬起那雙嫵媚的桃花眼，眼神裡那股憂心忡忡與不安的神情早已消失不見。

事到如今，狐音沒必要隱瞞了。

他夢境中的鬼童、市內失蹤案件、應龍楊龍溪、廢棄鬼樓、西山林、攝青鬼……所有的一切，他都必須從實招出。

「啊，所以說，楊龍溪就是應龍哥嗎？」

一盞燈，變成了三盞。

三盞燈，加上一團帶路的鬼火。

西山林坑坑窪窪的山路上，只有四團會放光的明火堪堪照耀腳下泥路，筆直地前往山腰，尋找傳說中的鬼樓與失蹤者們。

聽過靈能師所發生的事情經過與懷疑的疑點後，狐音的一人行就變成了三人行，準確來說，是三人行，加一隻幽魂的鬼火。

「哥啊……你早說是應龍哥的事，我絕對會幫你，我也算是應龍哥的粉絲呢，我特別喜歡他的舞蹈。」

狐妙提著手提燈走在前方，抬手撥開擋在他前面的幾根扎人樹枝，他這時才知道白天幫哥哥憑物尋人的主角原來就是百神團的成員之一。

「你不應該是你哥的粉絲才對嗎？」

「但我覺得他比你好看多了，酷帥酷帥的，腿比你長、身材又好，也不知道爲什麼你的人氣比他高……你的粉絲瞎了眼。」

「夠了夠了，求你閉嘴。」

狐音走在後頭，不禁對狐妙的後腦勺翻了個白眼，這話他聽著特別難受，明明他就是個偶像歌手，而且還是同一個團隊，怎麼弟弟還成爲他的頭號黑粉了？

「哎喲……你們別扯這些有的沒的。」狐靈本就不追星，無法理解追星族和明星本人之間的瓜葛，走在最尾端的她不禁開口打斷了兩個弟弟的拌嘴，「我們還要走多久呀？」

咒術師本來就不擅長體力活，一開工就要她爬一個多小時的顛簸夜山路，狐靈終於忍不住抱怨了。若不是爲了狐音的執著，怕他魯莽行動會發生什麼意外，她才不願意大半夜的不睡覺跑來這山林裡和鬼魂打交道呢。

熬夜可是女人的天敵啊！天敵！

「所以我才讓妳別跟來了。」

「你說什麼？」

「沒說什麼。」

狐音調整好口罩，順手幫狐靈提背包時不由得小聲嘟囔著，然而他明明是吐槽，此刻卻說得毫無殺傷力，在狐靈的質問下來更是直接秒退縮，不敢說話。

「阿姐妳再堅持一下，我想應該差不多到山腰了。」

狐妙本來體魄就強，有武力，運動能力和體術極佳，體力倒是三人行中最好的，走了那麼長的山路大氣都不喘一口，面不改色、遊刃有餘地走在帶領鬼火的後面，深邃的眼眸直看著手上的羅盤。

這鬼火，是通靈師妙先生招出來強行帶路的鬼魂，本身不屬於任何鬼氣的顏色，純透明甚至無形態的靈體一般歸類為遊魂野鬼。

狐音微微打量眼前的鬼魂靈體，目測對方逝世時是個不滿十八歲的小男孩，年紀輕輕卻成了無主孤魂，應該生前就是個孤兒，最後被妙先生收留放在養魂的玻璃珠子裡，細心養成的聽話的乖孩子。

鬼火被狐妙招喚出來時，是哭著。

它稀里嘩啦、嚎啕大哭，嗷嗷哭得淒慘，聽得狐音眞忍不住想把它當場收了，反正小鬼火鬧彆扭的原因不過就是死活不願意帶路，死活不願意出現在西山林。

而依照鬼火鬼魂的反應，狐音就更加篤定，西山林果然有問題。

最後鬼火是在狐妙的威脅下妥協了。

妙先生看似個性隨意、雅痞，但骨子裡其實也是個狠角色……是會面帶溫柔無害的笑容，在背後卻會狠狠給你致命一擊的那種狠角色。

通靈師一手揪著鬼火指腹般大的玻璃珠子（家），說什麼若它不願意帶路尋找山腰鬼樓，他就馬上把珠子砸爛，並且將它當場放生在西山林裡。

小鬼火一聽，慌了。

它哪願意啊，它本身就是個無主之魂，無家可歸、無處可去，法力又是個弱雞級別，現在在妙先生這裡好吃、好住、好睡，還不受欺負，是鬼都不願意離開啊。

所以，年輕鬼魂就這樣提著一盞大紅色的燈籠，裡頭燃燒著一團沒任何溫度的藍色鬼火，強行打頭陣率先帶路了。

鬼與鬼的感應最強，所以尋找所謂的山腰鬼樓，鬼魂比手機導航來得還要準確，鬼本身就是個零失誤的最佳導航工具啊——對狐妙來說。

三人隨著一盞鬼火越走越向上，在迷霧中砥礪前行，走了多久時間，狐音具體也記不清了，他抬起眼眸歪過頭，越過狐妙與鬼火的明亮，前方依舊只有濃厚的迷霧與模糊。

直到鬼火突然停了下來，不再繼續前進，透明的腦袋微微一歪，提著的冷燈籠轉了個方向，面向西方，而白霧茫茫中隱隱出現的，是一道分叉路口。

這是一道比山路更小更窄的捷徑小路口，盡頭裡究竟有什麼東西，依舊撲朔迷離。

「進去看看。」

「等等。」

「等等。」

阻止狐音進入分叉口的聲音有兩個。

狐音的靈力受到眉間朱砂一點紅的限制，沒能與往前一樣，準確且靈敏地察覺到周圍出現的任何氣息，可偏偏卻又是三人行中最獨斷獨行的，他習慣成自然地就想筆直衝入鬼巢，然後被兩姐弟阻止了。

「我走前面。」

「我繼續斷後。」

狐家大姐、小弟也相當有默契，兩人一左一右的拉住他的胳膊。狐妙顯然不打算讓狐音當先鋒打頭陣，強行把哥哥拉到中間，護在最安全的位置，然後各自在腰間繫上一條安全繩防走丟，妙先生與小鬼火首當其衝，狐大小姐做斷後。

他堂堂一個狐家當家，狐面狐爺，本該是靈力最高、能力最強、天不怕地不怕、牛鬼蛇神都不怕的著名靈能師，此刻居然成為了最需要保護的可憐寶寶。

哈哈……很好笑，也很彆扭，然而，狐音卻不怎麼能笑得出來。

分叉路裡的霧霾比山路更為嚴重，路線只有一條，但他們跟著鬼燈籠兜兜轉轉地不曉得轉了多少個彎，狐音感覺自己是掉入了濃密白霧的迷宮裡，濃得是伸手不見五指。

要不是腰間上的繩子還安全繫著、鬼火的燈籠還亮在前端，三人行若一走散，恐怕凶多吉少了。

「……路變順了。」

三人在分叉路裡瞎子摸象般走了大概十幾分鐘，環境開始變得有些明亮，柔柔月光穿入林子、打入葉縫，零零散散地開出一條條清冷的月光之柱，照耀著腳下的石泥路。

「……阿音。」狐靈原本走得有點精疲力竭的，意識走神一會後，下一秒突然拉住狐音的胳膊，用力一捏，「有東西，不怎麼好的東西。」

狐音眉頭一皺，嗯的一聲扭頭回應狐靈，狐靈只是微微抬起眼眸，用眼神示意面前十一點鐘方向。

確實有東西——具體是什麼，他們尚未了解，但那卻是能把小鬼火嚇壞的東西。

一路走來原本還好好的，帶領的鬼火卻突然受驚般的尖叫一聲，刺耳的鬼音瞬間劃破樹林裡沉靜已久的寂靜，頓時颳起一道模糊白霧的山谷寒風，吹得整片大樹林沙沙作響，樹葉枯葉亂舞極速飄遠。

鬼火的突發情況，冷不防把走在後頭的三姐弟嚇得當場懵住了。

「回來！」

狐音下意識捂住了差點被鬼嚎聲貫穿耳膜的耳朵，剛抬起頭想要一看究竟，只見狐妙對著驚慌失措的鬼火嚴厲一喝，打了個手勢召回靈體入珠歸家，一股藍色的火苗咻的一下，迫不及待地歸回玻璃珠子裡面，小珠子不斷閃爍著暗藍色的柔光，越閃越弱，直到光線消失不見。

玻璃珠子的光線消失後，陣風也停止了。

樹林葉子互相摩擦的沙沙聲還在，狐音的髮絲上面還不小心掛上了不少沙土和枯葉，他抬起手指把枯葉取下，晃眼間，小路上只剩下三盞燈。

「孩子受驚嚇了。」

「嗯……」

狐音對狐妙說的話並不是疑問句。

小鬼火出現異常，就表示前面有著什麼能讓小鬼魂退避三舍的東西。

一陣詭異的陣風之後，路變順了，也變亮了。

迷霧開始散了，視覺也恢復了。

三人在鬼火帶領之下順利穿過白霧迷宮，長時間的白霧濛眼讓狐音不禁揉了揉眼睛，等視覺完全適應環境後仔細一看，出現在他們眼簾下的，是一座高達二十多層樓的破爛大樓。

他們已經到達了山腰，那個常年泛霧、連衛星儀器都掃描不了的詭異地帶；出現在他們眼前的，是個慘遭廢棄的建築物，也是天狐夢境中所見的鬼樓。

鬼樓深埋在隱祕的角落，紮根於此，多年不移，大樓每一片牆上都長滿陳年血跡般的紅苔蘚，通風暴露在空氣的石階樓梯，整體看似搖搖欲墜，卻又屹立不倒。

它或許曾經風光，也或許建立終止至今依從未見過人世，只能成為被人類拋棄的一堆廢瓦窯，常年在濃厚白霧與潮濕不透光的西山林裡苟延殘喘。

狐音的目光在廢樓上停留不久，反而是那高大的建築物底下站著的一個男人深深吸引了他的注意力，他的桃花眼微微瞇起，定睛一看，確實沒看錯。

鬼樓下，站著一個人。

那個他正在尋找的男人，亦是，出現在他夢境中的那個人。

應龍就在站鬼樓的前面。

狐家三姐弟見狀，紛紛只站在原地，在還沒了解狀況之前，誰都不敢輕舉妄動……這是他們狐氏家族代代相承下來的警惕之心。

彼此的距離與分叉路口僅有十尺之遠，應龍身穿一身米色的風衣外套，暗紅的髮色在月光照耀下顯得更為顯眼，魁梧的背影對著他們，眼神略顯呆滯迷離，似乎還沒發現他人的存在，他微微昂起頭、看著廢樓的最高樓層，感覺脖子也不怎麼覺得痠疼，一直保持這個姿勢痴痴地望著高樓，一秒都沒動過。

天狐沒有去打斷應龍的聚神，順著對方瞭望的方向抬眸看去，鬼樓的最高樓層、破敗不堪且無欄杆的露天天臺位置，上面來來回回飄蕩著一隻綠色形體的鬼魂。

那是一隻鬼童，應該與他在透視夢中遇見的鬼魂是同一隻。

鬼男童的年紀很小，大約才七至八歲左右，看樣子鬼齡應該也不長，年紀小小的，怨氣居然如此深重。

鬼童怨氣與鬼氣沖天，靈能師聞著感覺刺鼻難忍，血腥略帶一點黏糊糊的濕氣噁心氣味覆蓋了整座建築物，甚至是整個西山林，怨氣過重以致山林裡生靈塗炭，無法生存。

動物活不了，鬼魂待不了，就連山主靈獸都棄山離開，而它在人間的這段時間裡，修煉成爲了鬼界等級最高的攝青鬼。

鬼童怨恨過重，當中必有問題，或執念糾纏，或思念成魔；或含冤受屈，或大仇未報。

攝青鬼的誕生，事出必有因。

「龍哥的靈魂不見了。」

狐靈和狐妙似乎沒有察覺到天臺上的鬼童，通靈師狐妙全程都在觀察著應龍身上的狀況，他壓低聲音小聲說著，隨後解開三人的安全繩，緩緩蹲下身子，從背包裡抽出一支招魂蟠和一道黃符。

「嗯，靈魂飄上去了。」

狐靈也發現了男人的異狀，漂亮的大眼睛直勾勾看著應龍純白色的靈魂緩緩地飄升，她收回視線後，發現通靈師已經開始準備作法招魂，而另一個無法使用靈力的弟弟卻還在原地僵硬地看著樓頂，呆若木雞。

「哥哥，哥哥。」

鬼童在樓頂上施施然地飄蕩著，稚嫩卻腐敗的臉蛋上露出詭異的笑容，後腦勺直達正臉的半個腦袋都沒了，發黑發臭的腦漿緊緊黏在臉龐上，單一隻空蕩蕩的黑眼珠子凶神惡煞地直盯著眼前美味的靈魂，這一笑，兩邊的嘴角就逐漸裂開，特別愜意地唱著歌、喊著哥哥。

呼喚呼膩了，鬼童最後乾脆直接坐在天臺邊緣，晃著焦黑腐爛的小腳丫，腿上的綠色嫩肉一片片落下，墜落在半空中，然後消失殆盡。

「哥哥、哥哥，來玩遊戲嗎？」

「我們開始玩遊戲吧？」

隨著鬼童鬼魅的歌聲與召喚，那是一曲奪魂歌，憑著歌聲愣是把高樓下男人的靈魂抽出肉體，鬼歌越唱越響，靈魂就越飄越高，然後它張開小手準備迎接著新鮮靈魂的到來，似乎打算要把男人的靈魂吃下肚子裡，減其陽壽、摧其魂魄。

狐音初次、也是人生第一次，眼睜睜地看著鬼魂在他面前明目張膽地抽離人類靈魂，而作爲靈能師的自己卻只能呆呆地站在原地，束手無策。

因此，他只能破天荒地朝著通靈師求助了。

「阿妙，快！龍哥的靈魂……」

狐音承認，他愣了好長的時間才緩過神來，眼神還停留在緩緩上升的靈魂上面，習慣性抬起手想要拍拍本該站在他身邊的弟弟，卻猛然撲個空，只聞到一股熟悉的黃符燃燒味。

「公子姓楊名龍溪，生於壬申年四月廿二……」

沒有等哥哥的催促，狐妙半跪在地上，兩根手指夾住一道綠色狐火燃燒的黃符，嘴裡念念有詞地念著白天得到的生辰八字，兩指一揮將黃符拋在空中，雙手合十，啪的一聲拍熄燃燒成灰燼的火光。

插在地面上的招魂蟠開始無風自動，蟠布上面繫著的鈴鐺聲清脆響起，越搖越響亮，鈴聲與黃符的一縷煙絲氤氳在一起，形成了一根朦朧的觸手。

「魂速歸來。」

招魂師一道命令下旨，觸手就像擁有生命般火速衝向鬼樓上方，此時應龍的靈魂差一步之遙就達到了天臺，鬼童小心翼翼地伸出小手，想要抓住白色靈魂的那條手臂。

眼看狐妙的招魂觸手趕不及拉住靈魂，狐音頓時急了，顧不上自己正在守戒的禁忌，迅速蹲下身，伸出一隻手搭在狐妙的肩膀上，另一隻手同樣立起兩指，打算注入自己的靈力來加強狐妙的招魂速度。

不能讓它抓到靈魂！

活人的靈魂一旦被鬼魂抓住，而通靈師的招魂觸手恰好去反扯，只會讓其靈魂慘遭嚴重撕裂。

到時別說是招魂歸體了，被撕裂後的缺陷靈魂即便回來了，人最後能不能醒過來還是個未知數，後果絕對不堪設想。

所以，他必須要快！

要比鬼童抓魂來得更快！

「？！」

狐妙瞬間明白狐音的想法，想要甩開肩膀上那隻想要給他注入靈力的手，卻又無奈作法中騰不出時間來阻止哥哥這一意孤行的衝動。

就在靈能師開始注入靈力的剎那間，破戒自爆的灼熱與窒息感頓時泛起，狐音倒吸一口氣，靈力還沒完全冒出，背後卻突然出現一股蠻力狠狠地把他推到在地上，終止了他胸口突然出現的悶與疼。

靈能師被推倒在地悶哼一聲，右手脫離了搭人肩膀的接觸，一點兒的靈力從指間上流出，化成一滴水藍色的乾淨靈水珠子，最後啪的一聲，如泡沫般瞬間破裂。

用暴力推開狐音後，咒術師狠狠瞪了一眼不聽話的小狐狸，她修長手指夾住的一道黃符早已被火速派遣去支援，白煙觸手與封印黃符同一時間到達天臺。

而此刻，鬼童已經抓住了靈魂的手腕，想要往自己的懷裡拉去。

「退！」

狐靈的黃符刷的一下定在了鬼童的面前，猛然炸開形成一片透著強光的法陣，黃符的驅趕光線瞬間逼退了鬼魂抓人的舉動，被退魔法陣的強光燙出了一陣刺耳的哀號聲，然後火速往天臺更裡面鑽了進去，晃眼間頓時不見蹤影。

「歸！」

鬼童赫然鬆手，狐妙看準時機，觸手便趁機一把拉住靈魂的腳踝，用力一扯，直接將靈魂迅速從二十多層高樓上拉了回來。

靈魂回歸的速度很快，狐音還沒從被沙土、石頭弄痛的感覺中回過神，半個身子只用一條胳膊來支勉強撐著，剛抬起視線，就看見白煙觸手把應龍的靈魂拉了回來，咻的穿過了肉體，把靈魂送回了空蕩蕩的軀體之中。

靈魂回歸的那瞬間，應龍原本呆滯看著上方的眼神突然一黑、雙腿一軟、身體頓時乏力落下，撲通的一聲直接昏倒在地上。

「龍……」

「狐音！」

「阿音！」

狐音沒時間去檢查自己哪裡被撞疼了，他從地上爬起來，下一秒就準備走向前去查看應龍的狀況，這龍字脫口而出哥字還沒追上，他就突然被兩個怒氣衝天的男女之音直接呼喚其名，吼得狐音雙腿不得不僵硬起來，硬生生被囚在了原地。

狐音差點破戒使用靈力，他自知理虧，難得愧疚地緩緩扭過頭，對上了姐弟倆那副同款氣得不輕的憤怒臉龐。

「哥，你剛剛想幹什麼？嫌命長不要命了？」

「啊……嗯，不是，一時衝動，下次不會了。我保證。」

「你的保證有什麼用，我不會再相信你了！一次是這樣、兩次也是這樣，你就不能爲自己的處境好好想想嗎？衝動衝動……衝完後你就真的涼涼地動都動不了了！」

「你冷靜點阿妙，我覺得人與人之間還是可以多一點信任的。」

狐音是第一次被狐妙罵，還是被罵得狗血淋頭卻無可辯駁的那種。

平時他的弟弟啊，多溫順，特別尊敬他又聽他的話，頂著一頭軟綿綿的銀髮在他屁股後面哥哥、哥哥地叫，乖巧得像一隻小綿羊似的。

可沒想到啊，小綿羊終歸也是一頭羊，一旦發起脾氣來，用尖銳的硬角朝他胸口用力一頂一撞一衝擊，最終還是會被頂得個身受重傷的。

天臺上的鬼童消失了。

歌聲沒了，呼喚聲沒了，就連鬼氣與怨氣等氣息也一併隱藏了起來，它繼續把自己藏在鬼樓裡，狡猾得很，比狐音來得還要狡猾又奸詐。

但唯一確定的是，它還在這裡，只是不知道躲在了哪間破爛的房間之中。

「……阿妙，你去看那人有沒有事。阿音，你給我過來。」

狐靈也不想罵人了，黑著一張臉把狐音喊到身邊，然後她打開背包抽出封印用的朱砂和毛筆，於是，狐音眉間的朱砂紅又加深了一筆，這是狐靈給他點上加重的一道封印。

應龍的靈魂剛回歸，整個人都還是虛脫的，靈魂被逼出竅太長時間，就連風衣下的皮膚都是涼的，被狐妙緩緩扶起來時全身都軟綿綿的。

由於被狐靈加強了壓制靈力的封印，狐音頓時感覺自己對外界鬼氣的感知又被限制了不少，原本剛才還能勉強探知鬼氣氣息，現在就是那種——不聚神、不專注就感覺不到的程度。

摸不著鬼氣、探不了怨氣，這不是要了靈能師的命嗎？狐面狐爺這塊招牌都能砸掉了。

狐音在內心默默吐槽，拍拍剛剛身上不小心沾上的沙土，走到高樓之下擋在應龍面前，昂起頭一看，天臺的那隻鬼童已經消失不見了。

可，他還是能聽見它的聲音。

稚嫩又模糊的聲音，就這樣朦朦朧朧、隱隱約約地迴蕩在遼闊空蕩的漏風鬼樓之中，產生的回音穿過每一間破敗不堪的房間，穿出整棟建築物，傳進靈能師那對鬼音極為敏銳的耳朵裡。

「你們也要玩遊戲嗎？」

「好呀，來玩吧。」

「哥哥們，我們一起來玩吧？」

「哥哥。」

「哥哥。」

「哥哥……」

隨著鬼童飄蕩空中的聲音響起，倒在狐妙懷裡的應龍像是對鬼音呼喚產生了反應，忽然猛地一下張開了眼睛，目光呆滯地看著狐妙的下顎骨，神情懵懵懂懂的，似乎還沒完全回過神來。

「有夠執著的，所以是有多喜歡哥哥啊？」

狐音昂頭的姿勢沒有收回，只是用那僅有一丁點靈力的桃花天眼掃著整棟鬼樓，先稍微了解一下地形。

「確實，他嘟嘟囔囔的，到底是想玩什麼遊戲呢？」

狐妙顯然也聽見了鬼童的執念，見懷中的應龍緩緩甦醒過來，連忙給他餵了一口礦泉水。

「嗯？」聽著兩個弟弟的談話，狐靈眉頭一皺，收回道具走到狐音的身邊，一頭霧水，「你們在說什麼？什麼遊戲？什麼哥哥？」

「？」

「？」

狐靈此話一出，輪到狐家兩兄弟傻住了。

「阿姐，妳沒聽見嗎？鬼童的奪魂曲，從剛才到現在一直都有呢。」

「沒啊，什麼聲音？就連風聲都沒有。」

這就奇怪了。

狐音原本以爲，在場的狐家三姐弟、以及被攝青鬼誘拐過來的應龍，大家都能聽見鬼童索命般招魂奪命的聲音才是。

可顯然並不是如此。

狐靈根本就沒有對鬼童的呼喚聲有所反應，她甚至沒有聽見不屬於人類的一絲聲音。

狐妙能聽見鬼魂的聲音，應龍也會對鬼童的奪魂曲產生反應，而偏偏作爲咒術師、擁有靈力的狐家大小姐，居然沒有一絲的感應。

狐音判斷，鬼童的呼喚聲，只對「哥哥」，也就是只對男性有效，換言之，只有男性能聽見鬼童的聲音。

「龍哥。」

狐音走到感覺還有點暈眩的隊友身邊，蹲下身拍拍對方的臉頰，不斷喚醒對方還沒平復過來的靈魂。

「龍哥，龍哥你清醒點，你還記得自己是怎麼來到這裡的嗎？」

「……這裡是哪裡？」

「西山林，你還記得事情的經過嗎？」

「……」

應龍的感覺還是很迷茫，他微微張開嘴巴，卻欲言又止，恍惚的眼神中摻雜著一陣奇妙的情感，緩緩望向天臺……即鬼童剛剛所在的位置。

狐音直勾勾地看著他的眼睛，看著男人此刻內心深處的情緒變化，狐音說不上那是個怎麼樣的神情——呆滯中的哀怨、迷茫中的不捨、冷冽中的溫柔、悲憤中的抑鬱，但更多的是憐憫與心疼。

為什麼？

為什麼應龍會對鬼童露出此般的眼神和表情？

難道說西山林鬼樓中的攝青鬼鬼童，和楊龍溪有著不可切割的關係？

「……我、我好像聽見了歌聲。」

應龍坐在石地上醞釀情緒醞釀了好久，多虧狐家三姐弟擁有足夠的耐心讓對方好好緩緩，一陣漫長的沉思後，男人這才吞吞吐吐地開口說話，努力回想起當時的情況。

「這幾天向公司請假，原本打算要乘電車回老家一趟，過程是怎麼樣……我其實記不太清楚了。我順利上了電車，太睏了想說睇一會，卻模模糊糊地聽到有小孩在我耳邊唱歌，一直在我耳邊唱了好久好久，聽得人就變得好睏，然後……」

然後，我就在這裡了。

應龍一段簡單的回想經過說得斷斷續續的，但這沒有太大的影響，狐音能大概猜到事情的結尾。

「目標之一啊……」

狐妙也猜到了大概，鬼童的目標明確，從第一個失蹤者開始，想要的一直都只是男性，而且全都是不超過三十歲的哥哥們。

「龍哥，那鬼童……您可認識？」

「……」

聽見狐妙的發問，應龍明顯微微一愣，又再次陷入了沉默，緊緊閉著嘴巴、別過臉不說話，眼神停留在撐住地面的指尖上。

應龍對鬼童有著不一般的憐惜與情感，而鬼童，何嘗不是對應龍同樣有著不一般的感情？

從剛剛在天臺上，鬼童對應龍露出的那股凶神惡煞的氣息、以及做出了毫不留情地索魂吞靈舉動來看，鬼童對應龍的憎惡，或許比對前二十九名失蹤男性來得還要強。

鬼童之所以會化成攝青鬼，主要原因莫過於對世間、對某事、對某人的執著與執拗達到了怨恨憎惡的程度，以致不願放下仇恨投胎升天，自願留在世間執念成魔，永不超生。

它恨吶，恨得那叫一個恨之入骨。

那問題來了。

究竟是誰、是什麼事，導致鬼童自願放棄超生，遺留在早已不屬於自己的凡間被怨恨纏身，成爲了駭人聽聞的攝青鬼呢？

看著隊友的態度，狐音實在是不明白，應龍爲什麼任何問題都能回答，偏偏卻對此問題選擇避而不答。

爲什麼要逃避問題？你和鬼童，究竟有著什麼瓜葛？

「它是你親人嗎？」

狐靈眼眸深邃，表情相當平靜，冷冽的眼神如嫵媚又勾人心弦的狐狸精般，探索著男人的內心深處，勾出他心裡的腹誹、勾出他多年埋在心裡，已經蒙塵的不堪回憶。

狐靈一語落下，應龍明顯慌了。

「……他……我、那個……」

「它是你弟弟嗎？」

「……不是，我……」

「不，它就是你弟弟。」

狐狸擅長透視人心，人心所想、人心所念、人心所願。

看著男人被一語道破心中埋藏的祕密而慌張慌亂，狐靈原本只是猜想，可如今她確定自己接近現實的眞相了。

「是你弟弟，是被你害死的親弟弟。」

狐靈話剛落下，不曉得她是哪個字戳中了鬼童的痛處，狐音只感覺腳下忽然地動山搖，一股神祕的力量猛然撲面而來，劇烈的鬼氣如死了成千上萬的腐屍海般，對現場的三個男人發出一股猛烈的衝擊力。

誰也意料不到鬼童突然的襲擊，誰也無法瞬間躲避鬼氣的突擊，除了現場唯一的女性──狐大小姐。

「阿音！阿妙！」

鬼氣並沒有攻擊狐大小姐，完完全全地避開女性，直衝在場的三個男性，狐靈慌張吶喊的聲音，傳入在狐音的耳中時早已變得模糊不清。

鬼氣襲擊的剎那，狐音只感覺到全身骨頭頓時發寒疼痛，冰冷又惡臭的鬼氣壓力瞬間壓垮了狐音最後一根理智線，眼前一片眼花繚亂、天旋地轉，他的視線啪的一下進入黑屏直接死機，身體一軟失去支力，瞬間側倒昏在沙石土地上面。

跟隨著靈能師一起倒地不起的，還有應龍，以及弟弟狐妙。

「哥哥們，來玩吧。」

「陪我玩遊戲吧？」

「我贏了怎麼辦？」

「我贏了的話……就罰你們永遠都要陪我玩。」

「永遠。」

「永遠。」

狐音又墜入了夢境之中。

嗯……準確來說，這不是他的夢境。

鬼氣來襲，把他的靈魂弄到了鬼童的幻境之中。

那裡不再是朦朦朧朧白茫茫的一片虛無之地，待他緩過神來時，能很明確地知道，自己此刻就在鬼樓裡面。

但這次他沒敢再使用控夢之術。

他可不想就這樣引火自焚、自爆軀體。

狐音眉間心上的朱砂在幽暗的廢樓內發出微微紅色柔光，無時無刻都在暗示提醒著靈能師不能隨意動用靈力，他自然也唯有聽從咒術師的旨意。

深吸一口氣保持冷靜，狐音鎮定自若地先環顧四周，周圍採光不好，暗得不太自然，有月但無光，鬼樓內的敗壞程度比從外面看來還要嚴重，不管是頭上頂著的、還是腳下踩著的，混凝土彷彿隨時都會爆開的龜裂，紅苔蘚造成的黑點汙垢比外層還多、濕氣潮氣瘴氣比室外都重。

靈能師在同一樓層四處蕩了一圈，走到通往不知是第幾樓的樓梯間，恍然發現樓梯上還破好大的洞，狐音注意到時險險剎住腳步，這才沒有失足踩空。

小心翼翼站在洞口邊緣，狐音低下眼眸探頭看去，那遭到破損的大洞一筆貫下直穿四個樓層，破洞盡頭最底下的地板上，是一灘沉澱已久而形成的黑色痕跡。

他微微觀察著黑跡散開與濺射的程度，像是曾有某個重物……或是活物從這邊的洞口筆直墜落而下，重重落地，物體瞬間炸開四濺，猶如一朵黑色水蓮花般，點點滴滴地濺到底層地板的每個角落。

想必當年這裡是發生了什麼事吧？

「孩子，別藏了，咱們出來聊聊？」

知道鬼童把他弄到幻境裡頭定有目的，狐音靈力受限，無法準確探知攝青鬼正確位置所在，只能重新踱回室內中央位，遠離那可怕的食人大洞。

「狐狸哥哥好厲害的樣子，果然還是靈能師比較好玩。」

狐音依舊沒能察覺鬼童躲藏的位置，稚嫩的童音模模糊糊地飄蕩在空無一物的空間裡，產生的回音略顯朦朧，像多重音般聽得狐音腦內嗡嗡作響。

「孩子，趁罪孽還沒深重，早日感悟、早日往生不好嗎？年少命殞雖爲可惜，但你早就不屬於這個世界，何必繼續貪戀人世呢？」

雖然不知道鬼童是爲了何事而執著，但狐音還是照慣例先嘗試說服鬼魂的怨念，桃花眼漫無目的地在室內每個空蕩的掃過角落，繼續放輕聲音說話。

「乖，把帶走的哥哥們都放了，我助你超度升天，好不好？」

「不好，我只想在這裡玩遊戲。」鬼童終歸還是個小孩，特別調皮、特別固執的那種，顯然不把靈能師善意的忠告放在眼裡，還擅自將狐狸哥哥拉入遊戲裡頭，「這樣吧，狐狸哥哥，我可以放人，但你必須得陪我玩一場遊戲。」

「什麼遊戲？」

這是一整天下來，鬼童強調最多次的一個關鍵字，就如狐妙剛剛對鬼魂叨嘮所糾結的一句話——玩什麼遊戲？

語畢，天狐只覺得腳下地板咻的一下快速移動，四周環境如按下了快進鍵般火速飄移，靈能師自然反應在原地晃了晃身體，恍惚後才發現自己所在的位置並沒有多大的轉移，狐音再次抬眸，他已經被鬼童移出了室內，凌空站在鬼樓外面的空中，將眼前雄偉的廢樓全數收進眼簾中。

狐音一眼望去，仔細一看，在鬼樓室內零零散散分布懸吊在各個房間中的，是城市內那二十幾位的男性失蹤者。

每個失蹤者都失去了知覺，全身軟綿綿的，被鬼力或吊或浮的支架在空氣中，乍看之下就如魔術師使用念力，讓其飄浮在空中的一具具屍體。

「這樓裡有上百間空房間，我把所有哥哥們都藏在了不同的地方，並且設下了錯位結界，若你能在卯時前把人都成功尋回，我就放他們離開。」

「就這樣？」

「嗯，就這樣～」

「……」

鬼童的聲音依舊輕飄飄的，朦朦朧朧在他耳邊幽幽響起，語氣略顯歡快，若對方不是隻攝青鬼，光聽聲音，確實是個天真爛漫的男孩嫩音。

然，狐音的一句「就這樣」脫口而出後，他卻開始遲疑不決，後知後覺發現遊戲其實並不簡單。

他冷靜下來整理思緒，不敢驀然答應鬼童所謂的遊戲。

這遊戲聽似簡單，實質並不容易，種種因素……都對他極為不利。

西山的黑暗、濃烈的瘴氣、緊逼的時間、鬼童的結界、破損的樓層、數量的房間……卯時，即凌晨五點至七點，天亮之前，狐音掐指一算，他大晚上前來西山林已經消耗了不少的時間，現在是凌晨四點半左右接近五點。

他所擁有的遊戲時間不多，必須要在兩個小時內，將分布在不同位置、不知幾樓幾層幾號房的二十九名失蹤者全數尋回，期中還要突破鬼童用來掩飾哥哥們身影的錯位結界，並且還要確保失蹤者們脫離鬼童手裡後的安全……任務確實太多了。

好麻煩。

好煩人。

狐音確實是不怎麼想玩這遊戲。

若不是他在守戒期中，靈力受限，他絕對會像以前一樣，二話不說先把眼前冥頑不靈、無法溝通的攝青鬼直接給滅了，隨後再從鬼樓裡慢慢尋回失蹤者那也不遲。

「哎喲？」

似乎能探知到靈能師不懷好意的腹誹，鬼童用著嫩嫩的聲音哎喲一聲恍然大悟，同時空中吹起一道惡臭的冷風，刺鼻的味道成功中斷了狐音的內心腹誹。

「狐狸哥哥明明是靈能師，卻不能使用靈力？」

糟了！他大意了。

這裡是鬼童造出來的幻境之地，他此刻在幻境中心裡所想的、腦補的、覺得的、想要的……鬼童全都瞭若指掌。

失去了靈力的靈能師，就和被誘拐到西山林鬼樓的平凡普通哥哥沒什麼差別了。

聽見鬼童尋到破綻般的歡樂之聲，狐音的表情和瞳孔明顯一震，下意識想要抽出背包裡備著的辟邪符卻摸了個空，這才發現他的背包早已不翼而飛。

果不其然，在鬼童驀然發現狐狸哥哥不能使用靈力後，不再顧忌狐音會發出攻擊的威脅，膽子也大了，不等靈能師反應過來，用著眞身光明正大在狐音面前閃現，不再多說廢話，伸出手就想去拽著哥哥手腕。

狐音甚至都還沒看清楚鬼魂的大概樣貌，就被那隻腐爛發臭的小手一把抓住了手腕，冰冷得刺骨的感覺頓時傳遍全身，涼得他頭皮發麻。

但冰冷的觸感，只有那一瞬間，在鬼氣觸碰到身體的剎那，靈能師鎖骨上的九尾紋身感應到襲擊而順利激發，朱砂紅的九尾靈狐發出刺眼的紅色強光，及時閃出強光擊退了鬼童與肉體的身體觸碰，然後化成一層充滿靈力的保護膜包裹住狐爺的身子。

「嘖！」

鬼童不愧是攝青鬼級別的鬼魂。

被九尾紋身強行攻擊，鬼童的魂魄並沒有化成灰燼，只是那條抓人的小手臂猛然消掉了大半截，爛肉腐肉零零碎碎地被紋身紅光炸開，脫離宿主後被冷風一吹，淹沒在濃濃的白霧裡頭。

鬼童泛著綠光的手臂被炸開與狐音潛意識抽回胳膊的動作是一致的，一炸一收回也只是一瞬的時間。

狐音的性子本來就傲，豈能容忍鬼魂對他胡作非為？他氣急敗壞地咬牙切齒，差點……差點、差點！他就要忍不住用靈力暴擊給鬼童來個一擊斃命了。

所幸，鬼童還是有危機意識。

在紋身紅光反擊、手臂被炸開的那瞬間，狐音就被攝青鬼二話不說給逐出幻境之外。

狐音被逼逐回歸現實世界、靈魂在腐臭味的狂風中凌亂飄蕩時，除了那陣能颳破耳膜的烈風之聲以外，他還能隱隱約約聽見鬼童在他耳邊說的一句話。

「還是龍溪哥哥比較疼我。」

語畢，風聲驟然停下。

空間頓時安靜下來，鴉雀無聲，萬籟俱寂。

周邊無風，耳邊無聲。

眼前無光，鼻中無味。

半晌之後，一片寧靜的黑暗中響起了一道聲音，一遍又一遍的，呼喚著他的名字……

「阿音。」

「阿音、阿音。」

「阿音，你醒醒……」

狐音靈魂剛回歸，在聽見狐靈的呼叫聲時，刷的一聲猛然張開了眼睛，下一秒便從滿是瓦礫的地面上崛地而起，然後被破碎的瓦片弄傷了手掌。

「唔……」

手掌這麼一疼，狐音便知道，他的靈魂成功從鬼童的幻術中脫險而出了。

「阿音，你的九尾紋身有反應了，是靈魂被攻擊了嗎？」

狐音靈相護體，他一手扶著有點暈的腦袋，用了大概幾秒的時間坐在地板上緩緩，沒有餘力理會狐靈在身邊給他的靈魂進行簡單淨化，微微抬起眼眸回顧四周，發現不知道什麼時候，自己早已被弄到鬼樓室內的最底層裡了。

狐音抬頭看著破爛但卻無縫的混凝土天花板，幻境中的那串通四層樓的樓梯間大洞不在，他猜測那破洞是夾在樓上其中幾層裡。

「我沒事……阿妙和龍哥呢？」

狐音花了不少時間才大概確認狀況，發現只有狐靈在他身邊，而本該在一起的應龍和狐妙此刻卻不知所蹤。

「我還沒找到他們，剛剛一陣強風襲來，你們三人就同時在我面前消失了。我進了樓，發現只有你一個人昏倒在這裡，其他人並未瞧見。」

狐靈分秒必爭，一邊替狐音淨化一邊簡潔地陳述過程，鬼童的目標一直都只是哥哥們，而不是大姐姐，所以狐靈從頭到尾都處於異常安全的領域，完全沒受到鬼童的任何一分傷害與影響。

察覺到細節後，狐音突然覺得，這孩子的目標明確，對大姐姐說不欺負就不欺負，光是喜歡欺負哥哥們，還搞性別歧視了？

——以上，是他先前的想法。

可在靈魂被逐出幻境時，鬼童在他耳邊無意中留下的一句話，成功推翻了狐音原先以為「只對哥哥們下手」的錯誤方向。

鬼童說了——龍溪哥哥。

阿姐說過，應龍是攝青鬼童的親哥哥，而依照應龍明顯的表情變化來看，應該是被狐靈一語道破真相了。

那麼鬼童的目標應該就是應龍哥。

這兩兄弟一人一鬼的，究竟有什麼瓜葛，才會導致現在這樣的局面？

「阿妙和龍哥應該就在這樓上。」

稍微了解事情開始的源頭後，狐音站了起來拍拍屁股上的沙塵，抬眸穿過漏風的牆壁一看，天色雖還是一層黑，但那被密密麻麻的樹林遮掩住的遙遠天邊，確實是開始出現微微泛白的現象。

「我上去找一圈吧，阿音你就……」

「我和妳一起去。」

狐音打斷了狐靈的安排，想到剛剛在夢中鬼童和他提過的遊戲規則，下定決心準備接受遊戲邀請，不再猶豫。

「阿姐，妳聽說，我們現在要找的不只是阿妙和龍哥……還有其他二十九名失蹤者。」

時間不多了。

他需要狐家姐弟的幫助，單憑他一個靈力受限的靈能師，是無法順利完成任務的。

這樣的話，別說是那二十九個人了，就連他們狐家兄弟或許也會死在這裡。

死在這裡，然後靈魂被鬼童拿捏在手中，永永久久、無始無終地徘徊在鬼樓之中，反反覆覆地進行攝青鬼口中的各種遊戲，升不了天，也下不了地獄。

他可不想這樣。

事到如今，他只能進行遊戲了。

他要找出二十九名失蹤者、找出狐妙、找出應龍，而且，還要找出鬼童成為攝青鬼的緣由與眞相，狐音才能準確兼有效地對症下藥，或消滅、或封印這冥頑不靈的調皮頑童。

應龍楊龍溪，就是此刻靈異案件的關鍵人物。

「這鬼童，看我怎麼收拾他。」

狐妙差點就回不來了。

他雖為狐家的通靈師，但修為和靈力一直遠不如親哥哥，除了通靈招魂的能力比狐音更勝一籌之外，其實很多滅鬼、消災、淨化等法事都處於半桶水狀態。

所以，狐妙在進入鬼童的幻術之中時，是費了九牛二虎之力，好不容易才把自己的靈魂給拖回來的。

而且，還是靠他家小鬼火幫忙的。

鬼童並沒有出現在他的幻境中。

當時，等狐妙在矇矇朧朧中睜開眼睛後，就已經發現自己是靈魂出竅的情況。他能確定的是，他的靈魂是被鬼童硬生生給抽出來的。

此刻輕飄飄的魂魄被困在一間充滿霉氣的幽暗房間裡，狐妙半透明狀的四肢與腰間被一條無形的繩索緊緊捆住飄蕩在空中，靈魂雖處於無重力狀況，但身體確實是動彈不得，無論他怎麼掙扎，都掙不脫透明力量的束縛。

這攝青鬼不是一般的難纏啊！他得馬上靈魂回竅才行，不然誰能預想到鬼童會對他的肉體做什麼事。

「……小火，小鬼火。」

掙扎片刻無果，狐妙實在別無他法，先讓自己定下心來，小聲地喊了一下自己養的「小孩」名字，此刻只希望孩子別又因爲膽小怕事而選擇不搭理他了。

「小火，幫幫你爺，別睡了。你爺死了你也得再死一次。」

狐妙威脅的話剛落下，口袋裡裝著鬼魂的玻璃珠子終於緩緩泛著柔柔的光芒，他得到了回應心中竊喜，被束著的手腕艱難一扭，手指微微一抬，指間注入靈力轉了一圈，成功用靈力把口袋裡的鬼火連同珠子一起送出幻境之外。

「到外面去拉我一把，乖，加油，等回去了我給你買好吃的。」

發亮的玻璃珠子被靈力輸了出去，啵的一聲，穿過異度空間中閃爍游離的漣漪裡面，然後啪答啪答地掉落在堅硬的地板上緩緩滾動，成功被狐妙送回現實世界。

把小鬼火送出去莫約半分鐘，一雙只有模糊形態輪廓的鬼手從漣漪裡面伸了出來，一把抓住了狐妙被透明繩索束縛著的手腕，冰冷觸碰的剎那，鬼手頓時燃燒起一把沒溫度的火焰，成功將繩索燃燒殆盡。

在小鬼火的幫助下，狐妙順利脫離束縛，然後又一股力量抓住了他的雙手，靈魂一飄、眼前一晃，整個人被鬼火拉進空中連通幻境與現實之間的漣漪裡面。

在天旋地轉的漣漪中心裡徘徊了半晌，狐妙開始感覺到意識混亂之際，身體突然一沉，都還沒來得及睜開眼睛，他就已經從空中重重地摔到在遍地瓦礫的地板上面。

「唔……」

雖然被瓦礫傷著了屁股，但至少他還是順利回來了。

成功把通靈師拉回來後，鬼火便火速地回到了珠子裡面，然後滾到狐妙的指尖上，輕輕觸碰，然後自動滅燈。

靈魂剛回竅時，意識與肉體一時半會調整不過來乃是正常現象，狐妙坐在地板上扶著額頭緩緩勁，然而現實卻不讓他有緩解的時間。

他所待在的房間，並不只有他一個人。

緩過神來後狐妙才發現，在同一個髒兮兮的房間裡面，空中還飄著一個失去意識的陌生男子，是其中一個失蹤者。

此時陌生男子面臨的狀況，和狐妙剛剛的處境毫無差異——靈魂與肉體被逼分離，魂魄鎖在了幻境裡面，而血肉之軀就懸吊在現實世界之中。

「……還有這麼玩的嗎？」

靈魂和肉體分開的時間久了，靈魂即便回歸也會對身體有一定的傷害，把自家的乖孩子收回口袋裡後，狐妙當機立斷，將靈氣凝聚在右手掌心上，一把抓住了空中男子的腳踝，嘴裡默念咒語。

破壞了幻境與現實之間的結界，男子的肉體與靈魂瞬間得到了解放，軀體下一秒脫了線般凌空墜落，狐妙險險接住了失蹤者一號的身體，對方才沒有和瓦礫來了個互相傷害。

「看吧，阿姐，我就說阿妙不會有事的。」

狐妙扶著失蹤者一號的身體半跪在地上若有所思，原本是在琢磨著為何會有其他人出現在這種鬼地方時，房間大門處就突然傳來了親哥的聲音。

「這讓阿妙來弄的話，我覺得會比較輕鬆。」

要狐音來說的話……鬼童這遊戲的通關玩法，或許就屬狐妙最有優勢了。

招魂歸竅，這不就是通靈師的擅長之處嗎？簡直就是高級氪金玩家，可以一路過關斬將的那種。

狐家三姐弟再次碰面，狐妙抬頭一看，狐音的背後同樣背著名失蹤者；而奄奄一息、腦袋還腫了個包的三號則掛在了狐大小姐的肩膀上，大概是狐靈在協助對方脫離幻境結界時，接不住人而撞到的。

「哥。」

天生敏銳是狐家的遺傳因數，狐妙見此狀況，沉默半晌屈指一算，大概知道發生什麼事了。

不就是玩遊戲嘛！

一場攝青鬼的遊戲。

「能告訴我，這遊戲怎麼玩嗎？」

這裡是楊龍溪一輩子的噩夢。

不管事情過了有多久，不管時間在上面鋪了多少一層又一層的厚灰，只要他還活著，那噩夢便無時無刻糾纏著他的靈魂，至老、至死。

楊龍溪在舞臺上、在鏡頭前，永遠都會露出笑容可掬的模樣，可沒人知道，他每晚所受到的折磨早已讓神智與靈魂遍體鱗傷，一觸碰，便是滿手鮮血、血肉模糊。

他害怕睡著。

只要他閉上眼睛，那陣劇烈的響聲和重物落地後的血肉橫飛，依然如烙印般深刻在他腦海裡，每每歷歷在目，時時心有餘悸。

十五年了。

楊龍溪已經受夠了。

十五年來，他時時刻刻都飽受著內疚與愧疚吞噬，夜不能寐，表面的陽光大男孩，實質上已身心俱疲，被折磨得滿目瘡痍、體無完膚了。

所以，他不拒絕。

不拒絕鬼童……不拒絕親弟弟——楊龍澄對他進行剝靈吞魂，不反抗弟弟對他進行十五年前發生的事件報復。

時隔多年，他們兩兄弟再次以一人一鬼的姿態相逢於鬼樓之中。

楊龍溪和狐氏三姐弟失散後，站在大樓第十層之中，眼前明明是一片模糊與朦朧，可他還是能清楚看到站在他面前的，就是他十五年前意外喪命的親弟弟。

「哥哥，你不是說陪我玩的嗎？」

鬼童幻化成了自己生前的模樣，用鬼力覆蓋了那副血肉模糊的真身，用生前那副稚嫩天真的孩童模樣，雙目幽怨、愁眉媚眼，抬起眼眸直勾勾地挑著男人的憐憫之心。

「你怎麼能留下我一個人？我明明……最喜歡龍溪哥哥了。」

「……阿澄，對不起。」

楊龍溪的內心被鬼童玩弄於鼓掌之中，內疚與愧疚感越發越嚴重，深深吞噬著他那顆支離破碎的心臟，讓他痛不欲生。

「我把戒指還回去了，哥哥身上再也沒有任何力量能夠克制住你。阿澄，哥哥對不起你，你放了無辜的人，哥哥……哥哥來陪你，好嗎？」

「好啊。」

見楊龍溪受縛，鬼童心中一喜，露出了看似天真無邪的笑容，可愛地攤開不大的雙手，做出一副撒嬌的姿勢，等著哥哥親親、抱抱、舉高高，「只要哥哥來陪我，我會放走其他的哥哥們。」

來啊。

來啊哥哥。

我們一起走吧。

我們不是曾經許下諾言嗎？

你說，你會一直陪著我的。

哥，我相信了。

我一直在等你。

十五年了，你終於來了。

來啊哥哥。

我們走吧。

聽著鬼童催眠般的催促，稚嫩的童音一遍一遍地旋繞在楊龍溪的腦海中，不停地催促、不斷地重複，楊龍溪再次神智模糊，捏熄了自身最後一絲求生欲，鬼使神差地邁出了腳下第一步。

嗯，好吧。

我和你走。

阿澄，我和你走。

放下對世間的執念，咱們一起過奈何橋，一起喝孟婆湯，別再胡作非爲，傷害無辜的生靈了。

我走。

我走。

我和你走。

楊龍溪徹底被鬼童洗了腦，雙目呆滯神志不清，一味邁著腳步向前走，一步一步的走向鬼童弟弟的懷中。

然而他的腳下突然一踩空，身體頓時失去了重心，地板轟隆的一聲開出了一個深不可測的吃人深淵，楊龍溪的意識瞬間回歸，可腳下的深淵已經將他吞噬而下。

就在楊龍溪的靈魂要掉進萬劫不復的無底洞之際，一個有溫度的雙手穿過了幻境結界，猛然抓住了他的手腕，身體下墜的速度猝然驟然而止，頭頂上方傳來的模糊聲音覆蓋了鬼童奪魂呼喚之聲。

那是一道他最熟悉不過的聲音，朦朦朧朧，一遍一遍不停地呼喚著他的名字，鍥而不捨、始終不渝的，嘗試喚醒他迷失在幻境中的靈魂。

「……哥……龍哥……龍哥……龍哥……」

「醒來，龍哥，快醒來……」

「龍哥……」

「龍哥！」

狐音的聲音漸漸轉大，略顯艱苦吃力的聲音就如被一根鐵棒當頭棒喝，一下把楊龍溪的靈魂喊了回來，男人瞬間瞳孔地震，呆滯的眼神漸漸有了神情，這是靈魂回歸的一刹那微小變化。

等楊龍溪的靈魂完全回來時，只覺得右手被人扯得有些發疼，腳下空蕩蕩的找不到落腳點，微微低下視線，發現自己被吊在樓內那地板破了隔四層樓的大洞之中。

腳下深處，是一灘陳年的血跡斑斑。

那灘能喚醒他噩夢的汙黑血跡。

鬼童的幻境中，他會掉入深不可測的深淵裡；在現實世界中，他依然會掉進記憶的噩夢中。

狐家三姐弟分頭行事，尋找分布在各地的多名失蹤者，而恰好狐音就及時趕到第十層現場——即奪命大洞的第一個破洞樓層，進入眼簾的，就是楊龍溪精神恍惚，一步一步走向那下墜大洞的畫面。

狐音在千鈞一髮之際衝了過去，抓住了腳下一空、即將從十層落下七層染血地板的男人手腕，成功阻止意料之外的一命嗚呼。

「龍哥、你，抓緊我！我快沒力了……」

狐音本來力氣就不大，論力量排名，不管是在狐氏三姐弟還是百神團隊裡，他都是吊車尾的那一個，現在要他憑空抓住一個體重快達八十公斤的大男人，那可真是要他的狐狸命了。

「……小狐狸？」

好不容易看清楚那抓住他生命線的隊友，楊龍溪下意識叫了聲隊友的暱稱，連忙反抓回去，狐音咬牙切齒，拚盡全力想把人拖上來，最後也只能勉強保持男人的身體不墜落下降。

「我去，這場面壯觀。」

狐妙、狐靈及時趕到，狐妙見狀，趕過來幫忙時還不忘了感慨一下場面的衝擊力，三人合力拉扯，這才順利把楊龍溪拉了上來。

「……龍哥你……你真的、該減重了……」

把人拉上來後，狐音氣喘吁吁地坐在地上喘氣，一句話下來中間就斷了好幾個字，他的手臂感覺都要廢了，他眞心覺得，這操作可比一般唱跳還耗體力，至少在舞臺唱跳時，並沒有這種心驚膽跳的環節。

「小狐狸……你怎麼會在這裡？」

楊龍溪的記憶好像出現了斷層，剛剛明明兩人就在鬼樓外面相遇不久，一陣鬼力旋風之後，那記憶彷彿又被消去好幾個片段了。

「那不是重點，龍哥，我們時間不多了。」

來不及和隊友心平靜氣地坐下來解釋清楚，把楊龍溪找了回來也順利調整氣息後，他們還要馬不停蹄的，在樓裡搜索其他失蹤者，是眞的忙得不可開交。

「哥，告訴我，發生了什麼事？」

醞釀半晌，狐音還是選擇先把鬼童的怨恨來源搞清楚，他蹲在楊龍溪的面前，桃花眼目光炯炯有神看著男人，極有耐心地放軟語氣，試圖從這閉口不言的當事人嘴裡挖出一點兒的線索。

「……我不知道。」

楊龍溪避開了狐音那副彷彿能看穿人心的眼瞳，潛意識想把往年的事情緣由埋進名爲內疚的土壤裡，狐音卻絲毫不讓他逃避，抬起雙手捧住了他的臉頰掰回過來。

「不，哥，你知道的。」

你知道的。

我要問的是什麼事。

爲什麼？

爲什麼它會對你恨之入骨？

爲什麼它會想置你於死地？

爲什麼它沒有絲毫想放過你的念頭？

爲什麼它會大費周章，故意製造出大型的男性失蹤案件，只爲了逼迫你投降、逼迫你自投羅網？

爲什麼，你會甘心爲它賣命、願意爲它自戕？

爲什麼……

你至今，還有苦難言？

「鬼童……你弟弟和你，以前究竟發生過什麼事？」

狐音坐在楊龍溪的身邊，並且將胳膊緊緊貼在對方的強壯手臂上。

這一點的肉體接觸不爲什麼，只爲了自身那股九尾紋身開啓後的靈相護體之氣，能夠給楊龍溪蹭上一絲微弱單薄的靈氣保護。

沒辦法，他裝了法器道具的背包不見了，目前也不能使用靈力，更沒辦法幫對方畫一個護身暗符，爲了保護楊龍溪暫時不被邪氣入侵，狐音也只能給楊龍溪這麼一點一點的蹭上了。

偌大的鬼樓十層裡，就只剩下他們兩個人。

狐靈和狐妙是狐音有意支使開的，原因有三，一是尋找失蹤者必須分秒必爭，不能再怠慢；二是不能使用靈力的狐音根本就幫不上忙，他帶著楊龍溪跟隨而去只會礙事；三是關於楊家兩兄弟的陳年往事……楊龍溪似乎不太想被更多的人知曉。

十幾分鐘前，狐音問了狐妙，「阿妙，鬼火能幫忙探知其他人的位置所在嗎？」

天快亮了，他們得加快尋人遊戲的速度，讓遊戲儘快結束。

狐妙精心培養的小鬼火，法力雖不如攝青鬼童，但優勢就在於其鬼齡比鬼童還長，掐指一算，鬼火的魂魄至今最少也有三百多歲，擁有三百年左右的鬼齡。

只要是鬼齡大的魂魄，就算是無主的孤魂野鬼，那也有一定的特殊能力，比如說，探知與感知力特別強。對於西山林住著什麼鬼，鬼樓處於什麼地方，什麼地方有什麼氣息，氣息是人是鬼是靈能師，氣息發至於哪個地點、哪個位置、哪個房間……小鬼火極容易察覺感應，比科技導航來得還要準確。

所以，他現在極其需要小鬼火的幫忙。

「我想啊……呃，應該可以的，還是阿音哥你親自說服它？畢竟它膽子本來就不大。」

鬼火的主人狐妙也很苦惱，自家孩子的脾氣他最清楚，膽小如鼠之餘還很容易受驚哭鬧，不好好哄它，恐怕難成大事了。

說服鬼火，那還不容易？

狐音點點頭，狐妙就把玻璃珠子交給他讓他說服，前後沒有幾分鐘，小鬼火倒是馬上就妥協了。

狐妙不知道哥哥和小鬼火談了什麼交換條件，反正最後小鬼火再次離開珠子時，意外不哭不鬧了，還特別有幹勁地化成一股朦朧的無形態，提著鬼火燈籠領著隊，帶領兩姐弟在鬼樓裡尋找失蹤者去了。

相比攝青鬼童，小鬼火這孩子還是挺乖的。

小鬼火雖為孤魂野鬼，但狐音給它開出的條件，或許就是流浪了三百年鬼魂最夢寐以求的東西了，所以它願意幫忙。

然而攝青鬼不一樣。

它不想投胎、不想升天、不想離開，它不要任何條件、任何供奉、任何物質。

它只想玩遊戲，只想要和哥哥玩遊戲。

給楊龍溪一點時間醞釀情緒，狐音在把靈力蹭給他時，目光一直停留在旁邊樓梯口的吃人破洞上面，目不轉睛，眼神凝重。

已經好多次了，把姐弟支使走後，他就一直看到有某個模糊的幻覺殘影，反反覆覆地在樓梯上蹦蹦躂躂地跑動著，像是在嬉鬧、像是在玩耍，歡樂的孩童笑聲在空蕩蕩的空間裡若隱若現、虛無縹緲，就這樣光明正大地在他眼皮底下溜達來溜達去。

然後，那縷殘影一個失足，直接墜落到致命的破洞裡面，幻影瞬間在靈能師的桃花眼中消失，隨之而來的，是下下層一陣肉體高空墜落而爆開的巨聲。

天狐甚至已經可以想像到，重重落地後，肉體血肉橫飛、軀體爛成肉泥慘不忍睹的畫面。

就是如此的幻影，猶如出了故障的影片般，不斷地在他視線範圍內重複了一遍又一遍。

快進、倒帶、重複。

跑動、歡笑、蹦躂。

失足、墜落、爆開。

狐音明白，這是鬼童故意想讓他看見的一段陳年往事……也是惡意想讓楊龍溪噩夢加深的循環播放。

「……這就是我弟弟。」

狐音原本一直在專注盯著鬼童的殘影反復「死亡」，身邊的男人終於開口說了一句話，略顯疲憊沙啞的聲音成功打斷了他的專注力，狐音忽然回過神來，才發現原來楊龍溪的眼睛也一直在停留在樓梯上，從沒離開過片刻。

原來，楊龍溪也一直都能看到那殘影的播放。

楊龍溪一臉苦笑，即便面對常年的噩夢化成肉眼可觀的幻影在他眼前來回播放，表情管理和內心變化也無動於衷。

不慌、不亂，不驚、不懼，內心化爲空無，猶如一具被遺棄的軀殼，從他的樣子看來，楊龍溪那破爛的心靈，是早已被折磨得麻木了。

「小狐狸，這麼一看這小子是挺可愛的吧？他叫楊龍澄，是比我小七歲的親弟弟。他死的時候，我也才十四歲。」

狐音喉結一動，默不出聲，潛意識吞了一口不存在的口水，將手掌貼在隊友擱在地板的手背上面，是給予對方一絲安全感，也是鼓勵男人能稍微鼓起勇氣。

「它尋你多久了？」

「好久了。」

楊龍溪回答得頗快，幾乎是一語落下一語接上，樓梯口蹣跚的幻影又一次在他們眼前晃悠，失足墜落，落地瞬間的響聲猶如巨大堅硬的鐵錘，每一次都敲在楊龍溪的心房上，敲成一灘血水肉醬。

「好久了，小狐狸。十五年了，阿澄一直未曾原諒過我。」

那是十五年前的事了。

小孩子啊，誰不調皮呢？就連當年十四歲的楊龍溪，同樣也是調皮得成精。老是喜歡帶著七歲的弟弟楊龍澄到處遊蕩，爬樹、戳蜂窩、抓小鳥、跳水、偷水果、燒蟻窩……無一不歡，街坊鄰居都管他們兩兄弟叫調皮的野猴子，愛鬧愛玩得不得了。

雖然現在已被鏟平了痕跡，可當年A城郊外確實曾有一座小村莊，住著頗多的居民，未開發成旅遊區的西山林山腳下也有好幾戶小康之家。

而當時的西山林，是個靈氣逼人、不曾受到任何因素汙染的乾淨綠山，說不上是鳥語花香世外桃源，但也擁有山明水秀、旖旎風光之稱。

樹林茂盛，陽光普照。

溪水河流，水潔冰清。

土壤肥沃，萬物復甦。

因此，西山林是居住在山腳下其中一戶小家庭——楊家兩兄弟最愛往上跑的娛樂場所之一。

時隔多年，西山林早已受到瘴氣與鬼氣的嚴重汙染，可往年至今唯一不變的，就是山腰裡屹立不倒的一棟廢樓。

那棟廢樓是在楊家兩兄弟出生前就已存在的，沒人知道這棟樓原本是打算做什麼用的，只聽老一輩的長輩說，是政府部門計畫建立在深山老林裡的一所大監獄，可不知什麼緣故而導致建造時半途而廢，最終就以這種殘垣斷壁的狀態呈現於世，是澈底荒廢了。

楊龍澄就是死在了這棟廢樓裡。

「當時，我是想拉住他的。」

楊龍溪說話的聲音越變越小，小得就連坐在他旁邊的狐音都聽得特別勉強，最後索性把腦袋擱在男人的肩膀上，爲了方便聽得更清楚，也好順便養精蓄銳。

不知怎麼的，狐音是眞的有點累。

他爬了那麼長的山路，熬了這麼久的夜，靈魂還被迫出竅一次，再加上被朱砂封眉間後，體力和精力更是大幅度下降。

把腦袋靠在楊龍溪的肩膀上，狐音闔眼閉目養神，也不忘了繼續套出男人心中那根沒入心中的毒刺。

「可你拉不住他。」

「嗯，拉不住，他掉下去了。」

楊龍澄掉下去了，從十樓的大洞裡掉了下去，直達下四層，砰的一聲巨響，他無能爲力，只能眼睜睜看著親弟弟墜樓後當場血肉四濺、粉身碎骨。

從活潑亂跳到澈底死亡，僅僅只是彈指一瞬。

這是一場意外，來得猝不及防。

楊龍澄一直都以哥哥爲頭，最喜歡就是跟著哥哥到處亂跑，可沒想到在廢樓裡的鬼抓人遊戲，會是他短暫人生中最後一次的遊戲。

最後一次，一場抓不到人的遊戲，讓自己再也無法被哥哥抓著，靈魂更是永遠、永遠逗留在這裡。

當時的遊戲，是由楊龍溪當鬼，然後，他抓不著楊龍澄。

於是，楊龍澄一直都在這裡，等著哥哥把他抓回去，就算抓的是他的靈魂也好，他只想要哥哥把他帶回去。

可是，沒有。

楊龍澄墜樓當場死亡後，楊家澈底散了，恰好政府要收地，村莊被夷爲平地，楊家最後便搬遷進A城裡落腳，離開了傷心之地。

當時母親聽見噩耗後一直處於恍惚狀態，沒過多久患上了憂鬱症自殺身亡，父親把他交給外婆照顧後，也從此下落不明、不知所蹤。

而楊龍溪也是從那一天開始，夜夜夢魘纏身，睡不安寧、日日夜夜心驚膽跳，精神狀況以肉眼可見的速度每況愈下。

那並不是鬼童的怨念在糾纏他，而是楊龍溪的心魔在吞噬自己。

鬼童本無惡念，它只希望哥哥能把鬼抓人的遊戲結尾，找到他、抓到他，遊戲結束後，並且把他帶回家。

可楊龍溪卻一直都沉落在濃烈的愧疚與恐懼之中，在潛意識中自行折磨自己，把自己搞得傷痕累累，也從未想過已逝的弟弟是否還在原地等著他回來。

見孫如此，最後是他那位已逝的外婆，親自把他帶到城市裡某家寺廟裡祈福，並且成功求得一枚「平安符」。

狐氏寺廟，九尾靈狐牌匾，十五年前的狐家第七代當家人，也就是狐音的父親，親自給楊家長子一枚驅邪朱砂戒指。

從那時候開始，鬼童便無法找到哥哥了。

楊龍溪攜帶的驅邪戒指越久，鬼童就越是找不著人，找不著人，那份執念就會憋得越長。

執念憋得長了，隨後便會轉化成惡念、怨念與仇恨，以致最後憎恨怨氣過重，恨意滔天，覆蓋山嶺，形成了能逼退西山林守護獸、生靈萬物的攝青鬼。

本是一場意外，一則誤解，卻被逼落成如斯田地。

「龍哥……你知道我是誰嗎？」

「從上次咱們在市中心那棟豪宅裡拍攝節目時，我就開始懷疑了。」

楊龍溪回答得不慌不忙，語氣平淡如水，似乎是在說件非常普通不過的事，微微歪著頭蹭著肩膀上的那頭狐狸毛，看似在撒嬌，更像是在渴望得到一絲安慰。

「我知道你本姓就是狐，但我不知道你就是狐氏家族的後裔。你啊，原來才是眞正的狐面狐爺。」

後知後覺，就是這樣吧？

楊龍溪是從各種管道了解後才知道天狐背地裡靈能師的身分，他卻依然保持著沉默，不向公司揭穿、不向媒體曝光，其實也是爲了小狐狸往後的日子著想。

所以當天狐說想離開演藝圈，他還是能理解的，他明白天狐想繼承狐家家業。

「你爲什麼要把戒指還回來？沒了護身符，你可知道你會……」

「天狐。」

楊龍溪打斷了狐音鍥而不捨的審問，下意識想要逃避這個敏感的問題，兩人就這樣沉默半晌，隨後男人才微微淺笑出聲，開口說出的，又是別的話題了。

「小狐狸啊，你說，如果當時我不帶著阿澄上山，是不是就不會發生這種悲劇了？」

「……」

一時之間，狐音也不曉得該如何回答。

因爲，他只是個局外者。

而目睹整個事件發生……或是造成事件發生的當事人，最喜歡用的詞語，莫過於就是「如果」，還有「早知道」。

然而，這世界哪有這麼多「如果」和「早知道」呢？

事情發生後，就沒有「如果」了。

與其執著「如果」，倒不如踏踏實實地面對現實，想想如何解決掉那個錯過了的「如果」的一片狼藉豈不是更好？

「事不怪你，這種意外，誰都不希望發生。」

老實說，楊龍溪算不上是直接害死了他的弟弟，只能說他過不去化成心魔的那個坎。常年抑鬱，常年累積，那個坎已經越疊越高，形成一堵堅硬如鐵的高牆，高不可攀。

「沒事的，龍哥……不怪你……」

狐音腦袋靠在男人的肩膀上，說話聲開始變得含糊不清，不知爲什麼突然就感到有些犯睏，睡意赫然瀰漫開來，意識漸漸模糊，無法抵擋夢魔的來襲。

「不，都怪我。」

察覺到肩上的靈能師身體澈底放鬆，漸漸進入沉睡狀態，楊龍溪的眼神變得有些迷離，斜眼看著小狐狸頭頂上被蹭得亂蓬蓬的頭毛，繼續說話。

「若不是我，阿澄就不會死。阿澄沒事，媽媽也不會自殺，父親更不會因爲此事而拋棄了我……怪我。對啊，都怪我……」

狐音睏得眼睛都睜不開，身體也使不上勁，更無力開口說話，只能軟綿綿地靠在楊龍溪的身上，聽著對方在他耳邊自怨自艾的愧疚。

楊龍溪說話的音量越變越小，聲音越來越飄，音調和語氣也漸漸產生變化，在狐音澈底昏睡過去時，耳邊那個極爲熟悉的音腔，早已被鬼童稚嫩不已的模糊之音覆蓋過去。

「是啊，沒錯。」

「狐爺，都怪他啊。」

狐音是被電視機的聲音吵醒的。

液晶電視裡，那道熟悉又陌生、語氣冷冰冰的女主播，面無表情地坐在播報臺前面，說著最近發生的瑣碎小新聞。

狐音猛然驚醒，撐起身體時身上的毛毯子緩緩落下，落在他的大腿上，他回過神來，發現自己正躺在早晨節目的休息室沙發上。

白澤就坐在他沙發的對面，悠哉地玩著手機消消樂遊戲，見隊友在小憩片刻卻用著極大的反應醒過來後，不禁被嚇得一愣一愣的，停下了滑手機的動作，大眼睛直勾勾往他這邊看來。

「怎麼了天狐？做噩夢了？」

「……」

天狐一時間摸不清現在的狀況，只能一頭霧水的坐在沙發上，手裡緊緊抓住蓋在他身上的毛毯子，兩根手指用力揉揉布料，觸感異常眞實。

聽著電視機中緩緩傳過來的新聞快報，上面說的新聞並不是什麼男性失蹤案件，而是什麼露體變態狂最近很猖狂、要人多多提防之類的新聞。

再低下眼眸，看看茶几上擺放的電子時鐘日曆，天狐更是硬生生地感覺自己神經錯亂。

今天分明就是早晨節目錄影的那一天！

天狐先是愣了半晌，下意識抬起手，用四指指甲狠狠地扎入自己的手腕，有痛覺、有溫度，他放開一看，手腕被自己掐出了紅印子，上面還有特別明顯的指甲印記。

「天狐你醒啦？剛好，導演說再十分鐘就可以錄影了，你們稍微準備一下。」

經紀人施蓮打開了休息室的房門，依舊是那副冷冰冰的冰山美人樣，她推了推眼鏡，手裡持著各種文件資料和劇本，過來提醒藝人後又匆匆忙忙地離開，這也是百神經紀人正常的奔波勞碌。

「……」

「走啦，天狐，這個導演可不喜歡有人遲到，我們還是趕緊到現場去吧。」

沒等天狐緩過來，白澤就已經一臉嬉皮笑臉地把他從沙發上拽了起來，直奔早晨節目的錄影現場。

閃光燈、麥克風、攝影機、劇本、導演、隊友、經紀人，這些都是他兼職裡的正常現象。

「早安，歡迎收看《美好在黎明》，我是百神的九尾天狐。大家早。」

雖然還是一頭霧水，但攝影機一開、場記板一拍，天狐的身體反應還是乖乖地聽話，在鏡頭前自然而然地露出職業笑容，說出他匆匆看過一遍的開場臺詞。

似夢、非夢。

何爲現實？何爲夢境？

天狐都記不清了。

記憶像被某股力量狠狠敲碎，待他回過神來時，那段記憶已經被摔成了碎片，即便重新把碎片組合起來，也只落得個七零八落。

攝青鬼童是否曾經存在？是存活於他的記憶、夢境、還是幻想之中？

天狐已經記不起來了。

他應該記得才是的。

他的記憶不該如此渾濁。

他現在要做的，並不是這種事才對。

他要做什麼？

他原本想要做什麼？

不應該啊……我不應該在這裡。

我本該……在哪裡了？

天狐一邊行雲流水地走著節目流程，腦海裡卻還在拚命地修復著那無故破碎的記憶，直到錄影全部順利完成，他依然也沒復原到一片完整的記憶。

「好來，卡！確認鏡頭！」

聽見導演的呼喚，天狐只好先放下疑惑，習慣地走到攝影重播的電腦前，確認一下剛剛的錄影結果。

天狐的桃花眼雖直直地看著螢幕，可思緒早已不知飄向何方。

然後，他看見了，弟弟狐妙的那隻鬼火幽魂。

透過畫面顯示，它就站在臺上的另一邊，天狐依舊看不清鬼火虛無縹緲的形態，反倒是它手上持著的那盞藍色冰冷的鬼火苗亮得顯眼，彷彿在燃燒著他受到混淆的靈魂。

然後，鬼火的燈籠在鏡頭前赫然墜落，燃燒起冷色的熊熊烈火，頓時燒毀了整片螢幕，不出半秒，咻的一聲，進入了螢幕，螢幕便黑了。

看著黑色螢幕上自己的倒影，眉間的那點紅朱砂還在，緊緊地嵌在白色皮膚上面，彷彿在閃爍著柔柔的紅光。

天狐瞳孔一震，頓悟了。

何處為夢境？何處為現實？

夢境即幻影，現實即實際。

「這裡是夢境。」

天狐成功地把被鬼童攪亂的記憶拼起來，眼神變得凌厲，拆穿攝青鬼設下的真實幻境之後，下一秒就把手伸進電腦螢幕之中，穿過了如空洞般的黑色螢幕。

右手被螢幕吸入，黑色那端傳來一陣真實不過的觸感，一把抓住了他的手腕，用力嵌住他的手狠狠使勁，直接將靈能師整個人拉入黑洞之中⋯⋯

是否回到了現實世界，狐音自己也不敢確定。

一陣天旋地轉後，狐音確實是腳踏在西山林的鬼樓之中，環顧四周，發現此刻的空間卻隱隱約約瀰漫著一股匪夷所思的氣息。

守戒中的狐音被限制了好多行爲，在還沒確定自己此刻所在的是夢中夢、幻中幻，還是現實世界時，他不敢輕舉妄動，僵硬著身體站在原地，就連腦袋都不敢隨便亂晃，只能用眼神凌厲地探索著四周的古怪氣氛。

他確實是在鬼樓裡，但又不像是現實的鬼樓。

眼前的鬼樓不比之前那棟破爛不堪，樓內雖略顯陰森，但不至於瘴氣氤氳、白霧茫茫，樓內空氣流通，陽光還是能照得進來，說不上特別「乾淨」，但也絕對不「骯髒」。

似現實，非現實。

亦是眞，亦能假。

就如西山林的環境一樣，朦朧迷糊一片。

狐音的意識正陷入迷茫中，本來他還在考慮下一步該怎麼走，周圍的景色卻被按了快速鍵般忽然轉變，等狐音回過神來時，發現自己的靈魂已經被攝青鬼拉到了鬼樓的最高層——天臺之上。

此時楊龍溪就站在天臺無欄杆的邊緣，眼神呆滯、神不守舍、心事重重地漫步行走在上面，腳下就是萬丈高樓，一旦失足，便是粉身碎骨。

「……龍哥？」

擔心會嚇到對方，狐音的聲音並不大，沉住氣盡量放軟語氣，兩人的距離相距頗遠，但這不影響狐音和楊龍溪無障礙的交流溝通。

「龍哥，你清醒一點，你弟的死不是你的錯，那是意外！意外！你知道嗎？你能自責、你甚至能自責一輩子，但沒必要償命。龍哥，聽我說，你不能跟他走。」

「小狐狸，它不會放過我的。」

楊龍溪的靈魂異常渾濁，狐音甚至可以不用靈力，只用凡胎肉眼便能看到對方周邊散發出來的暗色氣場，就如一杯開水裡，加了一滴烏黑色的墨汁一般，烏黑墨珠入水，在水裡漸漸化開，瞬間汙染整個透明。

「它不會放過我的，小狐狸，一輩子、一輩子一輩子……」

只要我還活著，它就不會放過我。

爲了讓我回來這裡，它不惜用二十幾條人命做威脅，逼我把戒指還給狐家、逼我從現實中回來、逼我面對罪孽。

我若不回來，我若不隨它而去……代替我去死的，便是那無辜的二十九條生命。

我不能隱藏。

我更不能逃避。

我只能認命。

小狐狸，它虎視眈眈盯了我十五年，而我也怯懦地逃避了十五年，這些年來，阿澄從未放棄過想將我置於死地的念頭與執著。

它無時無刻都在惦記著我這條命，若不是有狐家老爺的護身符貼身保護，我或許……早就在十五年前死於非命了。

可現在，我累了、乏了。

糾纏了這麼多年，我又還能逃多久？

二十幾年？三十幾年？

這一輩子？永無止境？

小狐狸啊，我想了好久、想了好多年，也該覺悟了。

即便逃到天涯海角，它都不會放過我。

那，又何必呢？

「天狐，自從外婆去世後，我在這世上便再無親人，無親無故、也無牽無掛。百神是我好不容易對其產生依賴的一個家，可現在……連你也要走了。」

「你走了，百神散了，你能回歸到你眞正的歸屬之地，選擇自己正確身分繼續存活下去。百神散了，白澤他擁有家庭、擁有親情，亦可以繼承家族的家業。可我呢？我……什麼都沒有。」

「我不想單飛，我不想一個人，我害怕一個人獨自去走無法預知未來的道路。我什麼都沒有，有的，只是童年殘留下來的罪惡與內疚，還有阿澄鍥而不捨地索命之曲。我只剩下弟弟的執念了。」

「所以啊小狐狸，我想了好多好多，終於想通了。這樣懦弱的我，又有什麼本事與它鬥呢？既然篤定將來會永遠糾纏不清，倒不如……讓我解脫，讓它完願吧，狐爺。」

能淡定面對死亡的人都是有過去的人，狐音能確定，楊龍溪是被控制了。

被鬼童控制、被鬼童澈底洗腦，將楊龍溪那一點本就動盪不定的罪孽完全放大，添上火炭加入煤油，讓對方的內疚之心澈底推挽到無可挽回的地步。

鬼童，楊龍澄……這是決心要楊龍溪與它陪葬啊。

「不、你回來，龍哥！」

楊龍溪說完後，狐音這才察覺到鬼童原來一直都在男人的身邊咧嘴一笑，笑得陰森滲人，笑容的含義無非就是多年來的「願望」終於達成。

「龍哥！」

楊龍溪身體隨著鬼童拉扯他手臂的舉動傾斜，腳下懸空，眼看就要從二十樓層上完全墜落地獄，狐音難得被嚇得慌張大喊一聲，下一秒飛步衝向前去，想要抓住那被鬼迷心竅即將墜樓的男人手腕。

狐音抓不住。

因爲他撲了個空，手上是，腳下亦是。

狐音原本還想要抓住楊龍溪，卻沒想到腳下突然踩空，一瞬間，天臺上的各種景色完全消失，眼前一片漆黑，腳下的空虛更是讓他當場直接原地下墜，直達吃人不吐骨頭的黑洞裡頭。

「狐音！」

一陣喚醒靈魂的喝止之聲驟然響起。

虛幻世界與現實空間變換的刹那，狐妙的一聲呼喚，恰好搭上狐音魂歸肉體的瞬間。

狐音瞬間回神，猛然倒吸一口涼氣，刷的一下張開眼睛，靈魂成功脫離了鬼童的所有幻境，狐妙的招魂之術顯然是順利的，顧不及靈魂回竅後的副作用，狐音就已經察覺到現在自己相當不妙的情景。

在墜下地面的千鈞一髮之際，狐音的手腕被及時趕到的狐妙一把抓住，下墜的速度險險終止，然而他的腳下依舊空蕩蕩的，雙腿在充滿瘴氣的空氣中暴露，整個身體被吊在十層樓梯間的破洞旁邊，搖搖晃晃。

「哥、你抓緊我！我拉你上來！」

「唔……」

無可否認，他被鬼童矇騙過去了。

就如同先前誘騙楊龍溪走向陷阱般，這次鬼童是誘導他在幻境邊界中救人，實際上是想連帶把現實中的他騙入十樓的坑洞之內，讓他在失魂之際無意識地踩空掉下四層，摔成一灘肉醬，自取滅亡。

一招兩用，偏偏他還上當了。

豈有此理！

從沒有被任何鬼東西膽大包天糊弄過的狐爺怒了！

眞想把它給宰了！

只想把它給宰了！

鬼火引魂歸位的法力不夠，只能堪堪將他從深度幻覺中拉回過來，而剛剛在天臺的情景，亦是還未逃出的幻境。

不，準確來說，那是處在幻境與現實之間，那條時空交叉點的正中間位置，也就是似幻非幻、似眞亦假的裂縫。

難怪他剛才才會覺得哪裡怪怪的，卻說不上那是什麼感覺，隱約覺得人是清醒了，意識裡又好像是迷糊的。

原來，他的靈魂一直都沒醒過來。

狐妙花了不少力氣，才成功把狐音拉上來，狐音雙膝跪地、雙手撐地、雙眸有些呆滯地跪在地上緩和情緒，半晌後，狐音環顧四周，發現原本互相依靠在一起的楊龍溪早已不知蹤影，而自己就在沉睡中被鬼童二度抽魂剝魄，差點導致喪命。

「阿妙，龍哥呢？」

「我才想問你呢。」狐妙似乎在拉他的過程中肌肉拉傷了，他眉頭微皺，一手按著自己的手臂，手指小幅度地按摩著肌肉，「我下來的時候就只看見你一個人，龍哥不是一直都和你在一起嗎？」

「……不對、你怎麼來了？現在是什麼時辰了？」

狐音或許是眞的靈魂剛回竅導致人有點乏，後知後覺地發現天色依舊幽暗，像是還處於雲迷霧鎖的氣候，這才想起狐妙此刻應該是和狐靈在解救被吊的失蹤者，怎麼突然就折返回來了？

其他人呢？

失蹤者們全都找到了？

「快天亮了，約定好的時間還沒到，可它把人全都放了。」

明白哥哥提問裡的重點，狐妙抬起手臂晃晃、鬆鬆筋骨，回答得簡單，「阿音哥，一切發生的很突然，鬼童悄無聲息地把所有人都放了，二十九人沒多沒少，全都在一樓樓下，阿姐正在簡單地爲他們淨化。」

狐音掐指一算，明明已經接近天明了，可放眼望去天色依舊還是暗無天日，陽光依然無法穿透西山林濃密的霧霾，整座山都是極度暗沉的陰天，彷彿是在山林裡蓋了一層結界，隔絕了陽光的普照。

若不是有戴手錶，他們可能無法利用天色來判斷時間了。

「攝青鬼的氣息完全消失，我想它應該是躲到哪裡去了，連同龍哥一起……我還以爲他和你在一塊呢。」

楊龍溪和鬼童都不見了？

去哪裡了？

難道，他的靈魂還逗留在剛剛的幻影之中，仍然還沒逃出來？

可即便如此，現實中的肉體也不可能隨之進入幻境裡，楊龍溪一定還在這樓裡，人不可能就這樣在現實世界中憑空消失的。

天色微微發亮，可鬼樓裡的瘴氣霉氣突然增加，骯髒的空氣加上濃重的鬼氣愣是讓狐音覺得呼吸有點困難，不禁放聲咳嗽兩聲，隨後換來了狐妙的拍拍背後。

「哥，這樓裡空氣太糟糕了，我們先下去再說。龍哥可能已經在樓下等我們了呢？」

「……」

在下樓的途中，狐音仍然還沒想透。

鬼童突然把所有人都放了，顯然攝青鬼的遊戲也只是個幌子，它主要的目的，由始至終只有一個——楊龍溪的陪葬。

利用他人無辜的生命做威脅，逼得楊龍溪自投羅網，逼得楊龍溪自甘墮落。

鬼童足足等了楊龍溪十五年，現在人到手了，它怎麼會把男人就這麼放了呢？

二十九個失蹤者是安全了，但楊龍溪，絕對不安全。

剛才在幻境中，楊龍溪墜樓自殺的畫面仍然歷歷在目，狐音對此心有餘悸，他甚至還能感覺到天臺上的寒風凜冽，猶如催命陣風般，足以將一個徘徊在死亡邊緣的迷惘男人吹下樓底，一命嗚呼。

那是個幻境與現實之間的裂縫，往往覺得是真實的，卻是虛幻，是個實非實、虛非虛的存在，靈媒師們一般將此地稱之為「彼岸」。

幻境摻和現實，現實氤氳幻境。

他和楊龍溪的魂魄，剛剛恰好就是在彼岸之中掙扎。

狐音的靈魂，靠著通靈師順利回來了。

那，楊龍溪的靈魂……還有肉體呢？

如此想來，楊龍溪此刻仍然在鬼樓的天臺之上。

狐音恍然大悟，幡然醒悟後，他幾乎同步轉移腳的移動方向，甚至來不及通知走在他前面有一段距離的狐妙，二話不說地連忙拔腿就往回跑，不敢喘氣、不敢恍神，憋住一口氣，直衝向天臺。

他的推斷一向很好。

可狐音此刻，只希望他的反射弧以後能夠再靈敏一些。

狐音一腳踏入天臺，一股充滿惡臭腐爛的味道，氤氳在瘴氣寒風之中頓時撲面而來，天色異常幽暗朦朧，陽光無法穿透結界，只能堪堪把微弱的光線擴展而來，平鋪在陰森潮濕的建築物頂端。

楊龍溪就與在彼岸中的情景一樣，在天臺邊緣上魂不守舍，其靈魂早已被鬼魂攪得亂七八糟、雜亂無章，彷彿只要輕輕觸碰，靈魂就會澈底破碎，化成縷煙，從此消失殆盡。

「狐狸哥哥。」

看到楊龍溪靈魂破碎的站在天臺邊緣，狐音的腦內是當機了半晌，最後是鬼童稚嫩卻陰森的模糊聲音將他重新喚醒的。

鬼童的魂魄飄蕩在楊龍溪的身邊，來來回回旋旋轉轉的，還是那張腐爛發黑的爛臉，還是那副毛骨悚然的咧嘴笑容。

「狐狸哥哥，你好難纏啊。」

我弄不死你就罷了。

可，你還不允許我帶走我哥。

天意何爲？

狐狸哥哥，算了吧？

在現實世界中，龍溪哥哥他已經沒有家、沒有親人了。

有的，只有痛不欲生的噩夢纏繞與愧疚吞噬。

那又何苦呢？狐狸哥哥。

鬼童似乎已經不在乎……或許能說是不再顧忌無法使用靈力的靈能師，它十五年來唯一的執念，就是讓哥哥與它陪葬。

如今，人已歸來，是時候做個了斷了。

「楊龍溪你給我醒過來！」

隨著鬼童的魂魄鑽入楊龍溪那副接近空無的空殼，與軀體裡慘敗不堪的人類靈魂融合在一起，狐音忍不住發出大喊。

「楊龍溪！我不走、我在你身邊！我以後都不走了！我們一起創造未來、我們一起走！哥！你醒過來，你還有我們！聽見了沒有！？」

狐音奮力想要喚醒楊龍溪沉睡的靈魂，然而並無效果，在骯髒的鬼魂霸占軀體之時，楊龍溪瞳孔劇震，身體微微抽搐後往前一晃，人就這麼在狐音的眼皮底下墜樓。

「龍哥！！」

狐音承認，這是他有史以來接過最棘手的靈異案件。

棘手得讓他喪失思考能力、喪失理智、喪失自我，棘手得身體的反射神經，已經超越了他的思想反應。

面對鬼童三番四次的挑釁，狐音再也管不上什麼守戒不守戒、限制不限制了，二話不說向前衝之際，眉間一點朱砂忽然發出柔柔的紅光，那是靈能師的靈力凝聚，想要衝破封印的靈氣洩露而成的。

楊龍溪凌空墜下二十層樓，身體懸空在濃濃的白霧茫茫中，救人心切的狐音也隨之一躍而下，成功抓住了被攝青鬼附身的男人手臂。

「冥頑不靈，我就不信滅不了你……」

狐音咬牙切齒地放下狠話，身體迅速往下墜的同時，眉間朱砂成功被靈力突破，空中頓時傳來了一聲玻璃破碎的響聲，一點朱砂紅從靈能師的眉間分裂粉碎，化成細膩的紅色灰燼，直飄蕩在空中。

兩具肉體下墜的速度很快，而紅色灰燼重生的速度亦然，朱砂粉末混入龐大的靈力後，在靈能師背後赫然凝聚起來，並且形成了一隻巨大、泛著淡淡紅光的九尾靈狐形態。

九尾靈狐是狐家的式神，是狐家代代相承下來數千年的守護靈獸，亦是靈能師需用盡大量靈力，才能召喚出來的神明。

九尾靈狐昂天長嘯一聲，用一條修長靈活的尾巴抓住了建築物的幾支梁柱，穩住自己半透明的身體後張開獠牙，一口叼住了直落半個大樓的兩個男人。

身體下墜的感覺是沒有了，但狐音手抓住的那個男人在觸碰到靈力時卻突然痛苦的咆哮起來，式神的獠牙狠狠扎入被鬼魂附體的楊龍溪身上，隨著靈狐利齒的強行探入驅逐，攝青鬼童終究還是被迫逃出了人類的肉體，嚼齒穿齦、深惡痛絕地瞪了一眼靈能師，下一秒準備逃離鬼樓。

「抓回來！」

眼看惡鬼落荒而逃，狐音被式神那半透明的靈力含在嘴裡半吊在空中，暫無大礙，反手摟緊懷中進入失魂狀態中的楊龍溪身體，凌厲的眼神直勾勾地瞪著那隻綠色的鬼魂，抬起一隻手指著鬼童準備逃逸森林深處的方向，對式神傳達命令，準備將其絕殺。

狐音原本並不想要趕盡殺絕，對鬼童的身世也格外憐憫，但，它一再緊逼，就怪不得他了。

九尾靈狐得到主人的命令，下一秒就用另一條長尾巴一把裹住了攝青鬼的魂魄，鬼童的身軀開始出現灼燒的現象，張開血盆大口痛苦的咆哮如雷，鬼哭狼嚎的叫聲頓時傳遍整個西山林。

然而，鬼魂尚未澈底消去，九尾靈狐的攻擊卻因爲狐音忽然的鮮血湧出而硬生生中止了。

「唔！」

貓魂詛咒的反效果，自爆先兆傳遍了狐音全身。

狐音只感覺身體和意識在一瞬間受到了嚴重傷害，五臟六腑被蠻力擰捏成一團，心臟脈搏劇烈跳動，彷彿快要脫體而出，全身體液燃燒至沸騰，眼珠子脹痛難忍，體內的鮮血不禁從喉嚨裡噴湧而出，紅色點點滴滴的落在楊龍溪的臉龐上面。

楊龍溪，瞪目結舌，靈魂沾上靈血得到修復。

狐音，痛不欲生，靈魂與肉體卻漸漸腐敗。

「小狐狸！」

靈能師滾燙的靈血沾落在楊龍溪的皮膚之上，楊龍溪這回是眞的澈底回過神了，面對狐音全身乏力嚴重顫抖的情況，精緻的五官被體內莫大的痛楚逼迫而猙獰難堪，楊龍溪只能一臉慌亂地扶著他的身體，束手無策。

然後，那令人頭皮發麻的下墜感又出現了。

原本兩人被神祕的力量懸吊在數十樓高的半空中，隨著靈能師的詛咒反噬後，九尾靈狐也消失而去，剛剛協助他們的式神靈力彷彿只是過眼雲煙、海市蜃樓，支撐住他們的力量剎那消失得無影無蹤。

兩人重新墜落，而站在高樓之下的狐靈大小姐膽戰心驚，一臉花容失色地將此時此景收入眼簾裡。

「你們都該死！」

掙開了式神的束縛，鬼童得到了解脫，帶著一身嚴重的靈氣灼傷和差點灰飛煙滅的憤怒大聲怒吼，準備逃命之際，還不忘了回頭詛咒兩位哥哥即將面臨的處境，「去死去死！去死去死去死去死去死去死！！你們都去死！」

「阿妙！」

狐靈見狀，對著空蕩蕩的大樓內奮力一吼，大聲喊了一聲小弟的名字，下一秒半跪下身體，一口咬破白皙修長的手指，快速地在黃符上用鮮血畫符、靈火燒符。

「阿妙！接住你哥！快！」

電光石火之間，狐妙聞聲趕來，從建築物內某個高處點跳躍而出，眼神凌厲瞄準了旁邊不遠處的大樹，準確無誤地抓住了上面的樹幹。

「胖子、魂來！」

狐妙翻了一個大圈站在樹上穩住身體，然後兩指一豎默念咒語，成功召喚出旗下收養的其中一隻巨大肥美的鬼魂肉體，在建築物底下用大肚腩形成了一團無形的柔軟肉墊。

兩個血肉之軀從天而降，然後成功墜落在「大胖子」巨大的大肚腩上面，異常柔軟的半透明接住了兩人；然而，大胖子沾染到靈能師的鮮血卻嗷嗚一聲，然後化成一縷白煙快速消失，兩人最後只能砰的一聲摔在沙石上面。

雖然他們還是摔傷了一點，但總好過成爲一團肉醬。

「嘖！」

鬼童眼看哥哥們墜樓失敗不禁咂舌一聲，凶神惡煞恨意滿滿，恨之入骨，在它決定先逃走日後再尋仇的時候，那副慘敗的身軀卻被底下一股靈力狠狠吸住，攝青鬼稍微回過神來，發現腳下早已被無形觸手纏住。

「惡貫滿盈，該收！」

趁著攝青鬼負傷、法力嚴重受創，狐靈已在攝青鬼的身上埋下封印咒語，隨著狐靈手上的結印與咒語，鬼童一恍神，魂魄便瞬間變得消薄，它還沒來得及掙扎，靈魂就已經被吸附封印在一顆玻璃珠子裡面。收入惡靈，玻璃珠子泛著綠光、扭動、掙扎，過了一會綠光淡化，珠子平息，狐靈成功將攝青鬼封印在其中。

攝青鬼的鬼氣消失的瞬間，西山林中的白霧就以肉眼可見的速度漸漸淡化，清晨的陽光終於穿透了一層又一層的瘴氣濃霧，開始照耀在長年幽暗的建築物裡，山林溫度逐漸升溫，就連林子裡的植物，一葉、一草、一木都彷彿被染上了一層豔麗漂亮的碧綠。

這是萬物復甦的先兆，也是攝青鬼消失後的解放。

「阿姐！」狐妙翻樹跳躍而下，馬上就衝到狐音和楊龍溪落下的位置，「阿姐！阿姐！快過來！救救阿音哥！」

狐音全身沒有一絲力氣，就連手指頭都無力，一動不動地躺在楊龍溪的懷中，除了滿嘴都是吐出來的鮮血，五官七孔都有泛血的現象，緊閉的眼角邊流下的並不是透明的生理鹽水，而是濃稠豔紅的鐵腥味，人早已失去了意識，奄奄一息，接近虛無。

「小狐狸……對不起，你醒醒，小狐狸。」

對不起。

我應該堅強點才是的。

我應該聽你的話才是的。

對不起，是我太脆弱了。

對啊。

我明明還有百神。

就算百神散了，我也還活著。

百神散了，那並不是死亡。

百神沒了，可你們都還在。

明明還有白澤。

明明……還有你。

我怎麼就怎麼簡單被阿澄慫恿洗腦了？

對不起、對不起。

天狐，我現在醒過來了。

澈底醒過來了。

那你呢？

你……能醒過來嗎？

「對不起、對不起，小狐狸，你醒過來吧……對不起，你不要出事，哥錯了，哥應該聽你的話，對不起……」

「天狐，你能聽見我說話嗎？你不是說要陪我走下去的嗎？你醒醒，哥等著你呢……等著你陪我們走下去呢。」

「對不起、你聽話，乖……醒來吧，沒事的，求你了，快醒過來吧……」

聽著楊龍溪略帶哭腔的呼喚聲，狐靈不知道什麼時候已經滿眼淚水，她倔強地咬著下唇故作鎮定，打開背包連忙用顫抖的手點上朱砂，嘗試封住天狐那逐漸流失的靈力與破碎的靈魂，但顯然是徒勞無功。

「……阿音的陽壽，在加速耗盡。」

這一刻，西山深林萬物復甦。

但或許，仍有生命消失而去。

「您快死了。」

狐音在一片白茫的世界裡，耳聽著家族式神慵懶又迷人的朦朧之音。

「或許吧。」

狐音無動於衷、表情淡定自若，身穿一身潔白如雪的衣裳，身體輕飄飄地飄蕩在空中翹起二郎腿，有趣地發現自己居然還能夠坐在空中。

此時他的髮絲緩緩飄逸、根根分明地摩擦著靈能師擱在腦袋邊的狐狸面具。

這裡是哪裡？

狐音很確定，這裡就是「彼岸」，但此「彼岸」，不是鬼童的那個「彼岸。」

這邊是生命即將面臨終結時，靈魂澈底脫離肉體後，所在的現實與死亡之間的那個「彼岸」。

奈何橋？黃泉路？忘川河？渡魂門？

隨便怎麼說都行，反正它就是這麼類似這樣的一個存在。

這也是他的肉體在現實世界中飽受折磨之際，式神匆匆從主人逐漸破碎的靈魂中，揪住一縷殘魂拉出血肉之軀，並且將他關到這裡來的。

因爲式神堪堪把他最後即將逝去的一縷魂魄暫押起來，而不至於煙消雲散，所以他才會來到彼岸，而不是直接往生極樂。

「您不怕？」

眼觀不得唯能耳聽，九尾靈狐出現在茫茫無際中的哪個角落，他不清楚，只能默默聽著千年之狐的聲音在空氣中迴蕩，狐音低下桃花眼眸，若有所思地咬著手指頭，不痛不癢的，更無實體感。

「人終有一死，又有何恐懼？」

「狐爺，您不想繼續活下去？」

面對式神的提問，狐音微微愣了一下，低頭看著自己的手指，眼神略顯空虛寂寞，更多的自然是不甘與不服，玩弄著自己乾淨的指甲蓋半晌，才緩緩回話。

「我還可以嗎？」

「狐爺，您是否還有心願未了？」

式神的聲音依舊是飄蕩的，沒有直接回答靈能師的疑問，反而是又問了一個問題。

狐音這回是眞的有在認眞思考，他翻來覆去仔細地想想，卻只有一個強烈的念頭反反覆覆地出現在他腦海裡，那是他在舞臺上發光發熱時所感受到的熾熱。

其實，當偶像也沒什麼不好的，起碼當偶像並不會如此容易喪命。

而且在兼職偶像演戲時、唱歌時、跳舞時，確實是有過不少讓他澈底放鬆、不用顧忌釋放天性的時候，雖然有時眞的很累、很辛苦，但，開心的事偶爾還是有的。

「心願是沒有，可我突然挺想唱歌的。」

當偶像挺好的，只是他從來都沒有好好享受、沒有好好投入過偶像這個角色，而導致出現身心俱疲、悲觀厭世的錯覺。

百神裡的隊友都對他很好、很好、很好。

楊龍溪的心意與執著，狐音感受到了。

那是除了親人家人之外，難得從他人身上獲取到的灼熱之心與眞情實感。

可以的話，他想回去。

可事到如今，他又有什麼法子呢？

現實中肉身被毀、靈脈斷裂，殘留下來的也只有這一縷卡在彼岸裡的殘缺魂魄，回不去，也出不去。

狐音無奈一笑，下意識地抬起手抓著狐狸面具，微微一移，用面具擋住了半張臉龐，遮住了那雙漂亮的桃花眼睛。

可過了沒多久，那張遮住臉龐的狐狸面具卻被一股無形的力量輕輕摘了下來，狐音雖依然保持著堅強不屈的模樣，可面具後面的桃花眼眶已經掛著幾顆淚珠，晶瑩剔透的水珠在眼眶中打滾，卻又倔強地不落下。

呵呵，眞狼狽。

狐音啊，你眞狼狽。

「狐爺。」

狐音抬起眼眸，視線順著式神將他的狐狸面具越挪越高，他就越望越遠，直到面具就這麼在他眼中完全消失。

面具被九尾靈狐取下收起來後，狐音只感覺突然胸口一悶，一股熾熱奇妙之氣忽地湧入體內，下一秒連忙用手捂住自己的胸口，他發現心臟好像開始跳動了。

「狐爺，您陽壽未盡，這邊的事就暫時放下。」

「您歇一會，就回去唱歌吧。」

一周後，A市，溫特醫院。

溫特醫院是全城裡最出名的一家大醫院，此刻醫院的大門，卻被八卦記者、粉絲堵得水洩不通，動靜越鬧越大，最後還要靠著出動了警方像驅鬼一般強力驅趕後，才還得醫院裡本該清靜的一片淨土。

原因無他，只因天狐發生意外、人此刻溫特醫院靜養的消息，上了網路無數社交平臺的頭條新聞。

消息是怎麼出來了，沒人知曉，反正這一周所有平臺的娛樂新聞、社會新聞都分別高掛著許多亂七八糟、誇大其詞的各種頭條新聞，什麼「百神天狐意外負傷，命懸一線」、「男性失蹤者全數尋回」、「失蹤案涉及演藝圈兩大明星」等娛樂社會頭條新聞，甚至還有「西山林吃人之神祕傳說」、「西山林山神見色起意，囚禁多名年輕男人」之類的都市傳說更是線上更新中。

反正隨便一條消息出來，每一條熱門都足以轟動全城，無論哪一條線上情報到手都能是炒熱度、吸引大眾目光的大新聞，因此，八卦記者們又怎麼會放過此刻就在溫特醫院接受治療的兩位大明星兼當事人呢？

「這群人怎麼就愛看熱鬧不嫌事大？是在堵明星啊？」

「確實是在堵明星沒錯。」

現場環境過於擁堵，白澤和應龍喬裝打扮前來探病，卻迫於無奈地躲在醫院的某個角落裡，一人默默吐槽，一人默默回應。

在原地待了半晌，看著逐漸被警察驅趕散去的人群，確定沒有礙事的人存在後，兩人這才匆匆忙忙前腳接後腿地搭上電梯，趕往天狐的病房。

天狐還活著。

這對狐家姐弟、還有應龍來說，絕對是天大的好消息。

該說是奇蹟嗎？

在醫學方面來說，確實是奇蹟。

天狐在應龍叫了救護車、抱下山腰緊急送入醫院前，人早已經斷氣了。

而且斷得相當澈底，斷得連咽喉裡一口靈氣都不剩，他的身體漸漸變得蒼白冰冷，七孔流淌下來的鮮血都快變成了黑色，表面上是毫髮無損，但肉眼看不見的內臟確實早已破敗不堪，經脈靈脈已斷，怎麼看都是回天乏術了。

一向在舞臺散發著耀眼光芒、笑顏如花的天狐，在男人懷中躺著時那七孔流血的模樣是有多麼怵目驚心，想必應龍這一輩子都無法忘卻。

可即便如此，天狐還是活下來了。

不是迴光返照，而是真真切切地脈搏再次跳動、體溫重新上升。

奇蹟？

對不知情的人來說，那是奇蹟。就連當時判定天狐已身亡的醫生都驚訝不已。

可對狐家姐弟二人和應龍來說，那只是續命後的現象。

從彼岸回來的天狐，其靈魂與肉體重新融合起來也有一周了，可身體依舊還是相當虛弱，穿上了醫院的病服靠在床頭上安安靜靜的休養。

內臟多處損壞加出血是事實，這並不是一時三刻就可以康復如初，能撿回一條命已是僥倖，天狐自然也並不期望自己靈魂一回歸就能躍如動兔。

天狐首先在意的，是他靈脈的問題，他張開略顯疲憊的眼眸直看著自己的右手，輕輕握拳、然後又緩緩鬆開，如此反覆，似乎是在測探著什麼東西。

他的眉間重新被狐靈點上了紅色朱砂，天狐明白此刻的眉間一點朱砂，再也不是限制他的靈力，而是單純淨化與洗滌他的靈魂。

因爲，他早就沒靈力能被封住了。

完了。

好像感覺不到靈力了。

在彼岸裡，九尾式神沒收了他的狐狸面具，就象徵於在現實中沒收了他身爲靈能師所必備的靈力……這是他這一周不斷琢磨、不斷嘗試，並且後知後覺領悟到的現象。

天狐眼神略顯落寞，強忍著內心五味雜陳的心情，緩緩將右手擱在白淨的被單上面，閉目養神期間，來探病的團員就已經人未到聲先到了。

「小狐狸，我們來看你了，今天狀態怎麼樣？」

「……」

看到應龍安然無恙地出現在他面前，白澤隨後在男人的背後探出一顆小腦袋，瞳孔裡全是擔憂，天狐在覺得欣慰同時又感到特別難受，微微抿著嘴移開視線，此刻並不怎麼想說話。

「天狐，你的身體還痛嗎？你有什麼想吃的東西，我給你帶一些過來？」

「不用，不吃。」

「怎麼了小狐狸？沒胃口？是哪裡難受了嗎？」

「不是，沒有。」

天狐難得鬧起了彆扭，兩位隊友的好意與關心全被天狐賭氣般地拒絕了，重新把視線停留在自己的右手脈搏上，感受著本來停止的跳動再次獲得生命，若有所思半晌，才忍不住開口說話，直奔主題。

「我成了廢人了。」

在彼岸，式神說他陽壽未盡，當時天狐就覺得奇怪了。

破戒的反噬，自爆而死亡，這是無法否認也無法改變的事實，他一縷殘魂都已經飄到彼岸了，怎麼可能還會出現陽壽突然增加，本該篤定已死亡的肉體重新出現脈搏跳動與血液循環？

天狐唯一能想到的可能性，就是是他們狐家家族的守護神，強行利用他本身的所有靈力，來換取他漸漸消去的世間壽命。

至於式神用了他多少靈力，天狐不清楚，但他知道絕對不少。

用靈力換取陽壽，消耗的能量不是一般的多，這操作將他的靈力榨得一滴都沒了，澈底打回原形，成爲一個普通得不能再普通的平凡人了。

第一次成為平凡人，天狐只覺得特別慌，感覺自己原來的世界與身分都快崩塌了。

龍哥、白澤，怎麼辦？

我廢了，殘廢了。

雖然手腳還在，內臟仍在。

眼耳口鼻齊全，毫無缺陷。

可，我確實是廢了。

作為一名靈能師，背負著兩百年以來家族代代相承的靈媒身分，身為狐家第八代宗家之子、第八代繼承者，卻沒有了家族所需要的強大靈力。

我現在，可能連一隻孤魂野鬼也打不過。

我廢了。

澈底廢了。

我對不起父親，對不起狐家祖先，對不起家族代代相傳下來的名譽與驕傲。

我對不起家人……

對不起狐面狐爺這個稱呼。

「龍哥、白澤，你們說我該怎麼辦？我的靈脈斷了，靈氣流通不了，我不能聚靈、不能驅鬼、不能畫靈符，我什麼都做不到了……」

天狐情緒略顯激動，緊緊捏住自己的手腕開始訴苦，失去了靈力，只感覺自己內心被轟隆一下的砸開了一個大洞，空虛感就好比在鬼童的幻境中遇見的深淵，空蕩得漏風、空蕩得冰冷。

他寧願沒有了陽壽，也不希望沒有了靈力。

早知如此，他就不回來了，不從彼岸回來了。

他的自信來源，就在於他那引以為傲的強大靈力，現在靈力沒了，他的自信心也消失不見了。

在演戲時，天狐曾經在無數個攝影機前演繹出完美的泫然欲泣，但這一次，他是真真切切地用著狐音的身分，在沒有鏡頭、沒有劇本和臺詞的情況下，說出了最欲哭無淚的哭腔與絕望。

本是一個無所畏懼、能力與自尊心都極強的靈能師，此刻卻害怕得不知所措；本是一個喜歡我行我素、高傲又充滿自信的大明星，此刻卻迷惘得渾渾噩噩。

天狐此時在自己的隊友面前，第一次示弱、第一次露出狐狸面具下隱忍已久的脆弱一面，他眼神迷離、咬唇強忍，本想不讓眼淚落下，但淚珠最終還是承受不住地心引力，緩緩墜落，滴在純白色的被子上面。

他本不該站得太高，從高處瞬間掉下來，他摔得好痛、好痛。

「怎麼辦……我廢了，怎麼辦……」

「沒事，小狐狸你冷靜下來，沒事的。」

看著一向高傲自信的隊友，突然像個失去心愛的玩具般鬧起脾氣，應龍頓時束手無策，開始萌起自責之心，用力握緊對方的右手，嘗試安慰對方，「小狐狸，都是我的錯。因為我們楊家的事，讓你險些喪命，讓你失去了靈力，對不起，都怪我……」

「不、龍哥……」

白澤打斷了應龍的自責，他的眼睛嘩啦一下比天狐的眼眸濕得都快，語氣凝噎半晌，嚥了一口口水，接下了對方的自怨自艾，「都怪我，是白家，是我。若不是因爲我大意被貓魂入侵，狐爺也不至於會受到傷害，不至於會靈力受限，罪魁禍首是我，都怪我……嗚嗚嗚對不起……」

「不是，不是你的錯，是我……」

「不是的龍哥，都怪我，因爲我們白家的詛咒……」

「白澤，你別這樣，是因爲我的弟弟……」

「不！」

天狐赫然打斷了兩位隊友爭先恐後把所有事情往自己身上攬的發言，略顯疲憊地含淚皺眉，用手扶著自己的額頭，遮住上半張臉，「不，都不怪你們。」

平時這種時候，天狐在團隊裡都是擔任安慰他人的角色，不管是白澤平時工作累哭時，還是應龍喝醉訴苦時，天狐都會哭笑不得地拍拍友人的肩膀，對他們說「沒事、沒事」。

可現在，他乏了。

他已經沒有力氣去安慰別人。

摘下面具後，他依然也是個渴望得到安慰的普通人。

對啊，都怪楊龍溪，都怪白寒……

天狐本該恨他們。

但，他恨不下去。

最後，天狐選擇了原諒……或說是不怪罪他人。

換個角度來看，楊龍溪本就是攝青鬼遊戲中的一個受害者，白家貓魂事件也同理，白寒同為案件中的受害者。

他能怪誰呢？

只能怪天意弄人了。

他並不打算責怪任何人。

他只是為自己突然失去所有靈力，從而未來將會一片迷茫而感到可悲、可憐。

「龍哥、白澤，我廢了，什麼都不會了，我以後怎麼辦？」

「別給我在這上演偶像劇了，我並不愛看。」

最後打斷天狐問題的，並不是欲言又止的楊龍溪，而是領著狐妙走進病房的狐大小姐，她對著應龍勾了勾手指頭，示意對方站起來讓座。

「阿姐……」

「要澈底廢掉還早著呢。」

狐靈自然而然地坐在應龍原本的位子上，摺扇啪的一收敲了敲傻弟弟的腦袋，突然覺得沒了面具的狐爺，其實也是個內心敏感的小男孩罷了。

「阿音哥你別擔心，沒廢呢。」

狐妙一屁股坐在病床床腳邊，自顧自地翹起二郎腳，抬起手用衣袖子擦掉哥哥因情緒波動而流出來的眼淚。

「唉，把眼淚擦了，真不像你啊。這些天阿姐在老家翻了好些卷軸，老祖宗有記載過，斷掉的靈脈可以修復，靈氣也可以再培養，只是需要花多點時間調理罷了。」

「……」

聽到這個好消息，加上姐姐、弟弟的安慰，發洩過一輪、釋放過負能量後，天狐人冷靜且放鬆了不少。

天狐低下一雙眼角泛紅的桃花眼，再次把視線落在自己的掌心上，上面除了淚漬之外，仍然沒有別的一絲特別氣息。

「……阿姐，時間要多久？」

「難說。」狐靈用摺扇堪堪遮住嘴唇，伸出纖纖素手牽起天狐的右手檢查，她雖故意保持平靜，但仍難掩難色，「頗長，頗長。」

兩年、三年……甚至五年、十年不等，都得看靈能師的天賦與造化。

要修復澈底斷掉的靈脈本來就不是一件易事，她從狐家歷代卷軸得知，當年祖先也曾遭過靈脈盡斷的事，當時祖先的修復期，是花了整整八年的時間……這個答案，狐靈可不敢如實告知天狐。

事到如今，她也只能放手一搏了，她說：「阿音，我會盡量幫你修復靈脈與調養靈氣。為了方便起見，我會將水靈齋遷至A市，阿妙也會和蕭爺爺一同協助、伴你左右，確保其他鬼魂不會趁虛而入。」

「聽著，只要你乖乖聽話，配合治療，順其自然，一切都會往好的方面發展。還有別再自暴自棄，堂堂男子漢像什麼樣，靜養期間，最重要的是保持樂觀開朗。反正，我們彼此加油吧。」

聽過狐大小姐的一番話，天狐雖是不掉眼淚了，卻再次陷入沉思，突然就感到有些迷惘，對康復的機率如是，對自己的未來亦是。

「……那我以後還能做什麼？」

「式神收掉你的靈力時，和你說些什麼了？」

天狐醒過來後，一直沉醉在失落的漩渦之中，在狐靈的提醒下，天狐這才茅塞頓開，赫然想起守護式神在收掉他的面具、準備把他帶出彼岸重回現實世界時，是和他說了一句話。

那句話依舊朦朧，但絕不含糊不清。

「祂讓我回去唱歌。」

「這不就是你該做的事嗎？」

聽見狐大小姐的一語道破，百神的三名團員面面相覷，卻誰也不敢說話，一瞬間氣氛是直接降到了極低，各自的心裡都懷著各種各樣複雜的內心活動——

有希望，有期望。

有煎熬，有難堪。

有迷惑，有遲疑。

然而，誰也不知道對方所想的是爲何意。

爲了讓天狐能和團員們好好聊聊，狐靈、狐妙探完病後就離開了，準備回狐家寺廟打理一下關於他之後休養的事宜。

此時，天已黑，天狐安安靜靜地坐在病床上，看著窗外的月色皎潔，他一沉默就是一個多小時，白澤和應龍也不敢打擾小狐狸的思緒，只怕待會他的情緒又變不好了，只是醫院開放的探病時間快到，最後應龍還是出聲打斷了天狐的冥想。

「小狐狸，你在想些什麼？」

看見天狐的心情沒有像先前那麼激動，漸漸平復了不少，似乎又回到了平時那張淡然自若的模樣，應龍才敢開口詢問，可面對應龍難得輕言細語的說話聲量，天狐卻聽而不聞，似乎是想著什麼東西，想得入神。

此時，天狐的桃花眼晫炯炯有神，瞳孔不再暗淡無光，仔細一看，裡面好像還住著一條銀河系，猶如在計畫著未來以後的發光發熱，並且對那條道路充滿新鮮感與挑戰性。

然而天狐的長時間沉默，看在不善於觀察細節的兩位隊友眼中，卻又是另一個意思了。

「天狐，如果你眞的不喜歡當偶像、不想續約的話，別勉強，最重要是你高興，我和白澤都只希望你高興，所以眞的不要緊……」

「是啊天狐，沒關係的。」應龍的善意勸解一出，白澤才恍然大悟地「明白」了天狐的沉默理由，連忙附和道，「只要你過得開心，續不續約都是其次，你覺得自己舒服就可以了。」

察覺到白澤和應龍的慌張與擔憂，天狐微微一愣，這才緩緩回過神來，轉移視線對上了團員們誠懇的眼神，很明顯對方是覺得要他續約百神，是一件非常勉強又難堪兼無奈的事。

這兩個傻子，他什麼都還沒說呢，怎麼這兩人看他的眼神，是那種失足少女因爲家境問題，逼不得已而強迫簽下賣身契逼良爲娼的感覺啊？

「不是的，你們想多了。」

呃，怎麼說呢……說是想多了，還不如說是想少了吧？反正這兩個讓人操心的傢伙平時不是想得多了，就是想得太少了，每每都沒一回是猜中天狐內心的想法與決定。

「那你在想些什麼呢？」

「我在想，百神是不是該出個新專輯了？」

天狐淺淺一笑，笑容略顯青澀，他尷尬地抓了抓有點凌亂的頭髮，把自己剛剛沉默頗久的想法全盤托出，「我想嘗試編曲。」

沉思了這麼久，天狐想明白了，雖然他沒有了靈力，人生亦未到盡頭，他除了是靈能師，還是個偶像，未來的路還有很長。

靈媒界的大小事件與各種驅鬼知識，他已掌握得十拿九穩，可偶像的工作，他依然還有好多新鮮玩意還沒挑戰過，換個角度來看，不就是個機會嗎？

一個他能夠全心投入偶像工作的機會。

現在，他可以暫時放下家族工作，嘗試挑戰新鮮的未來，多了一條，能夠學習、能夠吸取，同樣能充滿自信的閃亮道路。

「白澤、龍哥。」

天狐喊了兩個團員的名字，笑得異常燦爛，暫時捨下狐面的名字後，九尾天狐就是演藝圈裡最閃耀的王牌。

「你們會繼續陪我的，對嗎？」

應龍和白澤明白了天狐的意思，不禁相約而笑，後者更是立馬心花怒放，笑得比任何人都開心，拍了拍胸脯，保證承諾不變。

「當然了。我們永遠都站著你這邊。」

就算狐面狐爺不在了。

九尾天狐卻仍在這裡。

若以後，狐面狐爺回來了……或者永遠回不來了。

可九尾天狐，依舊還在這裡。

陪我走下去吧？

陪我用這全新的身分、以偶像之名……

繼續走下去吧。

一年後，百神的演唱會。

這是百神成團第九年後的巡迴演唱會。

九尾天狐與其他百神成員皆續約後，百神澈底打破了演藝圈裡紅不過八年的神祕魔咒，熱度不減往年，更可以說是年年巔峰、年年火紅。

嘗試過後，天狐意外發現自己還挺有作曲、編曲的才能。

第一次接觸音樂創作，天狐每天都和團員們認認眞眞、努力學習，而他們專心投入製作的處女作發售後，好評如潮。

百神一年下來陸陸續續發表的新作品，首首經典、首首得獎，最後更是成功讓他解鎖了音樂製作人的新身分。

百神演唱會現場熱鬧非凡、高朋滿座，氣氛更是比往年來得更加火熱如潮，百神越來越紅，參加演唱會的粉絲人數便是越來越多。

在如此熱鬧的氣氛上，天狐身穿華麗帥氣的演出服，站在舞臺上，四周圍播放著最新歌曲的背景音樂，他手握著麥克風，卻差點忘詞了。

只因他的視線，被舞臺下那隻瀰漫著不少鬼氣的魂魄給吸引了。

面對天狐突然停頓忘詞，應龍見狀，連忙給白澤使了個眼神暗示。幸虧他們三人挺有默契，白澤接到暗示後，連忙代替天狐演唱了他的歌詞，掩飾對方的失誤。

突然換了其他成員演唱，煥然一新的感覺讓觀眾席上出現了一陣吶喊和尖叫聲，徘徊在整個偌大的演唱會現場裡頭。

從外人的眼中看起來，這個失誤就像是百神團員們心血來潮的互換演唱，然而只有臺上的兩人知道，之所以會發生這個失誤，多半是因爲在天狐身上出現了什麼緊急狀況。

「天狐，看見了什麼？」

應龍把手搭在天狐的肩膀上，順勢讓天狐移動到舞臺別的位置，成功阻隔靈能師與臺下白色魂魄的視線交接，並壓下麥克風，利用白澤的歌聲，掩蓋住靠在天狐耳邊的提問。

聽見應龍的問題，天狐臉上敬業地保持微笑，繼續和粉絲們互動揮手，同時感嘆「知我心者非應龍是也」，對方顯然知道他突然走神，大部分都是因爲那些鬼魂每每猝不及防地出現在他面前。

「白衫，是個新魂。」

「有危害？」

「不，它有冤情。」

白澤替唱部分結束了，於是應龍不再多問，自然而然地與白澤互換位置，接下了下一部分歌詞。

而白澤故意利用走位，用身體掩蓋住天狐的小動作，以方便靈能師能暗中用兩指點燃狐火。

天狐啪的一下點燃了狐火，下一秒用著自然不過的姿勢，將手指輕輕一轉，狐火乍然從他的指間脫出，直朝那隻白色魂魄的位置抛去。

狐家狐火的威力足以燒傷一隻魂魄，可天狐卻又故意不傷靈體半分，狐火砰的一下砸在鬼魂前面，下一秒赫然爆開，最後成功地把混進人群中的白衫鬼給嚇退了。

「天狐，怎麼樣了？」

「它還會回來的。」

「你的靈脈才稍有起色，別太著急了。」

知道天狐的狀況，但看不見靈體的白澤，只能在歌聲與歡呼聲中詢問天狐的驅鬼結果，並且時刻留意友人的狀況。

天狐只是聳聳肩膀，淡然一笑，重新移動回舞臺中央。

「繼續演唱，等結束後我會去處理這件事。」

舞臺必須繼續，因爲他是一名當紅偶像。

驅鬼必須進行，因爲……

他是一名靈能師。

——《偶活☆靈能師 Spell》全文完

enough to let him guard his back.
二烜
Han Kira
/MGPham
長鴻華文都市奇幻戰鬥小說 鬥智鬥勇！
《BLUE MOON:He's》最終章！
S城大動亂×Union聯盟的陰謀×修羅暗殺組
命運惡劣的筆直的刺穿咽喉，
一場正與邪的戰爭即將展開！
全套三集
各大書店、網路書店熱烈販售中！
§ 小說相關活動訊息，請您搜尋 長鴻原創小說FB、長鴻小說網 §
長鴻原創小說・T&W・繽紛百變
長鴻出版社

長鴻出版社
EVER GLORY PUBLISHING CO.,LTD.

偶活☆靈能師 Spell

Part-time job as an idol in the morning and full-time job as a psychic at night.

二煩×九品

長鴻原創小說 Think&Write
PA0367

發行人：蘇建中
責　編：江佳芳
美　編：陳玟潓
出版社：長鴻出版社股份有限公司
社　址：台南市東區北門路一段76號3樓
小說事業部
電　話：（02）2662-0121 轉 452
傳　真：（02）2664-8895
發行所：（各地區小說經銷請詳長鴻官網）
地　址：台南市安平工業區新平路25號
電　話：（06）265-7951
傳　真：（06）261-6520
印刷者：南一書局企業股份有限公司印製廠
法律顧問：郭俊廷律師
出版日期：2022年2月 初版一刷
定價：新台幣250元　港幣83元
ISBN：978-626-00-6411-2
長鴻新漫網：www.egmanga.com.tw
長鴻原創小說粉絲團：
www.facebook.com/egmangaFiction

Think&Write

沒有侷限的想像，是創作的本心，

在文字與創意的交會地帶——探索一個一個的好故事！

Think&Write

沒有侷限的想像，是創作的本心，
在文字與創意的交會地帶——探索一個一個的好故事！